个人主义的孤岛

唐颖 著

上海文艺出版社
Shanghai Literature & Art Publishing House

目录

001 一

008 二

023 三

034 四

044 五

054 六

064 七

076 八

085 九

098 十

110 十一

121 十二

131 十三

142 十四

156 十五

166 十六

175 十七

186 十八

196 十九

209 二十

218 二十一

225 二十二

237 二十三

249 二十四

258 二十五

268 二十六

277 二十七

287 二十八

297 二十九

308 三十

315 尾声

这是最早出现在上海的公寓楼,坐落在西区海格路,入口对着马路,四周无楼房,宛若孤岛,浓密的攀援植物几乎盖住了公寓外墙。

租客中有外侨、演员、金领、身份难辨的民国男女,单身,出生地不明,独门独户,自由来去……

一

1930年深秋的一个夜晚,海格路几无行人,一辆小汽车疾驰而来,停在转角的公寓楼门口。

马路对面躺着乞丐,见到小汽车一骨碌爬起身。

此时,明玉打开公寓门,从里面出来。

小汽车停在她的黄包车后面,车夫阿海斜倚在车杠上,半梦半醒之间。

车门打开,小汽车里掉出一条腿,然后,一个男人的身子从车里滚出来。

走出公寓大门的明玉,脚步停了一秒。

这是一辆美国奥尔兹车,驾驶座上坐着化了浓妆的金发女子,正欲踩离合器,眼角瞥见明玉。

"娜佳?"明玉吃惊,"怎么回事?"

金发女子朝明玉耸耸肩膀。

"他……在夜总会,喝多了……被打了,我……送他回来,还要去演出。"金发女子说着带东北口音的汉语，朝明玉摇摇手，车子又疾驰而去。

此时十点不到，海格路这一段静得如同深夜。

小汽车里滚出的男子挣扎着试图从地上起身。

明玉走下公寓台阶，乞丐迎面捧上洋铁罐，她扔了几枚角子，眼睛在看地上男子。

男子很年轻，发色略浅，他的目光与她撞上，眸子褐色，眼梢细长上斜，她一愣，目光旋即落在他的左手，他的左手下意识地握着。

他试着坐起身，但身体不听使唤。

明玉从他身边经过，酒气扑鼻。她径直走到黄包车旁，拍醒阿海，让他去扶倒地男子。

"那个人需要我们帮助。"

阿海看看明玉，眼中有疑虑，"那个人"是谁？

明玉冷静冷淡，一贯的神情，阿海是她的雇工，他不会直接问"为什么？"

阿海蹲下身帮着挣扎的男子起身，青年男子用上海话向车夫道谢，彬彬有礼。他躲开明玉目光，努力起身，可是身体不争气，沉重无力，动一动便被疼痛遏止，痛得龇牙咧嘴。

在身体瘦小力气却不小的车夫帮助下，男子终于起身，他咬紧牙关不让自己发出呻吟。

明玉去挡住公寓门，她跟他们一起进楼。

在狭小的电梯间，青年男子无法躲避明玉的注视，他向明玉伸出手，介绍自己：

"我姓格林，戴维·格林。"

"是的，戴维·格林。"

她像在自语。

金玉突然出现在侧，含血丝的眸子怔怔地看着明玉，明玉一个冷战，伸手欲推开金玉似的，奇怪的动作让阿海一愣。姓格林的年轻人已经垂下手，眼皮跟着垂下，似睡非睡。

四楼的小套房，很久不通风，房间里烟气酒气和隔夜气，气味刺鼻。四墙空白，没有照片和任何装饰，辜负了大楼外观的精雕细琢。

小套房外间只有一张双人沙发，孤零零的，没有配上茶几，歪向一边，好像被随意扔置。

沙发旁的地上，放了几个空酒瓶和烟缸，烟缸里塞满了烟头，一房间的潦倒。

青年欲扑倒在沙发上，被明玉止住。

"去平躺在床上！"她用近乎严厉的口吻命令，倒是让阿海吃了一惊。

男子躺到床上嘴里嘀咕着谢谢，眼睛已经闭上。

明玉放了一张名片在他枕边。

"明天我带医生过来，戴维·格林！"

她强调地叫着他的名字似要唤醒他。金玉的面孔又出现在侧，她的眸子被泪花遮住，明玉的身体一闪，似乎要躲开金玉的面孔，她撞到阿海，金玉消失了，阿海却在向她道歉。

明玉出门时看了一眼房门的号码。

在一楼门厅有整齐排放的信箱，她瞄了一眼这间公寓的信箱，信箱外贴着一个中国名字：周飞飞。

什么怪名字？明玉皱起眉头。

回家路上，阿海忍不住嘀咕："以为是外国人，再一看像中国人。"

"一半中国人，一半外国人。"

"那就是杂种！"

"难听吗？杂种是骂人的话。"明玉训斥道。

"人家就是这么叫的。"阿海嘀咕着为自己申辩。拉着明玉回家路上，他心里还在吃惊今天雇主的"多管闲事"超出她平时为人处世的界限。超出太多，而且是为一个"杂种"。

戴维·格林，前上海大班、英国人格林先生和金玉的儿子，一个混血儿。

明玉暗暗摇头，社会上的人对混血儿有着莫名的恐惧和偏见，连车夫也跟着鄙视。她蹙紧眉尖，沉浸在自己的心事里。

那双眼梢细长的单眼皮眼睑活脱遗传了金玉。金玉怀孕时的恐惧还历历在目。

明玉去探望她，金玉发出歇斯底里的怪笑声。

"我会生出一个浑身长毛的怪胎！"

金玉拿出一张小报，报上刊登一幅漫画：神情恐惧的中国女人看着接生婆抱着的婴儿，那婴儿身上汗毛像动物毛，屁股后面有根小尾巴，一个小妖怪般的婴儿。长着一管大鼻子的洋人爸爸害怕地缩在角落，半只眼珠使劲斜向另一边，不敢直视自己的孩子。

明玉在想，公寓楼是否阴气太重？竟然看见金玉了！她去世四年整，从来没有出现过，哪怕在梦里。

她不会无缘无故出现！

她在回想那个瞬间，当她念着小格林的名字时，金玉兀然出现！含血丝的眸子，然后被泪水遮住……

金玉生前，明玉没有见过她流泪，倔强强悍的女人。

她是看到了将要发生的灾难？小格林又撞魔窟运了？明玉一个冷战。

他不是应该在英国读书？什么时候回了上海？怎么会住进这栋公寓？

天开始下雨。阿海加快脚步。

已经进入十一月下旬，气温还停留在初秋似的。气候反常，这两天温度上升，格外闷热潮湿，上午出一会儿太阳，中午以后便被云挡住，云下沉一般，天变低了，连着好几天，夜里都会下一阵雨。

雨水太多了，蔬菜烂在地里，菜场的绿叶菜卖成猪肉价。明玉家的佣人阿小每天和菜贩子讨价还价，有时还会争吵，回家来向明玉抱怨。

阿小粗嘎的嗓音给明玉安全感,她喜欢听阿小说话,阿小带来市井的纷扰,没有她,家里会少了很多活力。

丈夫去世后,家里仿佛少了一半人口。丈夫脾气暴躁,经常发怒,但他是干大事的人,他把外面的世界带进家里,让明玉产生错觉,仿佛,她也在参与这世道的变化。

从湖州搬回上海市中心,她反而觉得更冷清。她自己就是个看起来冷清的人。

这是一场中雨,落在梧桐叶上,"哗哗哗"的,有大雨的声势。气温迟迟不下来,梧桐叶还未掉落,才会有雨落树叶的喧哗声。

这一路少见行人,连乞丐都消失了,他们躲进弄堂过街楼下。

这"过街楼"是建在弄堂口上方的房子,楼上住人,楼下通行,可以避风雨。每每雨天,路过有"过街楼"的弄堂,看见满地躺着的乞丐,明玉便会叹息,这城市亏得有"过街楼"。

奇怪的是,今天经过的"过街楼"空无乞丐。街道好像一张绘到一半的画,只有房子和树,还未添上人。是的,街上空寂得古怪,空寂得让她心里发怵。

眼前的一切好像渐渐成了平面:雨,只有声音,并未模糊视线,尽管路灯是黯淡的,房子却格外清晰,清晰得失去立体感,却又不那么确定。

明玉慌张了,她睁大双眼,死死盯着双手拉着车杠、步履不停朝前奔跑的车夫背影,有些瞬间,她几乎以为他也会消失。

明玉相信，关于鬼魂，阿小肯定懂得比她多。

可是阿小晚上回自己房间，她住在隔壁弄堂口搭出的一间只能放一床一桌的棚屋。

经过阿小的棚屋时，明玉很想敲门进去坐一下，却又忍住了。阿小三十不到，小小的个子，为人泼辣，却忠于明玉。她从浙江农村到上海帮佣，除了不会做菜，家务活一把好手，让明玉回到有秩序的生活。

明玉重回上海三年有余。她和阿小相处也已经超过三年，阿小几乎是明玉在上海的半个亲人。

明玉自己住的弄堂没有"过街楼"，弄口有镂空大铁门。白天大铁门打开，夜晚关上，镶嵌在铁门上的一扇小门开着，夜深时上锁。

已经十一点半，大铁门关上了，黄包车只能停在弄堂外。

今天晚上，因为小格林的耽搁，阿海比平时晚了一两个小时回家。明玉给他小费补偿，心里却在暗暗奇怪：她第一次走出海格路的公寓门时看过表，当时九点三刻；送小格林上楼顶多耽搁十多分钟，可她第二次走出公寓时再看表，时间已经流走一小时。明玉像被击打了一下，她是被时间的莫名流逝给惊到了。

她跨进铁铸大门镶嵌的小门，弄口地上的马赛克被雨水冲刷得闪闪发亮，亮得像上了一层玻璃漆。她从来没有发现夜晚的马赛克这么刺眼过，她几乎怀疑自己是否在梦里。今晚金玉的出现，让眼前一切都变得异常。

二

明玉走进弄堂,唱机高分贝音乐声和鼎沸人声一起制造的噪音,让整条弄堂变得热哄哄的。声音是从她住的楼房传出,明玉才想起今天是礼拜六。周末晚上,是一楼的白俄人玛莎和马克家的派对夜,他们喝酒跳舞,然后打架结束。

明玉居住的这栋楼房,单独屹立在弄堂右侧,前后左右没有挨着房子。玛莎和马克的派对夜,只骚扰到同楼人家,尤其是二楼。

二楼的前楼房间住着白俄契卡,周末夜晚他必定逗留在外,直到凌晨才回家。

明玉住二楼的后楼和亭子间,夹在白俄人中间。

这条弄堂的居民,以白俄人为主,夹杂一两户英国人和海外回来的年轻夫妇。

明玉当初搬进这条弄堂,就是想隔离本地邻居小市民的流言。

她生活态度端庄,言行谨慎,不会给人留下话柄。但戏子出身这件事,成了她一生的心理障碍。

与外国人同住的好处是,有语言隔阂。这是一道阻隔闲言碎语的墙。

其实,白俄邻居不会在意她的出身,即使知道了又如何?他们自顾不暇,为了讨生存,白俄女人不也都纷纷入了风月场?出身好家庭的白俄们,流离失所漂泊他乡,他们的价值观已被现实改变。

明玉的住房面积有点紧，和白俄做邻居也有诸多不便和困扰。楼下玛莎家放纵的周末派对，也许会给孩子带来不良影响。不过，大女儿朵朵很听话，周末总是关起门看书。她担心的是鸿鸿。

鸿鸿这孩子才四岁，已经会说几句俄语。玛莎家经常发生失控事件，她家周末派对夜，醉醺醺的客人们大叫大嚷时破口而出的、酒气浓郁的俄语粗话，只要重复过几次，鸿鸿就能说了。好在他不太明白俄语的中文意思，也没有机会和俄国人对话。

明玉考虑搬家，所以才顶下海格路的公寓房，但希望再延宕几年。她现在的生活很需要阿小，阿小不方便跟着明玉搬迁移动，弄堂口的棚屋是她安身之处，此外，阿小还在玛莎家和环龙路其他一两户人家做小时工。再说，朵朵的钢琴老师就在同楼。三楼的白俄犹太人拉比诺维奇夫妇是音乐家，妻子薇拉和丈夫伊万，在上海教钢琴谋生。女儿每星期上钢琴课不用她陪伴，对于惜时如金的明玉很重要。额外的好处是有音乐环境：楼上的琴声，楼梯对面的琴声，弄堂里的琴声，住到这里，她算领略了俄国人对音乐的热爱。

此时，穿越整条弄堂的喧闹，并未让明玉烦恼，甚至成了一种需求。她今晚受惊于金玉的鬼魂、奇异的街景，她需要人世间的噪音，渴望旺盛的人气，让自己回到现实世界。

走过一楼敞开的房门，透过烟雾，看得到翻倒在地的椅子，有人躺在地上，但并不影响搂着跳舞的男男女女。房间拥挤，他们只能在原地踩舞步，借着舞步接吻抚摸。常常因为吻了、摸了别人的老婆或情侣，便开始打架。

她瞥见玛莎被搂在陌生男子怀里，却没有看见马克。马克身高一米九零，在人群里一眼就能认出来。最近，明玉很少见到他。

这天晚上，明玉第一次羡慕起白俄邻居，这些被上海本地人称为"罗宋人"的白俄，他们流落他乡潦倒后，仍然有能力抓紧时间寻欢作乐。

明玉未在一楼停留，急着上楼进浴室洗沐换衣。弄堂短短一程，她手上撑伞，裙摆和鞋袜仍被雨水溅湿。奇怪的是，头发不过飘到了雨，却也不至于湿成滴水，难道伞不是首先遮住头颅？她几乎怀疑自己刚才没有把伞撑开来。

她进不了浴间，门从里面锁上。浴间灯亮着，透过门上的磨砂玻璃，可看出里面的模糊身影。

这间二楼浴室，是她和契卡两家合用。

前楼的灯暗着，契卡没在家，周末夜晚，他去夜店消磨，不可能在家。

她推开后楼房间门，朵朵半卧在她的小钢丝床上看书，她是个书迷，总是三番五次催着才肯睡。明玉进屋时，朵朵头也不抬，表明她在生气。

儿子鸿鸿已经入睡，七歪八扭地横躺在她和鸿鸿睡的四尺半的棕绷床上，脸上还留着泪痕。

"弟弟又闹了？"

明玉这一问，是让朵朵明白，她已经看出朵朵惩罚过鸿鸿了。

朵朵不响。

朵朵虚岁十二，像个小大人。明玉不在家时，她帮着照看弟弟。她性子急躁，弟弟要是不听话，教训起弟弟疾言厉色一点不心软；把她惹急了，还会动手打弟弟。当然弟弟也不会买账，会还手，于是便有几个来回。最后，弟弟还是要讨饶的。

明玉并不阻止朵朵代替自己惩罚老二，为了自己在家时间太少，得放一些权力给老大管住老二。她告诉朵朵，弟弟太闹可以打几下屁股，但不能打脸。她告诉朵朵，打脸是非常可怕的侮辱。母亲的话让朵朵记起往事，她看到过父亲扇母亲耳光。她因此向母亲保证，绝对不会打弟弟耳光。

但是，明玉很忧虑朵朵的坏脾气。她性情更像父亲，或者说受了父亲坏脾气影响。在她幼年时，经常看到父亲对着母亲发脾气，动辄怒吼摔东西，打母亲的情景更是深深刻印在她记忆中。朵朵因此有点恨父亲，却又无法控制自己的坏脾气。而弟弟又特别缠人，他一岁不到父亲去世，母亲和姐姐都在小心呵护他，鸿鸿是在娇生惯养的氛围中成长的，格外敏感脆弱，别说打，即使骂他几句，也会哭闹不已。

明玉不想斥责朵朵，她知道，斥责只会让朵朵更加叛逆。这孩子吃软不吃硬，她唯有找各种机会跟女儿讲道理，让她明白，人挨打不仅肉体痛，心里更痛。

此时，明玉没有再说话，顺手理着姐弟俩扔在房间各处的衣服，她几乎忘了还在滴水的头发，事实上，她的头发莫名其妙地干了。

朵朵偷偷瞥了明玉两眼，忍不住发起牢骚。

"今天我给他唱了两小时歌，我会唱的歌都唱完了，他还不睡，我不理他，他就哭，哭了一会儿自己就睡着了。妈，你不在的时候，不知道我们家这个讨债鬼（沪语发音：jū）有多烦人。"

"讨债鬼"三个字让明玉忍俊不禁，这是以前朵朵吵闹时她说的话。朵朵做了七年独生女，被妈妈捧在手心，小时候比弟弟还难缠。

明玉现在没有心情和朵朵聊弟弟的事，她急着洗澡换衣服，可是浴间有人。显然，楼下玛莎家的客人又来占用二楼浴间。

"你又忘记给浴间上锁？楼下乱七八糟的人上来用马桶，多不卫生！"明玉责备朵朵。

"我刚刚上过厕所，上了锁呢！"朵朵指指门后挂着的一串钥匙。

"浴室里面怎么会有人？"

"是契卡吗？"

"好像是个女人，契卡的房间灯暗着。今天周末，他要到早晨才回来。"

朵朵从床上跳起来，打开房门，冲到走廊门外，她站在楼梯口，几格楼梯下便是浴间。

"妈，你来看，浴间明明上了锁了！"

"是锁着，从里面上锁。"

"你来看，锁明明挂在门上。"

明玉走到楼梯口,她看到浴间门关着,门上挂锁镀着克罗米(铬)的锁柄,在走廊灯光的照射下闪着光亮。

明玉一惊!

"太奇怪了,刚才明明看到里面开着灯,有个人影……"她嘀咕着,又戛然而止,不想吓着朵朵。她边催朵朵上床睡觉,边去拿煮水的大铜吊准备到浴间灌自来水。

老实说,这一刻进浴间她得有些勇气。

"我陪你去,"朵朵觉得母亲的神情有些奇怪,"我正想上厕所呢!"

说着,朵朵已经走下楼梯进了浴间。

明玉把灌满水的大铜吊放在煤气灶上煮着,煤气灶就安在房间门口的走廊上,她从煤气灶旁的料理台上提了两只热水瓶去浴间,先给自己洗头。

朵朵要陪明玉洗头,她等着用脸盆里的温水帮妈妈冲洗头上的肥皂泡沫,平时,这件事由阿小来做。

洗头时明玉询问朵朵练琴的事,朵朵就没好气了。

"你不如直接上三楼问薇拉。"

朵朵最烦母亲问练琴的事,她不太喜欢三楼的钢琴老师。薇拉神情严厉,朵朵能看懂她眸子里一抹不以为然。"你以为练练琴就能成为钢琴家?"早熟的朵朵几乎能听见薇拉神情里无声的责问。

朵朵跟着母亲从湖州的大宅搬进上海弄堂的小房子,家里变得非常局促。母亲整天忙饭店挣生活费,却还要为她付学琴费。她想赶快长大，帮着妈妈一起经营饭店，童言无忌直接说出"等妈妈死了，我就可以当老板娘"的话。明玉大发雷霆，不是因为朵朵说了忌讳的话，而是生气朵朵没有志向，辜负她的期望。她告诉朵朵：自己辛苦成这样，是为了给女儿创造条件，以后有一份体面的职业，即使当不了演奏家，也可以当钢琴老师，这个社会，给女孩子就业机会很少，等等等等。朵朵第一次看到明玉失控，忽然就有了压力。学琴这件事变得自觉了，但她就是不喜欢钢琴老师薇拉。

"如果你要我好好学琴，我要换老师。你又不懂薇拉，她根本看不起我们，她心里很傲慢。"

明玉一惊，撩起湿淋淋的头发看住朵朵，朵朵的神情让明玉明白她不是随口说的。

"我会考虑，给我一点时间。"

朵朵点点头放松地笑了，让明玉放了心。

明玉洗完头，煤气灶上大铜吊里的水也沸腾了。这只大铜吊，至少可以灌满三只热水瓶还多。

明玉用去污粉飞快地擦洗一遍浴缸，给浴缸塞上塞子，一边放冷水同时把铜吊的开水倒进浴缸。蒸汽弥漫在浴缸上，很快就会消失。

明玉此时坐在浴缸温水里，觉得生活好像又回到正常轨道，没有任何异样。

二十五支光的电灯泡照得浴间亮堂堂的，白瓷灯罩和墙上的白瓷砖被阿小擦得雪白。暖色调的灯光里，浴间像一曲明亮的生活颂，是给予明玉快乐的空间。她对墙上的白瓷砖、对抽水马桶和浴缸的喜爱，几乎到了崇拜的地步。

她在日本见识到日常生活的文明设施。从日本回来，她曾跟随丈夫回他老家湖州的小镇住了一阵。虽是一个丝绸业发达的富庶小镇，生活设施传统落后，生煤炉倒马桶，终究不方便也不卫生，她那时像害思乡病一样思念日本。

她对自己的这种"思念"有罪恶感，年幼时温饱都无法满足，听到父母商量着要把自己卖去花船，她逃出苏州来上海，遇上了戏班子……她的人生是一次次地逃离，终于逃离她的底层。

记得自己在丈夫家乡用木桶给三岁不到的女儿洗澡，引来家里女佣围观，女佣把邻居也叫来了。邻居家的婴儿身体痒哭闹不止，她便为邻居示范如何为刚出生的婴儿洗澡。哭闹不已的婴儿，洗过澡便安静了。但是给婴儿洗澡这件事并不容易，明玉每天被邻居恳请去为婴儿洗澡，直到婴儿满月。那一阵子，邻居家有头疼脑热也会来咨询明玉。

明玉在小镇受欢迎，便有阴风吹来，邻里间突然传言她曾做过戏子。在他们的流言里，戏子似和卖身等同。但丈夫并不在意，他是从戏班子将她赎买出来。她视他为恩人，他即使没有给过她幸福，至少将她解救于贫穷。她也没有辜负他，她一路帮衬他，日常生活中没完没了的麻烦，是她在解决。以后，在他最虚弱的时候，她是他的拐杖。

给朵朵换个钢琴老师算什么事？朵朵觉得有人看不起她是好

事，这是让她不甘心的动力。

可是……可是，薇拉凭什么看不起朵朵？明玉胸口涌动怒火：她可以受尽窝囊气，却见不得女儿受委屈，尤其是被人轻视。朵朵在温室里长大，没有漂泊没有流亡，从小读书学钢琴……你们不过是以前有点钱，咱家朵朵的父亲不也是大户人家出身？那又怎么样，他周围那些曾经的有钱人衰败潦倒时，样子也一样难看，也许更难看。明玉在心里骂着粗话，她在农村长大，又在戏班子混过，她不是不会撒野。在陌生的地方，比方说公交车上，要是有人动手动脚，她会武力反击，一点都不会示弱。然而，在一个笼罩着所谓文明气氛的小社会，她也会收敛成一位淑女。

她心爱的朵朵，脾性和容貌都更接近她父亲，眉宇间的刚毅，有几分男孩子气。儿子鸿鸿却太秀气，朵朵是有点嫉妒鸿鸿女孩般的精致。但是，朵朵弹琴有力度，初学钢琴时老师就赞扬过。那时是一位英国老太太做她的钢琴老师，也是就近找，在同一条弄堂，他们当时住在环龙路的另一头。明玉好像和环龙路有缘似的，连饭店都开在环龙路。

朵朵会有出息的，不一定在音乐方面。明玉现在已经不像前几年，执着地要让朵朵在钢琴演奏上有出息。随着社会更加开放，女孩子的职业机会也越来越广，比方，朵朵也可以去学医。自从朵朵生了一场大病，她便有了让女儿去学医的念头。当然，她会尽快帮朵朵换钢琴老师，绝不能让女儿内心有那么一丝自卑，因为她自己，全身上下浸透了自卑。

明玉擦干身子穿上睡衣吹干头发，心情已经恢复平静。女儿那番抱怨，让她一时忘记海格路的遭遇，潜意识里，是想放在明天再仔细思量。她感到极度疲倦，闭上眼睛的同时已经沉入梦乡。

夜深浓，有人在哭，金玉在哭！不，金玉不会哭，她从来不哭！她在心里自问自答。

然后她听见自己的鼾声，她责备自己，你就是心硬！有人在哭，你睡得打鼾！

接着她发现家里的窗子有破洞，有人从破洞钻进屋，就像黄鳝从泥洞里钻出。她骇得坐起身，听到金玉的声音：

"明玉，你忘记了，你忘恩负义！"被怨恨包裹的声音。

金玉站在床边，眼睛直直地盯着她，明玉害怕得闭住双眼。

明玉心里想，金玉说话总是这么生硬，她演小生，戏里的男人说话却温柔。嘴里在回答金玉："我明天还会去看小格林，不晓得他遇上什么麻烦！你看得比我清楚，给我一点暗示吧！"

金玉的嘴在动，她听不见，一急便醒了，打开灯，窗帘拉得密密实实，刚才是个梦。

她盯视浅绿底色白色花纹的四墙，才能肯定自己睡在上海某一条弄堂自己的房间。

她在半醒之间常常以为自己睡在马路上，睡马路的噩梦跟随她很多年。她因此不让白天的自己停歇下来，所有的努力是不让自己和孩子们回到睡马路的日子。

她看钟，才两点，没了睡意。

楼下的派对已到尾声，梦里听到的哭声是从楼下传来，玛莎在哭，马克在说话，玛莎的声音越哭越响。平时他俩偶尔也会吵，通常是玛莎在斥责，很少听到她哭。明玉坐起身披上衣服打算下楼去劝。

　　以明玉的处世原则，玛莎家或者说邻居家的吵闹她是不会管的，尤其是夫妻之间吵架。然而今夜，她走出房门走下楼梯进入别人家的纠纷中，更像是为了冲破裹卷住自身的梦魇。邻居生命力旺盛的冲突，驱赶了令她窒息的阴暗。

　　马克最近经常夜晚出门，今天连自己家的派对都缺席，这是玛莎发火的缘由。

　　马克说，他有重要的事情，绝对不是玛莎怀疑的与其他女人苟且。马克的中文述说能力差，连他的辩解都是由玛莎转译给明玉的。到底是什么重要事情？现在还不能说！玛莎一边与他吵，一边还要翻译，虽然她的中文也是歪歪扭扭，还带着点东北口音。这一边争执一边翻译的过程，让明玉觉得有几分荒唐竟笑了，玛莎也渐渐平静。

　　玛莎年轻时是个美女，如今四十出头，身材已经发胖。她五官端正如雕像，高高的颧骨，两颊微陷，脸型骨感，有着古典的贵气。旁边的马克，高而瘦，留着络腮胡，几分落魄相。他俩站在一起，不是很般配，是马克配不上玛莎。当然，看起来般配的，未必能成一对，明玉此时想起她的"他"，心里有些感慨。

　　深更半夜，邻居下楼劝架，玛莎终于意识到自己的哭叫声影响了别人，于是暂时休声。

明玉的心情也转换了，世俗噪音令她暗暗相信驱赶了鬼魂，突然有了踏实感。

她再上床却难以入眠。此时，小提琴声替代了刚才的哭声，是隔壁弄堂的女人在拉琴，女人的房间窗口正对着她家二楼楼梯窗口。女人总是深夜才开始拉琴，背对着关闭的窗口，看不到她的脸。窗口的女人，总是戴着帽沿上有蕾丝装饰的黑色呢绒帽。对面房间墙壁漆成浓郁的紫蓝色，从来不拉窗帘。

阿小说，对面窗口的女人是罗宋人，是神经病。阿小不会追究这个罗宋人为何得神经病。阿小在不同人家做小时工，收集了不少八卦。她上午和傍晚在明玉家，买菜做饭洗衣服打扫房间，照顾明玉的孩子。

明玉搬来上海经营饭店时，金玉已经离世。

她们曾经是戏班子的结拜姐妹。金玉唱《薛仁贵征东》里的薛仁贵时才十八岁，是戏班子的台柱子。

明玉被戏班子收留，才十二岁。她是家中长女，年纪尚幼已具美人坯，母亲原本抱有希望，让她读私塾认字，以后有资本嫁好人家。

她十岁那年父亲去世，十一岁时母亲带她和弟弟改嫁打渔的鳏夫，搬到了船上。明玉十二岁那年，母亲突然和继父商量，准备把她卖去花船，她嗓音好，爱唱歌，又识字，可以多卖几个钱。明玉在水上生活的一年里，目睹花船上的糜烂，她逃走了。

明玉在戏班子做小群演，有天分，格外努力，也会看人脸色，她乖巧得像跟屁虫一样地跟着戏班子最红的金玉，很得金玉欢心。"明玉"是金玉给她取的艺名，明玉拜金玉做干姐姐，是点香磕头，有仪式的。

那时，金玉已经是格林先生的相好。金玉做歌女时和格林先生认识并成了他的情人。那时的格林还是一名海关小职员，但很快从低薪海关下层职员发展成做外贸的商人。金玉是个有主见的女人，一心要进戏班子为自己挣前途。她和格林先生同居后，不再卖唱，让格林先生为她付费拜师学戏曲，从歌女转身成为戏曲演员，如愿以偿唱上了主角，让英国情人为她骄傲。

金玉唱主角，又有个英国男朋友，在戏班子里气焰胜过班主，或者说，班主也要讨好她。

明玉在戏班子讨生活，有强烈的危机感。她害怕被抛回漆黑的街上，学艺刻苦。即使如此还是挨了不少打，班主打，金玉也会打，班主是急于让她上台赚钱，金玉是要她成材。

后来唱《司马相如与卓文君》，扮司马相如的金玉让明玉唱卓文君，那年她才十六岁。

在金玉严厉的指导下，她扮演的角色才有了光彩，渐渐坐稳旦角的位子。这出戏让她赢得与金玉并肩的"双玉"美誉。出去唱堂会时，金玉点名让她做搭档。

有一天她和金玉去饭馆唱堂会，遇到赵鸿庆，她的命运因此发生巨变。

赵鸿庆是同盟会会员，革命党人。他们当时为躲避袁世凯迫害暂居日本。堂会相遇那次，是赵鸿庆回上海参加一个会议，那天是去饭馆和同仁商讨会议议题，便遇上金玉和明玉搭档唱折子戏。

赵鸿庆中意明玉，他给了班主一笔钱，把她从戏班子赎出来。

明玉跟随赵鸿庆去日本定居。她离开上海之前去金玉家道别，金玉向明玉抱怨，和格林先生的关系，耽误了自己的终身大事。

"连你都去了大户人家，我怎么可以比你差？"

金玉就是这么说的。是她成就了明玉，她对明玉讲话不用顾忌。

戏班子的姐妹们都很羡慕金玉，虽然她的外国男朋友不肯和她结婚。是的，他们好了至少五年，看起来没有婚姻前途，但也没有生存忧患，假如戏班子解散，格林先生会资助她。金玉的人生很容易激发身边小姐妹的野心，明玉也是暗暗把金玉当作自己的人生标杆。

现在，却是明玉先离开戏班子，她对金玉有内疚。

金玉倒是觉得正常。人往高处走，是金玉的座右铭，但她还是没好气地扔给明玉一句话：

"有本事让他娶你。"

那时，金玉已经有了两岁的儿子小格林。

赵鸿庆带着明玉返回日本，在日本报上登了一条结婚告示，请同仁们来家里吃了一顿饭，让明玉作为主妇亮相一下，明玉便成了赵太太。她很快又知道，她是姨太太，赵鸿庆在湖州有个明媒正娶的太太。明玉当然不会计较,她觉得对于自己,已是高攀了。

她没有把"结婚"的消息告诉金玉,怕引起金玉的嫉妒或者嘲笑。金玉棱角尖利的个性,让明玉畏惧。

明玉此时回想,她生命中的两个恩人都很难相处,另一位是她亡夫赵鸿庆。

三

清晨，明玉赶去店里处理店务。她先要检查刚刚采购来的厨房食材，严格把控食材的新鲜度，这是饭店的声誉保证。

接着，查看饭店的卫生部分。厨房的器皿、客人用的碗碟是否干净，只要手摸一下她就心里有数了，她的手还会摸到橱柜和餐厅的地板角落。待会儿开店之前，厨房人员的工作服、工作帽的整洁程度，侍应生的外观包括头发脸面和手指甲，她都要眼见为实才放心。

饭店的卫生管理，明玉倾尽全力。这是居住日本时，其环境给予她的深刻影响。在国内普遍没有卫生习惯时，她要让自己的饭店环境从干净做起。

明玉的饭店"小富春"，位于法租界的环龙路，与繁华的霞飞路一街之隔。环龙路上住了不少白俄，他们多出身贵族或有钱人家，虽然流落在异乡已经落魄，骨子里的生活习惯还没有完全遗失。霞飞路周边还有其他西方国家居民，对饭店清洁卫生的要求更是远远高于国人。

因此饭店附近的俄国人和其他西方人要上中餐馆，明玉的饭店是首选。名声会一传十、十传百，越传越远，客人们早已不限于周边居民了。三年来，明玉的饭店在饮食界脱颖而出，其干净清洁的美誉超过厨艺。

处理完店务后,明玉去了一趟龙华寺。昨晚的遭遇和噩梦,去龙华寺烧一炷香才能让自己安心。明玉不是佛教徒,对烧香拜菩萨将信将疑。她知道自己太实际,临时抱佛脚——遇到麻烦事,才想到去庙里烧香。

但是,超自然的力量她是可以感受到的。她为难的是,生命中也没有其他通道可以让她匍匐在这力量之前。

以前在戏班子时,新戏开演前,他们都要摆供台,烧香跪拜;女儿朵朵传染到猩红热时,她去求过观音菩萨。金玉知道后不以为然,她告诉明玉,进了寺庙,每尊菩萨都要磕头,不能挑选。信佛,金玉比她虔诚,初一、十五她必去烧香,风雨无阻。

明玉匆匆拜过每尊菩萨,插三支香磕三次头,见功德箱就放钱。她跪在大雄宝殿恳求三世佛帮助小格林,有难关渡过难关,有生死劫避过劫难。

她在菩萨前和金玉对话,向金玉许诺,她不会忘记自己的恩人姐姐,她会照顾小格林,阻止危险近他身。

餐馆午后休息时,明玉带了她认识的中医伤科医生去海格路公寓,欲为小格林诊治。

早晨烧过香,明玉才敢走进海格路的公寓。进到楼房,她仍然不由自主打了个冷战,再次想到,公寓阴气太重。她现在后悔租房前,疏忽了一件要紧事:竟然没有请风水先生来看一下风水。这栋公寓有一套房子属于她。

海格路公寓原本是英资银行大班在世纪初建造的花园住宅,然后被李氏大家族购去，业主是李家小儿子，他聘请美资哈沙德洋行设计，在花园住宅上翻建成地上七层公寓楼出租。

有一天明玉走过海格路，新立起来的公寓楼，其西洋风格吸引住她的目光。那时，公寓正在招租，走进大楼更让她惊艳，内有花园草坪游泳池。她一个晚上就做决定，用金条顶下三楼一套房，把家里老底都贴上了。

年幼时睡马路的经历让明玉觉得房子比金条更有安全感，房子也要储备，像银行储蓄。再说，好地段的房子只会越来越少，这是她在盘下饭店时领悟的房产经。

她在环龙路上的两间房不甚理想：一间亭子间，一间后楼小房间，两间房的面积加起来不足25平米。海格路公寓的单间面积25平米也不止，内有独立厨房和卫生间。公寓是高档住宅楼，她不舍得自己住，做二房东，将房子转租，没有风险的投资。

明玉有一种奇妙的感觉：公寓楼特有的格局启迪她的憧憬，自己的未来有了令她愉悦的画面。

海格路的公寓楼如同水中孤岛，单独屹立在街边。

公寓楼没有弄堂，出了大楼便是马路，进进出出不再有弄堂邻居的目光，陡然轻松。楼房内，上上下下有电梯，隔断了每层人家，很容易"鸡犬之声相闻，老死不相往来"。事实上，楼房材料坚固厚重，"鸡犬之声"也难相闻，隐私被牢牢守住，流言蜚语没有传播空间。租客多是单身，每个单元成了孤岛。

自由，首先是孤独，这是明玉对"自由"的直觉。

当时明玉选了一条白俄居多的弄堂居住，便是为了躲避中国邻居的闲言碎语。她的戏班子经历，让她在有身份的家庭之间很难安身。

海格路公寓给予她诱人的前景：等孩子们有了自己的家庭，生活变得简单了，她可以搬出弄堂，搬来公寓住，享受清静；她可以像体面的大都市女人，无拘无束过自己想要的生活。"想要的生活"是什么她并不清楚。无拘无束是首要条件，她把自己压抑得太用力。

她顶下公寓房子不久，便转租给丈夫同乡宋家祥的亲戚，从扬州来沪读美术学校的女学生心莲。

昨晚，明玉便是来公寓给心莲送食物。心莲去公园写生，雨后泥地潮湿，她的脚踝崴了。

今天从龙华寺去公寓，明玉是在路上叫的黄包车，她的车夫阿海白天为饭店厨房打杂。

昨晚的事，她原想嘱咐阿海不要对人说，想想不妥，一关照反而让他生疑。她知道自己对小格林的关照让阿海不解，好在阿海不看报。

小格林的名字已出现在今天的《申报》：前上海大班格林先生的儿子戴维·格林在夜总会醉酒与人冲突……这篇报道主要披露夜总会的乱象，小格林只是被提了一下。所以，娜佳没撒谎。但娜佳是白俄，怎么会和小格林有往来？是的，娜佳不会无缘无故助人为乐，明玉觉得蹊跷。

娜佳是楼下邻居玛莎家的朋友。她在夜总会跳草裙舞，忙着挣钱，有野心，为人自私，心肠硬。按照阿小的说法，即使有人倒在面前她也不会伸手扶一把，除非给她钱。明玉并不了解娜佳，娜佳的坏名声是从阿小那里听来。

明玉敲不开四楼公寓的门，小格林不在？

昨晚，小格林看起来伤得不轻，他怎么离开公寓呢？他是否求助父亲，将他接回外滩住所？

这只是明玉的希望，却又知道不太可能。金玉含泪的眸子在明玉眼前晃动，她一定已经看见小格林将要遇到的危险。

明玉在小格林的单元外怔忡片刻。伤科医生在她身旁东张西望，仔细打量并惊叹这栋公寓楼内精致的建筑细节。这位住在华界的中医伤科医生一直考虑搬到租界，却又担心这边的居民比较崇洋，不那么相信中医。

明玉将伤科医生带去三楼探望心莲。

心莲是扬州张姓富商宠爱的幼女，从小跟着父亲来去上海采买购物。女孩子迷恋大都会，中学毕业吵着去上海美术专科学校读艺术。父亲把她托付给嫁去湖州的表姐的儿子宋家祥，让他帮助心莲在上海租房安顿。

受托照顾的远房表妹，顺利地住进了离表哥住处不远的海格路公寓。

宋家祥也喜欢这栋欧式风格的公寓楼，外观气派豪华，内里设施先进。进出租客都是单身，看不到拖家带口充满嘈杂市声零零碎碎的俗世烦扰，最称单身汉宋家祥的心。他也想顶下一个单元，无奈楼里租客已满。

宋家祥出生的湖州小城丝绸业发达，老父是丝绸商人。他从圣约翰大学毕业，专业是经济系。上海报业繁荣，他用老父分给他的名下财产与人合办印刷厂，厂址在法租界，规模虽小却能与时俱进。他做年画、美女广告画、各种商业画的印刷，以及圣诞卡、新年贺卡和生日卡，生意方面稳定。他的客户对象不乏租界外国人和本地西化的国人。当然，他本人也很洋派，对时尚敏感。

宋家祥佩服明玉有眼光、做事果断。三年多前，赵鸿庆去世后，明玉就想在上海发展。她从报上看到饭店转手广告，与家祥商量后，便带了现金接手饭店。她那时就已经租下环龙路的住房。海格路的房子，也因为她下手快才拿到。有时候，他觉得明玉比他还领市面。

明玉和伤科医生在心莲住处遇上来探访的宋家祥。

家祥和心莲异口同声：说曹操，曹操到。心莲刚刚告知家祥，昨晚明玉亲自送来食物。话音才落，明玉竟带医生进门。

心莲感激不尽，笑说，不是她有面子，是表哥宋家祥的面子。

明玉便说，有位朋友的家人受伤，她需要陪医生上门出诊，就在附近，所以顺便来看望心莲。

家祥有些意外，他知道明玉不爱管闲事，除非特别关系让忙碌的明玉离开饭店，带医生出诊。

"也正想看看心莲的脚拆药后肿消了没有。"

明玉的借口却让心莲受宠若惊，她一直崇拜明玉，但明玉像穿着盔甲，难以亲近。

心莲刚到上海，宋家祥便把她带去明玉的饭店"小富春"吃饭。他告诉扬州女孩，在这家餐店可以看到和大世界游乐场不一样的"西洋镜"。心莲进了店才知，家祥表哥口里的"西洋镜"是一种比喻。

于是，心莲第一次看到白人端盘子、向黄皮肤的中国客人鞠躬；也第一次看到，上年纪的中国男人对年轻的白人女侍应生动手动脚，却被一位像是饭店经理的中年中国男人给领走，或者说，将他送出了饭店。

心莲很快注意到，这位中国经理是在一位中国妇人眼色下，与贪色老男人周旋。于是，心莲的目光被这位妇人吸引。

中国妇人站在店堂后方，神情恬淡，姿态端庄，眉眼细致化了淡妆，她的服装也不同凡俗，竟然不穿民国主流服装旗袍。这天她穿一件黑白细格衬衣配黑色西式外套和黑裙。以后，心莲会发现，她只穿西式套装，且是单色，黑色藏青浅灰，随着季节变换面料。

素色服饰与妇人稍嫌冷淡的表情相配，她不是那种亮闪闪的漂亮，是看着舒服的好看。她五官清秀，身材因服饰的合身而曲线婉约。事实上，你不会去注意她五官或身材的某一部分，她是一个完整的形象，是经过修剪的简洁，她把自己的形象当作艺术品仔细雕琢。

她仿佛试图不引人注目,却仍然如磁场般散发着磁性,让食客们感受到她的存在,她便是饭店老板娘明玉。

心莲坐在"小富春"才知道自己有多么孤陋寡闻,饭店的场景,老板娘的出众,让她时时感受家乡的封闭和单调。一家小饭店便让她明白这座大都市的丰富多彩,这里的"西洋镜"比大世界的"西洋镜"更有看点。大世界的热闹是市井草根的闹猛,与她的小城气息接近。这里的"西洋镜"更西洋,穿灰色围裙的白人男侍者和头发涂了发蜡梳得精光滴滑的中国经理是充满对比的两张脸,是可以用来创作的模特。而看起来低调却又仔细打扮过的老板娘,让心莲手痒得想立刻把她复制在纸上。

那天,她甚至没有注意到,宋家祥点的菜肴是她家乡饭店的风格,她太熟悉而立刻就忘了。

"这些白人看起来像欧洲人,其实是俄国人。"宋家祥告诉心莲。他经常不失时机给来自小城的表妹作些指导性介绍。

"俄国人不是欧洲人吗?"心莲奇怪了。宋家祥笑笑,没有回答心莲的问题。

把俄国与欧洲分开,是很多欧洲人的看法,也包括宋家祥。

当年,白俄S将军带着装满难民的兵舰停在靠近法租界的黄浦江畔,引起工部局的惊慌。之后不久,宋家祥订阅的《字林西报》就有报道说,街头出现了白俄乞丐,白种人的优越感神话被一群俄国饿鬼在一夜之间破坏殆尽。

"流落到中国的白俄不少是贵族呢,也许还是王子公主,从新政权逃出来，成了难民。"宋家祥不露痕迹转移话题。他又花了点时间，向心莲解说一番俄国的变迁。他虽然经营工厂，却从名校毕业，读英文报纸，见多识广，表达任何看法都显得胸有成竹，"逃难到中国，一无所有，什么都要干，有技能的，比如那些艺术家，可以教人唱歌弹琴，没有技能只能打些低级工。你要是住弄堂房子，会看到这些穷白男人：磨剪刀做门房。女人到饭店咖啡馆做招待，或者去做舞女，更低档的是做妓女。"

家祥特有的带一点冷淡的优越感。"不过，也难讲，"他朝着那位年轻的白俄女侍应生稍稍抬抬下巴，"她们白天在饭店做，晚上兼职另外的行当也说不定，不管怎么样，在饭店里被客人动手动脚太难看了。"

见心莲尴尬，便又道：

"我们小富春老板娘在这方面管得相当严，宁愿得罪客人，赶走下流坯，饭店档次才会上去。"

"我们小富春老板娘"，听起来他俩关系亲密。这位表哥仪表堂堂眼界高，他看明玉时目光里的欣赏倾慕，让心莲涌起醋意。

心莲喜欢表哥，说暗恋也不为过。

家祥比心莲年长一轮，三十岁了却不急着成家，在静安寺附近的愚园路买了一栋小洋楼。

心莲崇拜明玉，也难免有年轻女子的优越感。作为女人，明玉到底还是老了，难道三十岁的女人，在男人面前，比十八岁的自己占上风？

她后来又跟着宋家祥去"小富春",去了又去。白俄侍者、西洋顾客以及洋派的上海人吸引心莲,但她更想去见明玉,她把明玉当作她的追随目标。

心莲渴望成为标准的大城市女人。

明玉是革命党遗孀,容貌不俗,单枪匹马经营饭店,不免流言蜚语。有生客因好奇上门,果然老板娘是美妇人,却不苟言笑,不与生客周旋,安静冷淡。

有人不太服气,她出身戏班子,装什么大家闺秀?却也很少人敢轻易冒犯。据说她在戏班子练过功,有一次遇到醉酒客人非礼,把对方摔在地上。这更像是传说,但她亡夫是国民党元老,在江湖有人脉,应该是真的。

对于宋家祥,领着年轻女孩游走上海是责任,也是乐趣。

但家祥拒绝了心莲要上明玉家拜访的请求,他不说明理由,只是笑着摇头,心下觉得,表妹到底来自小地方,不懂分寸。

伤科医生拆开心莲脚踝绑着的纱布,刮去敷在伤处已经干了的药料,脚踝处发黑,肿却消了。医生说,里面的淤血都吊出来了,一两天就可以下地走路。

心莲佩服得不得了,脚上的伤药便是这位个子矮小貌不惊人的老中医给敷的!她更佩服明玉,因为,明玉有本事把人海茫茫中的神医给找出来。

医生半老头子,对心莲殷勤,想多聊几句,却被明玉催着起身。

"医生还有事,过几日来看你。"

明明是她比医生匆忙。

昨天也是,她放下食物,问候几句,不给心莲聊天时间。明玉因为家祥的面子,百忙之中来探望送食物,让心莲内疚,却也有难以言说的压力。

明玉离开时朝家祥使个眼色,家祥立刻起身向心莲道别。

心莲委屈得差点掉泪,本来指望表哥多陪她一阵,这些日子出不了门,把她闷坏了。

她不是没有捕捉到明玉的眼色,他俩之间的关系,心莲一直怀疑有暧昧,此时对明玉的感激被嫉妒冲淡。

四

"正想找你商量点事。"走出房间，明玉对家祥轻声道。家祥点头，没有多问。

两人之间的默契医生也有觉察，他认为他们有一腿，便半垂眼帘，表示可以视而不见。

他俩和医生走进电梯，没有交谈。

一位三十多岁男子站在一楼门厅等候电梯。

电梯下到一楼。他们三人走出电梯，男子进电梯。

一进一出之间，男子的眸子一亮，和明玉的目光对上，彼此一怔。

这天的明玉，黑色西装内衬了一件洋红羊毛衫，是为去庙宇给自己祈福，也为了驱除昨晚的晦气而穿。这洋红色介于红和蓝之间，特别衬明玉白皙的肤色，使她比平日更引人注目。

他的目光被她吸引，在盯视她的第三秒才认出她来。她的脸庞仍然光滑，气质变了，变成另外一个女人，让他下意识地转开目光。

明玉看到他的第一眼就认出了，几乎脱口而出他的名字。三十多岁年纪，脸还不会变形，保持着年轻时的轮廓，虽然时光留下难以描述的痕迹。他目光依然炯炯，低立领的日式中山装，带来日本校园的气氛，一些场景突然清晰，几乎历历在目。

明玉的眼睛有些潮湿。

他年轻时的意气风发被什么东西替代了？多疑，戒备？他转开目光，不愿相认？

他瞥见紧随她的男人，穿一身浅灰色薄呢西装的讲究男子。现在她终于改换门庭，和同龄男人相伴？他想起她突然消失后自己的绝望，他轻视当年脆弱的自己。

他因此疏忽了电梯间里走出第三个人，伤科医生，穿长衫的半老男人。

电梯门又关上，男子上楼了。

伤科医生发出感叹，这楼有气派，里面的人也不平常。

明玉没作声。宋家祥也没有说话。

陌生男人对明玉的凝视，眸子溅出的火花，显然和她的目光有电流，虽然宋家祥看不到明玉的眼睛。如果某一天明玉和这位陌生男人之间发生什么，他一点都不会奇怪，上海并不大，何况是在一栋大楼里。

不过，家祥又相信什么都不会发生，明玉身上有盔甲。有时，你不得不遗憾地发现，她更像一池波澜不起的死水。

此时，他俩坐在霞飞路上一间白俄人开的咖啡馆DD'S。自从1922年，S将军的战舰带来白俄难民，法租界变化惊人。

二十世纪二十年代初，明玉随丈夫从日本回国，在环龙路住了两年多。在这号称法租界的地盘，几乎见不到法国人。环龙路的街道窄，梧桐树比房子高。一街之隔的霞飞路，不过是一条两边有木头房子的跑马道，街上巡逻的，是法国人雇佣的安南裔警察。

就这十年不到时间，霞飞路一跃而成繁华商业街，并且是一条欧陆风的商业街。后来的人一定顺理成章认为，法租界就该是欧陆情调。却不知，给法租界带来欧陆风的，是逃难上海的俄国人。

霞飞路上白俄人开的小商铺，从吕班路一直绵延到亚尔培路，这一段便成了霞飞路的中心段。面包店甜品店有好几家，咖啡馆则多达几十间。此外，珠宝店，呢绒店，饰品店，钟表店，鲜花店，渔猎店，其中黑人皮草店（Blackman's Fur Store）、弗奇药店（Foch Pharmacy）、DD'S咖啡馆、乔治照相馆（George Photo Studio）、复兴饭店（Renaissance Restaurant）、佩拉内衣店（Perla Lingerie Salon）、查卡连兄弟烘焙店（Brothers Chakalian Bakery），都是已经在上海打出名声的名牌店。于是，这一段的霞飞路被上海人称为"小莫斯科"，被白俄人称为"涅瓦大街"，是宋家祥经常到此消磨时光的街区。

如果没有宋家祥带领，明玉不可能去那些咖啡馆，她常走霞飞路，却没有闲暇去了解这条街。DD'S的调调她暗暗喜欢，不曾表露，宋家祥懂她，带她来过几次。

这里的下午，几乎见不到中国人。来咖啡馆的外国人，明玉很难分清谁是英国人法国人或者俄国人，他们三三两两，更像来谈事，而不仅仅是消闲。

也有独自啜饮咖啡的中年男人，让明玉想到住在她家前楼的白俄契卡。契卡孤身在上海生活，他曾经是白俄军队医药官，如今在霞飞路上白俄人经营的"明星大药房"当店员。

以前午休时间，契卡会来DD'S喝咖啡。这里一楼有两台吃角子老虎机，一元可换十只筹码，契卡偶尔也玩一下。他的零钱换成的筹码，被角子机吞得无影无踪，虽然肉痛，还是不死心，盼望有一天发生奇迹：机子里的角子全部吐出来。这样的奇迹只是听说，仿佛从来没有出现过，至少没有出现在契卡身上。

契卡终于放弃老虎机了，他得为周末存些零钱。礼拜六晚上他必须出门找乐子，度过最难捱的夜晚。他必须去酒吧舞厅夜总会，花钱消愁。他还要攒钱等待失散的妻女，但每个月都是"脱底棺材"，没钱存下，常常还要借钱。

这些事明玉是从家里佣人阿小那里听来，阿小周末去玛莎家做清洁，知道不少白俄人的生活状况。是的，即使在同一条弄堂同一栋楼房，由于语言障碍，两国居民之间仍然处于半封闭状态，除了吵架声和音乐声，或者救护车进弄堂，白俄人如何在上海生活，对于许多本地人仍然是个谜。

家祥带明玉去的是DD'S二楼，二楼相对格调高一些，咖啡馆兼西餐厅。大厅中间有小型舞池，晚上有乐队伴奏，食客可以跳舞。家祥说，哪天我们可以晚上过来，我请你跳舞。明玉笑着直摇头，她从来没有跳过舞厅舞。这类娱乐与她的人生没有任何关系。

午茶时间，有年纪不轻的外国女人互相结伴，她们不用上班，衣着考究，来咖啡馆消磨时间。明玉羡慕她们的悠闲，她的人生只有忙碌。像今天这种日子，假如下午有事不能留在饭店，一清早她便去饭店，提前作了周密安排。

咖啡上桌后，宋家祥看着明玉喝第一口咖啡，待她露出笑容，他才端起他的咖啡杯。

明玉并不懂咖啡的好坏，她的微笑是迎合家祥。他在"吃喝"这件事上的顶真一直让明玉暗暗好笑。比如，他认同的好咖啡，希望明玉也认同。每次来DD'S，他都要等明玉喝了第一口咖啡并露出笑容，他才放心喝他自己的咖啡。

喝了半杯咖啡，明玉还未说正事。家祥放下咖啡杯，正想发问，明玉说话了。

"我带医生是去看小格林。他就住在海格路公寓。"

"小格林？"

"我的小姐妹金玉的儿子，和英国人生的混血儿。"

"喔，你说起过，金玉的男人当过上海大班。"

"就是他，我们都叫他格林先生，叫他儿子'小格林'。"

明玉向宋家祥讲述昨天晚上在公寓门口巧遇小格林和娜佳的事，她没有提金玉的鬼魂，只怕讲出来让宋家祥笑话。他那么崇洋的人，不是亲眼看到，不仅不相信，还会轻看明玉，会认为她迷信落后。

她提到《申报》上的消息，宋家祥不订阅中国报纸，他只读英文报纸《字林西报》，算是对曾经引以为傲的圣约翰大学的交待。

"我知道他应该在英国读大学，怎么会在上海？"

明玉没有掩饰她的烦恼，却让家祥不解。

"可能毕业了，或者，没有心思读完，上海夜晚灯红酒绿，诱惑太多。"

明玉点头，若有所思，像在自语。

"看来，小格林是去夜总会才认识娜佳。"明玉询问地看着家祥，"娜佳在夜总会跳草裙舞出名，应该有黑社会背景！"

"当然，那种地方……"

"他和娜佳搞在一起，让我担心。"

"单单因为醉酒和什么人冲突，倒是很正常，就怕有其他纠葛。"

"我正是担心这，好像不是醉酒那么简单……"她想到金玉含泪的脸容，又心跳了，"这孩子胆子一直很小，从前在上海，很乖的男小囡，被命运作弄，变得古怪了。"

她想着发生在小格林身上的绑架案，他的小手指被绑匪切了一截……她去探望金玉，见到了小格林，那年他也就八九岁，金玉让他把残缺的手指给明玉看，小男孩紧紧捏着拳头不肯示人。她为小男孩心痛，心里责怪金玉不该这般没心没肺拿孩子的痛苦示人。

明玉此时想到那个场景，仍然感到心痛，涌起强烈的保护欲，无论如何要帮小格林摆脱危险。

见明玉紧蹙眉头，家祥便道："要是在上海闯祸，赶快离开，回英国才是正道！"

"我也这么想！"明玉对着家祥直点头，心里由衷感叹，我们总是想在一块。

"是不是和格林先生联系一下呢?他要是不给儿子钞票,小赤佬没办法在上海混!"

一句"小赤佬"称呼让明玉失笑,什么事情到宋家祥这边好像变得不是什么大事。他万事胸有成竹,生活在自己智慧的判断中,让人想依靠。

可是,事情好像又没有这么简单,为什么金玉的眼神让她心惊肉跳?

明玉的怔忡让家祥产生疑问,她好像有更要紧的关节没有说出来!

家祥招手让侍者续咖啡,明玉说她不能喝了,心有点慌。

"不是咖啡的问题,你心神不宁,不光为了小格林吧?"

宋家祥看着明玉的眼睛问道,目光是严肃的,语气却有几分轻浮。往往,当他说到心里很在意的事情时,语气却变得轻浮。

"刚才,在电梯间门口,看到一个熟人。"明玉吃惊自己头脑和嘴不在一个波道,明明是想说金玉的事。

"电梯间门口?"

"那个穿日本学生装的男人,我和他认识!"

家祥很意外,一时接不上话。

"他应该认出我了,但装着不认识。"

"可能不便相认,他误会了,以为我和你是一家。"

家祥自嘲的口吻。明玉却摇头。

"他见过我丈夫,他是我在日本学校的校友。"

明玉没有意识到，说起日本学校，自己的眼睛在闪闪发亮。

她搭电车去市区大学补习日语，校园热气腾腾，一些中国留学生无心课堂，他们聚在一起，谈论西方自由平等的理念，说出的话都是热血沸腾的大词：民族解放，国家富强……诸如此类。

他属于日本校园中激进的中国留学生团体，在校园演讲时滔滔不绝。同样的政治诉求由他讲述，逻辑清晰言辞犀利，他年轻清瘦的额头因激情洋溢而暴出青筋。她是他的听众，演讲的内容已经耳熟能详，她的丈夫赵鸿庆就是在早期留日期间加入同盟会，是辛亥革命时期的活动家。她被这位校园青年对理想的热烈程度感动。

他们成了朋友，他叫李桑农。他将陈独秀创办的《新青年》杂志塞给她说，是《新青年》率先举起了"民主"和"科学"的大旗。他说，我们一起为民主自由奋斗。

"我们"里包含了她，让她感动。这是她的人生中，第一个与她平等相处的朋友。并非他的那些革命大道理，而是他对她的尊重唤醒了她自身的人权意识。虽然丈夫追随孙逸仙多年，他参加的同盟会在推翻清政府、结束中国两千多年封建帝制的辛亥革命中起了重要作用。但回到家，丈夫却需要妻子顺从和服侍。

她在苏州乡下长大，下农田干活，家务方面只能干些粗活。刚到日本，她做的饭菜口味太差，被丈夫打耳光扔瓷盘。她为自己的愚笨羞愧。为了让丈夫满意，她向房东——上年纪的老妇人学做日本料理，每天学一样做一样，厨艺进步的同时，其他家务能力也在长进。从丈夫渐渐满意的神情，她知道自己成了合格的家庭主妇。

但丈夫的满意度并不意味着她在社会上可以抬头做人。赵鸿庆和他同船去日本的革命党人经常聚会,谈论的话题不外乎中国前景、如何推行孙逸仙的革命纲领……她陪伴丈夫出席那些场所,却被革命党人的妻子们排挤。她低贱的出身让她们怕受玷污似的,同处一室不愿和她说话,连正眼都不瞧她,好像她是透明的。

人生而平等,这么简单的真理,却是通过这位年轻学生与她的相处,给她身体力行的启蒙。

她在学校,在那个年轻人面前,觉得自己是个新人,新鲜有光泽地存在着,他讲的那些大道理虽然隔膜,却让她有一种卷入伟大事业的幻觉。

她的文化水准学识修养比他差了好几个等级,但他无差别地和她谈论他读过的书,他聊伏尔泰、卢梭、华盛顿,崇拜罗伯斯庇尔。他也听她讲述她读过的书,她那时在学日语,读了一些与日本现代历史和文化有关的课外读物,明治维新是他俩热烈谈论的话题。

他擅长从大局看问题,认为明治维新使日本成为亚洲唯一能够继续保持民族独立的国家,扭转了日本民族的历史命运。

而她更关注明治维新带来的文明开化风潮,她从书中读到:原先,日本人的饮食是米饭、咸菜、酱汤老三样,缺乏营养而发育不良,这和他们信奉佛教有关。六世纪中期,佛教在日本达到鼎盛,为了彻底遵循佛教的清规戒律,日本天武天皇向全国下达了《杀生禁断令》，要求国民不准杀生不能吃肉，导致日本人缺乏营养发育不良而成矮个子。明治维新时代，明治天皇放开杀生令，带头喝牛奶吃牛肉，示范臣民改变饮食结构，日本国民用了七十多年的时间，让身高有了明显提升。

因此明治维新在普及教育的同时，也将西方的生活方式带进日本，改变了日本人的衣食住行。她的女性视角令他惊喜，他直言不讳崇拜中国新女性，她们是开创者，不再沿袭千百年传统女性的道路。她们跟男性一样进校读书关心时政，不再依附男人，是独立的个体，虽然社会和习惯势力仍然在压制她们。她从他的目光中发现自己就是新女性——他的凝视饱含热情和倾慕。

假如说她的青年时代有什么值得回忆的片段，便是与他的相处。然而丈夫的一声断喝，戛然止之。她的新女性角色，只是在校园、在他目光里存在片刻。

现在的她才真的不再依附男人，称得上是独立的个体，她终究没有辜负当年他目光里的自己。虽然她并没有参与任何政治运动，她不过是竭尽全力，让自己和孩子过一份体面的平凡日子。

五.

宋家祥第一次听明玉讲起日本。

他回湖州老家时初遇明玉。那时，他们好像刚从日本回来，赵鸿庆带妻女回湖州探望老父。

在湖州时，明玉经常搀着她年幼的女儿沿着河道散步。她穿普通的毛蓝棉布袍子，却非常惹眼。事实上，年轻又好看的女人穿什么都惹眼，更何况她有着不同于周边女人的气质。

她的女儿朵朵，穿有蕾丝花边的白衬衣、红格子短裙，脚上白袜红皮鞋。只是，白衬衣已经起皱有了污渍，脚上的白袜子溅上了污泥，人们很快就会知道，这个上海来的小姑娘顽皮好动。

宋家和赵家是世交，明玉是赵鸿庆的第二房太太。她沉默寡言，迥异于小镇妇人，却也不完全像上海女人。她的打扮和气质、举手投足像被晕染了一种颜色，铺陈在她原生态的中国本色之上，无法完全覆盖，影影绰绰，复杂了一些，却又不同于他见过的日本女子。

所以，在他老家，明玉即使穿中式长袍，欲跟本地女子靠拢，仍然带着异乡色彩。不久，他听到邻里之间有关于明玉低贱出身的流言。然而，进到宋家祥耳朵，流言增添了明玉的传奇色彩。

"你大概听说了，鸿庆年轻时在日本留过学，加入了同盟会；回国后，投身参加辛亥革命，1914年孙逸仙在日本东京召开大会，宣布中华革命党成立,他也去参加了;袁世凯当上临时大总统之后,开始对革命党人士迫害。为了躲避袁世凯的迫害,他们一批革命党人去了日本,住在东京郊外。中间,他回上海开会遇到我,把我带去日本。"

明玉的讲述令宋家祥吃惊。

"喔,真是不简单,你也参与了历史进程!"家祥不由感叹,"虽然早已听说鸿庆兄是同盟会会员,不过,也只是传说,而且是很久以前的传说,并没有把他的身份和大事件联系起来。虽然那时年纪小,对时局现状倒是操了一份心,"家祥"呵呵呵"地笑,仿佛在讥笑当年的自己,很快又敛起笑容,"成年后越来越厌恶混乱的政治现状,到后来……就不再想关心国家,只关心自己……"

宋家祥戛然而止。

我也是……明玉点头在心里应和,是一种深切的共鸣。

他似乎欲言又止。明玉继续道:

"我身在其中,也是后来才慢慢懂,毕竟那时……文化太低……"她突然吞吞吐吐,在犹豫如何述说,"那之前是……是在戏班子讨生活,应该说,鸿庆他……给了我另一种人生,不过当时好像在做梦,好像昏昏沉沉,变化太大了,需要时间去弄清楚……"

这是明玉第一次告诉宋家祥她的人生轨迹,虽然他们已经认识有些年头,事实上,关系早已非同寻常。

她的文化教育在日本速成,甚至发育都是在日本完成。自从虚岁十五来月经，经期就没有正常过，一年里，有一半时间是在闭经状态。她看起来瘦弱苍白，个子才到丈夫肩膀，有一度他怀疑她不会生小孩。

她讲述自己过于简单，宋家祥不会追问。他和明玉很亲近也很疏远，越是亲近越要保持某种距离。他的处世方式，便是不追问不打听与己无关的任何事，不扰乱内心平静而随波逐流。宋家祥并不给自己立下任何准则，然而身处乱世，内心有"人生几何，譬如朝露"的感叹。

沉默片刻，明玉又道：

"到了日本后，他立刻带我去日本学校注册，先学日语……"明玉顿了一顿，"当时我才十七岁，小时候在私塾读过书，汉字认了不少。"

她此时此刻回想往事，突然有些明白，母亲去私塾做清洁工，其实和私塾老先生有其他交换，老先生才让她进私塾读了两年书。喔，母亲并非不爱她。

"在日本学校读了两年日语，也选修了日本大学对社会学生开的课，希望累积学分，转为本科生，当然，并没有那么容易，鸿庆说，不如在家补习更有效率。"

她的语调低沉，没有掩饰内心痛楚，让家祥暗暗吃惊。

1919年巴黎和谈失败，赵鸿庆和他的革命党同仁——此时已是国民党人——被紧急召回国内，由于当天就要离开日本，他去明玉的学校通知她。

彼时日本校园充满动荡的气氛,学生们站在操场,围成不同的小圈子议论。赵鸿庆一眼就看见明玉,她正在和李桑农交谈,他们脸上充满激情,眼神热烈,让他脸色大变。

他把她带回家,刚进家门,便朝她连扇几大耳光,破口大骂:

"给我跪下,我是让你读书长见识,不是让你去勾搭男人,你戏子本性不改。"

她跪在地上哭喊:

"你侮辱我,把我打死吧!"

她以前对他逆来顺受,无论挨骂还是挨打,她都默默承受。这么激烈的反应倒是让赵鸿庆意外,这才发问:

"你们在谈什么,那么激动?"

她哭得喘不过气来,他以为她不想说,怒火又起,朝她胸口一脚踹过去,她朝后一仰失去意识。

他害怕了,将她抱上床,用指甲抠她的人中。

她醒来后,看到丈夫脸容焦灼。

"中国发生大事,我马上要回国,从今天起,不准去学校,等我回来再作安排。"

她没有作声,躺在床上,睁大眼睛看着天花板。她在回想之前遇到了什么,对,中国发生大事,李桑农也这么说,他告诉她,巴黎和谈失败,北京学生上街了……

丈夫已经出门了,却又回进来,似乎有些不安,他说:

"我还是会给你机会继续读书,你要向我发誓,不再去学校！"

她看着他，没有回答。

他急着赶轮船，等不到她的回答，气哼哼地警告：

"你要是不听我的话，我可以把你赶出家门。不过，我并不希望这种事发生，你也不会再想回到戏班子。"

怎么还有脸面回戏班子？不如去死！那天，她看着镜子中的自己，对自己说。

被丈夫拳头打肿的脸很丑，眼睛四周已经发青。她想，她要么跟他过下去，要么去死。两年多的日本生活，让她脱胎换骨，她不可能回到原来的生活中，回不去了。

她并不是第一次挨打，怎么突然就觉得不可忍受呢？因为有了对比吗？身边这个年轻人，对她尊重有礼，他们几乎每天在校园相遇，然后交谈起来，成了朋友。他向她那么急切热情地阐述自己的政治观点和对中国未来的思考，对她的想法也同样关注和热切。

他们谈论时政，忧国忧民，他把她带到不同的人生境界：她不再卑微，低贱，被恩赐而垂下头生活。他们共同关注比自己人生更重要的大事，同时，年轻的身体彼此吸引。

他眸子里的炙热，她感受到了。她也用同样热诚的目光回应他。

所以，丈夫发怒并非无缘无故，他都看见了。

事实上，她并没有其他想法，假如身体的能量不由自主流淌，她的理性仍然会坚守对丈夫的忠贞。

她没有勇气去死，校园生活赋予人生更多希望和色彩，通过学外语，她看到另一个世界，比她想象得大很多，丰富很多。

而这一切是丈夫带给她，一个有社会地位却脾气暴躁的男人，他把她从社会底层打捞上来，他付钱让她读书，同时对她打骂任意。她想，命运不可能只给你糖吃。

但她已经不是那个只想活下来的小戏子，在日本两年多至少学到了"平等"和"自由"这些词语，她怎么说服自己在一个恩威并施的男人身边过下去？

她突然开始呕吐，每天起床就恶心，没法进食，虚弱得直想躺到床上。她以为自己得了重病，怕自己死在家里，便去告诉女房东。女房东仔细询问后，带她去医院妇产科检查。

怀孕诊断，立刻让内心风暴平息了。不如说，她找到了留在丈夫身边的理由。当时的徘徊，不就是畏惧离开丈夫以后，未有着落的生活？

接着，李桑农突然找上门。他说，是辗转打听到她的住址。她没有邀请他进家门，丈夫不在家；当然，丈夫要是在家，她更不可能邀请他进屋。

她脸上已消肿，眼睛周围的乌青变成灰色，像一大圈没洗干净的污渍。

他看着她有些发愣，她便告诉说，她摔了一跤，脸撞在家具上。

"所以你就不来学校了？"他笑问，她摇摇头，欲言又止。

在她家门口，他们匆匆聊了几句。是个阴天，天空铅灰色，雨马上要滴下来似的。雨有什么可怕？为何下雨前，总是无谓地担心？回想起来，站在校园时，阳光总是明亮得刺眼，必须眯起双眼。

她不安的神情也影响到他了，他好像刚刚明白贸然上门的不妥。

这天的李桑农，离开校园背景，变回腼腆的年轻后生。他告诉明玉，他马上要回中国。

"从5月4日北京学生罢课游行后，天津、上海、广州、南京、杭州、武汉、济南的学生和工人们也给予支持，他们都上街了！我不能站在这场洪流外面，国内发生翻天覆地的变化，我必须参与进去！"

他又激昂起来，回到了校园状态。

"我是来告诉你，我马上就要回国！"

"我也很想……非常想！……"

她轻轻呼应，眸子亮起来，消沉的情绪被鼓舞。

"我们一起走？明天有船票。"

她愣住，他的召唤却让她冷静下来，她的人生并没有给她冒险的勇气。

"我丈夫……他前几天就回国了，也是为了国内发生的事，他……是同盟会，是革命党人……"

"喔……那他是国民党元老了！"

他嘀咕了一声，因为吃惊而失语一般。

她记不得他们后来是怎么过渡到告别，也许那时心里太乱，而他好像也很乱，突然失去了过往条理清晰的语句。

只记得一个场景。

"你这么年轻，不知道你已经结婚了！"他和她已经说了再见，走出两步回过头又说道，没有掩饰他受到的冲击和失落。

她当即泪如雨下，他站在那里不知所措。

丈夫从国内回日本，给她找了家庭教师，他说："我担心你没见过世面，被人引诱，一失足成千古恨。"

她向丈夫辩解说，那天他看到的情景，是那位学生在告诉她国内发生的大事，他跟丈夫目标一致，因为巴黎和谈失败，和其他中国留学生一起回国参加游行。

赵鸿庆鼻子哼哼，"有些男人就是用这套大道理勾引女人，勾引你这种不经世面的女人。"

她不经世面没法抹去低贱的出身，也无法改变她在丈夫心中的地位。她放弃与丈夫辩解，他们的孩子将要出生。

当然，她不会把那段经历告诉家祥。短暂的失神后，她继续先前的话题。

"家里学……的确效率高，丈夫请来两名家庭教师，上年纪的中国人和日本人，分别教数理化和日语，进程比学校快。"

"你丈夫像培养女儿一样，急切地培养你。"

明玉点点头，却说不出话来。

是的,她应该感谢丈夫为她请家庭教师,继续补习日语学习日本文化,学习数理化知识。赵鸿庆希望身边的女人有学识,不至于和朋友们的太太相差太远,她们中不少是大学生,至少受过中学以上教育。

　　明玉对丈夫的感激多于怨恨。无论如何,她渴望继续读书,在哪里读书并不重要。有了孩子后生活更加忙碌。读书后,她也有能力去分析身边这个男人,他有强烈控制欲,她努力顺从他,也习惯顺从他了。她倾尽全力,做好贤妻良母,让丈夫满意。

　　她很容易就分清了生活和幻想。思念一下有李桑农的校园生活不影响现实,她可以心无旁骛扮演妻子和母亲角色。每天让自己怀着感恩而不是无奈,这是她给自己的道德底线。

　　那次告别到现在至少有十一年了,假如以女儿的年龄计算,朵朵虚岁十二了。1919年,丈夫和李桑农先后回国参加五四运动,她便是在那个特殊时期发现自己怀孕了。

　　十一年后的李桑农,眸子里的热烈变成冷峻,他年轻俊朗的外貌如今变得成熟而有了男子气。

　　她差一点喊出他的名字,他的神情遏止了她。

　　李桑农眼中突然闪现的光亮让她明白,他认出自己了,可他没有任何表示。

　　为何装作不认识?她的身体有一种被绊了一脚渗出冷汗的感觉,心跟着一沉。

　　在日本校园,他们相处时的兴奋和激动让她怀念。他在她的记忆中,是在生气勃勃的校园背景前,是和充满希望的校园生活连在一起,是他给予自己另一种人生,和自己家庭生活无关的人生。

她后来才有些明白,他来告别时也许也是来告白?他当时表现的腼腆和不自然让她有些忐忑;当他听到她提到丈夫时,先是震惊,然后是受伤的表情,让她难以释怀;他回国后,她内心巨大的失落花了很长时间才平复。

他的消失成了她后来一些年的牵挂。她一直无法面对内心,不敢确认自己也有过爱。"爱"这个词想起来都会让人脸红,她从贫穷中走出的人生仍然是匮乏的,唯有把那段时光珍藏在心里。

六

她沉默时，宋家祥也沉浸在他的惊诧中，因了她人生的传奇性。她在日本受教育，而之前却是在民间戏班子，社会最底层的圈子。他在家乡听到过流言，有人用戏子形容她。他读教会学校，英语思维，对家乡的陈旧观念鄙视。可她之前从来不提过往的任何经历，他虽然不会询问，却忍不住会想，她的过往可能令她不安。

他欣赏不同层次的美女，就像去不同风格的咖啡馆，在那里短暂停留，惬意就好。人生苦短，他不想和任何女人有深的纠缠。

但明玉不是"任何"别的女人，他们之间的相处给他留下悠长的回味。

今天她又给了他新的认识，她果然非同寻常：从戏班子直接跨入名门；丈夫的革命党人身份，让她一同见证了中国历史重要关头；重点是，她留学日本，却从未显山露水，或者说，她没有读书女性的清高，甚至也没有书卷气，就像她刚才说的，虽然读过一些书，但现在很少有时间看书，几乎忘记自己是读过书的。

宋家祥自诩有绅士风度，Lady First（女士优先）是绅士基本礼仪。但内心深处，不如说是基因里带来的根深蒂固的男性自大，令他几乎不与知识女性有亲密关系。他对她们敬而远之，在她们面前，他的优越感似乎遭受到审视。

明玉从不给他这方面暗示，仿佛她读过的那些书，她会流利运用的另一种语言,被她锁进了箱子;她如今经营饭店,却又没有生意人习气;她给人的印象,就是一个解事的聪慧女人,打扮有女人味,处世有分寸。

然而,刚才遇见的男人似乎刺激到她了,她甚至难以掩饰自己乱了方寸。她一向冷静从容,此时却欲说还休,旁顾左右而言他。他不便追问,却又希望给她安慰。

这男人的打扮和气质,绝对不是普通市民,他像是有一份秘密工作。看起来,这栋楼藏龙卧虎,宋家祥的这一感觉和伤科医生不谋而合,但他不会说出口。

他握住明玉的手,"去我那里困一歇(躺一会儿)。"走出咖啡馆时,他把他的手肘伸给她,她挽住他的胳臂。

有件事搁在她心里,也许搁一辈子,也许某一天会突然不受控制地朝外涌,她很怕自己有一天向家祥倾倒一切。这秘密压在心里,牢牢锁住。锁的分量太重了。她控制着自己和家祥的往来,她害怕莫名滋长的亲密感,它会摧毁她心中那把锁。

宋家祥看起来儒雅温和,床上能量却令明玉吃惊。他点燃了她的欲望,她是通过和他的性爱,发现自己身体潜藏的激情。

宋家祥告诉明玉,是她让他发现自己的男儿本色。在她之前,他只和风月场女人往来。

他还告诉她,他从未有过恋爱。他说,恋爱也是一种能力,他天生缺乏这种能力。

所以,这解释了他和明玉之间从来不抒发情感,他们之间没有这方面气息。

明玉寡情理智，城府很深。她对爱情没有憧憬，认为那是一件昂贵的奢侈品，与她的人生没有关系。与李桑农刚刚萌芽的爱，即使没有遭遇丈夫的干预，也不会发展。她心里很明白，在生存和爱情之间，她毫不犹豫选择生存。

她那时经常自我洗脑，告诉自己，丈夫是恩人，带给她体面的生活，她以服从和侍奉作为报答，就像人们对父母的孝顺。她自己的母亲抛弃她，她把孝心给了夫家。

丈夫去世后，她才开始真正自立，开一家小饭店，解决谋生，也是解放自己，至少，她有了社会角色。

她和宋家祥之间的性爱，缓解了她身体里难以排遣的苦闷，她感到快乐，虽然很短暂，在床上开始，随着性事结束。

他们并没有挥霍两人之间的性爱，几个礼拜发生一次，好像一笔存款，得存够数字才能用似的。

离开床以后，是彼此信任的朋友，她从来不打听他的私生活，对他没有占有欲。

她答应赵鸿庆，不会让儿子改姓，她也不会再嫁人。说真的，能够嫁的男人，或者说，有谁可以令她心仪，就是宋家祥了。但她并未有嫁给他的奢望。她认为自己配不上他。与宋家祥在一起，不是没有压力，他让她有自卑感。他的绅士风度、他的品位、他对生活的高要求，令她深感难以企及。她仰慕他，却要让自己在心理上尽量与他疏远。

她觉得自己应该知足：儿女成双，女儿的个子都快和她并肩，再过两年来了月事就是少女了。她有自己的事业，虽然不过是一家不起眼的小饭店，可她并不认为仅仅是一门生意，这是她社会生活的空间，她不再是囚在家的囚徒。她不需要婚姻。她经历过婚姻，婚姻给她太多痛苦。婚姻跟饭店一样，需要全力以赴经营；却又跟饭店不同，即使全力以赴，也未必能够成功。

宋家祥人生的大部分时光与她的人生并无交集，他有他的天地，声色犬马，是他的单身生活方式。也许有一天，他会结婚，但不是现在。他说过，他对生活贪婪，想要阅尽人间春色。她认为自己不过是宋家祥"春天"地图上一小块版图。她不会因此不快，这是宋家祥的人生，和她无关，她已经得到她需要的一切。

今天，经过方才的冲击，她与家祥抱在一起，她紧紧贴住他身体的每一寸肌肤，他的身体热能驱赶了她内心的空洞。

便是在这个瞬间，明玉有哭泣的冲动，是幸福的稍纵即逝带给她的伤感，接着有了悲哀，她害怕自己爱上他。

完事后，他们会躺在床上聊一会儿，东一言西一句，是些家常话，但眼神之间的碰撞和躲闪，比话语本身更让他们意犹未尽。

这天，明玉特别沉默，于是，家祥也沉默了。

一阵沉默后，明玉才说话："有件事说出来怕你笑话，怕你不相信，我是相信的，今天早晨还去拜了菩萨。"他转过脸看着她，笑了，"你相信的事，我都相信！"

明玉竟然红了脸，这句话比直接说情话还让她动心。

"我看见金玉了,她出现了两次,就在公寓楼里。"明玉描述时,有再一次身临其境的惊悚,她的声调都变了。

宋家祥没有讥笑她关于金玉鬼魂的描绘,他在倾听,明玉的眸子湿了。

"金玉是被父母从浙江乡下卖到北方当妓女的,她倔强刚烈,竟然坐火车逃回上海。金玉遇见格林先生时才十五岁,是个歌女。"明玉第一次聊起金玉的身世,心里在想,她和金玉出生地不同,性情不同,却殊途同归。金玉曾被认为是戏班子最好命的女子。然后,她步金玉后尘,找到可以罩住自己的男人,最终仍是一场空。"你不会想到,做过上海大班的格林先生遇见金玉时,是一个刚来中国不久的海关小职员,是个天主教徒。那时,他在英国已经有女朋友,也是教徒,他来上海前和女朋友订婚了,严格遵守教规,两人之间没有那种关系!"

明玉说"那种关系"当然是指"性关系",语调仍然冷静客观,她身上总有一种让人无法狎昵的端庄,很难相信她是从戏班子出来的,这是宋家祥此时的感触。

"格林先生到中国后,和女朋友渐渐疏远,有一天,收到她的分手通知。他在上海本来就很孤单,收到分手信很难过,那天夜晚便没有拒绝英国同事邀请,参加一位中国商人的饭局。以往,这类饭局他不肯参加的原因,是怕有受贿嫌疑,金玉说他那时真的很守规矩。格林先生就是在那次饭局上遇到金玉。金玉是歌女,中国商人安排她来唱堂会。金玉苗条小巧,歌声好听,格林先生立刻被金玉吸引。那天深夜，商人派金玉去了格林先生的住处。格林先生原本守着清教徒的生活方式，不去任何夜店，一个人熬着。所以很难抵挡送上门的中国少女。"

是的，金玉很坦率，她告诉明玉，格林先生和她上床时还是个处男，是她让他感受肉体的美妙。金玉承认，和格林先生之间，最初是买卖关系。她的东方面孔，细弱的身体，害羞的样子……是白种男人想象的完美的东亚少女，她为了拢住他，对他百依百顺，体贴照顾。

家祥点点头，微微一笑，欲言又止。他想说，英国人到上海不久都变坏了，当然不止英国人，还有其他西方人，他们来上海之前也许都是保守的清教徒。

"为了和她在一起，他从海关宿舍搬去静安寺寒酸的破房子，付钱把金玉从她老板那里赎出来，让她恢复自由身。"她平躺在床，眼睛看着天花板，仿佛自语，"我和金玉一样，我娘想把我卖去苏州花船，我逃来上海，进了戏班子。鸿庆是我的恩人，他把我救出来，让我过上体面的生活。我一直是感恩的，也尽我所有的力气去回报他。我把他照顾到他不想再讨姨太太，生病后更是一天都不愿我离开。他去世，我并没有特别悲伤，甚至有解脱的感觉。我常常问自己，和他做夫妻十多年，没有产生一点感情吗？说老实话，好像没有！我在想，人吃不饱的时候，一定是有奶便是娘，情感是麻木的。这一点我和金玉很像，她就是我的镜子。我看到金玉冷静地计划自己将来，对格林先生和英国女人结婚的事一点不伤心，因为格林先生答应给她赡养费。我当时想，金玉的心太硬了，两人好了这么久，说分开就分开，只要有钱，什么事都好商量。后来自己碰到事情，和金玉一样，也是先考虑生存……"

"未必，我今天发现你有过喜欢的人。"

宋家祥支起胳膊，一只手撑着脸，看着明玉。

明玉稍稍侧开脸，试图避开家祥的凝视。

"就是因为今天碰见他，心里忽然想起很多事，有些难受。跟他之间，其实什么事都没有发生！"

明玉深深叹了一气。

"有时候，什么事都没有发生，比发生过什么事更加难忘。"

宋家祥的话让明玉震动，一时说不出话来。

但问题不在这里。她想说她的难受不是为了那段没有如愿的感情，其实，还没有到"感情"这一步。

"当时在学校与他认识，经常一起聊天。那些日子心情激动，不是为他激动，是聊的话题让人激动，后来想想都是些大话。因为鸿庆的干预，立刻就断了联系……"

明玉流下眼泪，是那次号啕大哭余下的泪。

宋家祥从床头柜的抽屉拿出干净手帕，为她抹去泪水。

明玉捉住他的手放在自己脸上。

"是想起当时，鸿庆对我拳打脚踢，侮辱我的话比他的拳头还让我痛，只因为看见我和他说话，可我还是忍下来了。我当时想，宁愿去死也不能回到戏班子！……我不想死，所以没有勇气离开丈夫，怕再受穷，便忍气吞声了。以后全心全意操持这个家，不再出门，让丈夫满意，日子也不难过。所以我才说，金玉是我的镜子，我们都是薄情的人，生存最重要，是穷怕了。刚才看到他，刺激到我了，才想起那些事。"

明玉含泪一笑，是自嘲的笑。她去抱住他，他们的脸贴在一起。明玉此时感触，记忆里的那些时光很虚幻，今天遇到的李桑农属于时光留下的影子。此时相拥的人很真切，她要紧紧拥住这份真切，哪怕是短暂的。

她刚才的伤感，是为年轻时候的自己，那时候一无所有，星星点点的光泽，都会放大，也为自己年轻时的屈辱苟活而难过。

这一刻，她和家祥彼此的爱抚更接近于谈情说爱了，虽然他们并未直接用语言表达爱意。

才四点多，暮色开始笼罩，她突然意识到已经步入初冬，白天越来越短，日历马上翻到十二月了。

"该回店了。"

她向家祥嘀咕，家祥点点头。

趁着宋家祥上卫生间时候，她赶紧从床上起来穿上衣服。他回房间时，她对着他的五斗橱上的镜子理好妆容，仔细涂上口红，脸容即刻有了光泽。

命运安排了一切，比如今天和李桑农的重逢，他的不相认一定有他自己明白的理由，她决定扔在脑后，不再为这烦恼。眼下，小格林的安全是她的心病。

宋家祥回到房间，欣赏地打量整装后的明玉，就像她欣赏家祥的仪表，她也正好在看他。他们彼此欣赏对方的外貌和衣品。"看着舒服很重要！"这是家祥的口头禅，也是明玉内心的标准。

她再一次为自己能够遇上他而感到幸运。尤其是今天，经历了和李桑农的重逢。

真实的感情就在眼前，记忆属于过去。

她仍有忐忑，命运真的这般眷顾她？和家祥在一起，好像样样都对头，除了，她向他隐瞒了最大的事，难道，这是一种平衡？

"今天烧完香又去抽签，签上五个字：欲速则不达。"她好像突然才想起来，"可能让我明白小格林这件事急不得，我想，应该先和娜佳聊一次，把事情弄清楚！"明玉询问地看着宋家祥，"格林先生很顶真，他要是搞不清，不会采取任何行动。"

"我看你心里已经清楚应该怎么办。"

是的，她早晨在庙里，对金玉有过许诺。她当时有个感觉，金玉不会再来找她了，她的信息已经送达。明玉能够做的，便是留意小格林的动向，如果需要采取什么行动，家祥会帮她。

明玉在回饭店的路上想到，她是否多虑了，她放在心里的秘密，以家祥的个性，他知道了又如何？她很难想象他会因此误解她而怨恨她，恨她利用了他。

她却不敢冒这个风险。他是她唯一的知音。她不能失去这个朋友。

不，不仅仅是朋友，他是她心里最珍视的人，用书里的字来形容，他大概算是"情人"吧？

谈情说爱是双方的，他早就表示，他没有能力和任何人恋爱。她认为这话是说给她听的。

不管他怎么想，她爱他，爱得很深，即使她自己不愿承认。

七

明玉和娜佳住在同一条环龙路上，与热闹的霞飞路一街之隔，却是闹中取静的小街，不通机动车。

早年，她随丈夫从日本回国，便是住在环龙路。

这条路上住了不少留学归来的知识分子。

赵鸿庆去世前，他们从湖州搬回上海，又住回了环龙路。这条街是她最喜爱的上海街道，也是她在这座城市唯一熟悉的街区。

她很庆幸自己三年前找到这条新建的弄堂。弄堂内的建筑被称为新式里弄房，这类建筑虽然脱胎于旧式石库门，但无论外观还是内里装饰，已毫无"石库门"影子。红砖外墙，清水勾缝。一楼客堂，前为天井，后为厨房；后披屋为三层，底层作灶间，上有二楼亭子间和三楼亭子间，亭子间上面设晒台。

所谓的"新式"，在于吸纳了西方的文明生活设备，有煤气灶和卫生间，卫生间内有抽水马桶和铸铁浴缸。

这条弄堂从1号到13号，一条弄堂只有13栋楼。因此每排楼的间距较宽。每栋楼原为一户独用，现在则一栋楼住了几户人家。弄堂居民多是从俄国逃难来的白俄人，一街之隔的霞飞路中段有他们的小店小铺。

白俄人虽然生活拮据，但住房却比华界的本地居民宽敞。居民中有单身汉或同居男女，有孩子的家庭并不多。因此，这条弄堂即使白天也很安静。

弄堂进口五米见方的空地，铺有彩色马赛克。明玉找房阶段，进出好些弄堂看房。她走过这条弄堂，被弄口漂亮的马赛克吸引。

新式里弄房的煤气和卫浴设备，洋溢着新生活风尚。因此，看过新式里弄房子，明玉很难再接受没有煤卫设备的石库门房子。

明玉的饭店与娜佳家相隔不远。

她的"小富春"饭店，位于环龙路与拉都路朝东转角。娜佳住在与环龙路垂直的金神甫路朝西的环龙路上，一条叫"琳达坊（Linda Terrace）"的弄堂。这条弄堂被称为活弄堂，因为可以通向霞飞路。事实上，霞飞路的进口才是弄堂正门。"琳达坊"的房子由俄国人修建，里面的居民也清一色俄国人，还有一座小教堂，造在某一栋楼里，专为"琳达坊"居民服务。

娜佳是夜女郎，白天睡觉，傍晚起床，去夜总会上班前，有时会去明玉的"小富春"吃饭。

明玉惦记着小格林的状况，想着如何从娜佳那儿获得更多信息。她突然意识到，娜佳已经好些日子不来吃饭了。

明玉不清楚娜佳寓所的门牌号码，阿小是知道的，即使不知道她也能打听到。有个阿小在身边，就像订阅了一张街道小报，每天都有八卦新闻。

她在考虑让阿小黄昏时去娜佳寓所跑一趟，请她来店里吃饭。可她并不那么肯定，让阿小去请娜佳来店里吃饭是否妥当。

"娜佳是在'火腿店'上班的女人！"阿小曾经这么定义娜佳。

所谓"火腿店",是指白俄卖淫的夜店。

为什么叫"火腿店"?明玉请教宋家祥。家祥告诉她,"火腿店"是从英语 Ham Shop 转译过来,意指卖大腿。

"我想找娜佳问点事,我发现朋友的儿子跟她搞在一起。"早晨,等女儿和儿子去学校和托儿所之后,明玉与阿小聊起娜佳。

"哟,跟娜佳搞在一起很麻烦,你还是不要管,"提起娜佳,阿小立刻精神上脸,"你晓得吗,现在罗宋人也有黑社会,据说在毕勋路那边有他们的办公楼。"

"黑社会还有办公楼,地址都公开了?"明玉觉得荒谬可笑。

"表面上是一个罗宋人的什么协会,很正当的感觉,暗地里军火都敢卖,和上海黑社会分好地盘,罗宋人的'火腿店'要向罗宋黑帮交保护费!"

"这个你也知道?"明玉吃惊。

"我也是听玛莎说的,她喝了酒什么都会说。"

礼拜天明玉放阿小假,阿小便去玛莎家做清洁。礼拜天的阿小比平时还忙,她要给好几家人家做清洁。她的男人在乡下染上赌博瘾,家里几亩薄田,阿小只得雇人去种,她拼命挣钱,想把寄养在乡下母亲家的两个孩子接到上海读书。

阿小说话掐头去尾,明玉在脑中做了整理,问道:"交保护费也很正常,为什么你觉得娜佳很麻烦?"

"她好像不买罗宋人账,宁愿给青帮交钱。"

"她给青帮交保护费,青帮应该保护她,不是吗?"明玉的饭店、家祥的印刷厂都是给青帮交保护费。

"听说不单单是为保护费的事,她好像有其他事得罪了罗宋人的黑社会。"

"发生什么事了?"

"前两天晚上,有人到夜总会去打娜佳,有个小青年帮她。小青年被打了,那个小青年是外国人,他爹做过上海大班。"

明玉的头都昏了。没错,阿小说的"小青年"正是小格林,是关于他受伤的另一种说法。不知为何,她更相信阿小带来的流言。

"那个小青年,说不定是我朋友的儿子。"

"你有外国人朋友?"阿小很好奇。

"她是中国人,嫁给外国人。"

"命真好啊!"阿小感叹了。

"不见得,她走了……死了!"

"喔……"阿小受惊般的,没了声音。

"我想跟娜佳见个面,先把情况弄清楚……"

"弄不清楚的,娜佳不会跟你说实话的!"阿小用斩钉截铁的语气告诫道。

明玉不响。

见明玉不吭声,阿小不放心了,"你上门去找娜佳?她那里乱七八糟,遇到坏人怎么办?"

"想办法帮我传个话给她,说我请她吃饭。"

"她倒是巴不得呢,馋得很,偷她邻居的牛排吃。"

"这个，玛莎也知道？"明玉笑起来，笑了又笑，却笑得苦涩了。

"娜佳邻居家的佣人阿凤跟我熟，他们那幢楼的人家都在一楼公用厨房烧饭。"

"你去过娜佳邻居家？"

"去过几次，娜佳的邻居很厉害，以前跳芭蕾舞，家里的墙上贴了很多画报和报纸上的照片，是她年轻时在自己国家跳舞的照片！很漂亮，像公主！"

"是扮演公主！"

"听说以前家里很有钱，做过公主。"

"有可能！"

明玉禁不住叹息一声，阿小不解地瞥她一眼。

"现在她在一间芭蕾舞学校教课，年纪不小了，至少有五十岁。"

明玉倒是第一次听说，有俄国人办的芭蕾舞学校。

"找机会去一趟她邻居家，看到娜佳告诉她，我请她吃饭！"她顿了一顿，"就当帮我一个忙！"

明玉口气轻描淡写，意味着她心里很看重这件事，阿小已经摸到她的脾性。

"今天下午我去看看吧，要是碰到娜佳，我会告诉她。"

明玉如释重负，穿衣化妆准备去店里。

阿小在拖地板，她想起什么，直起腰双手撑着拖把柄，朝正在化妆的明玉脊背发问:"你说,住在13号的那对男女是兄妹还是夫妻?"

"不晓得,看他们同进同出,像夫妻!"

"他们其实是兄妹!"

阿小加重语气,明玉有些奇怪,

"是兄妹也很正常!"

"他们困一张床呢!"明玉停下化妆,从镜子里看着阿小,阿小也在看她,"你知道,我给他们洗衣裳,他们住在亭子间,床上的被单被子枕套也是我洗,所以我知道他们盖一条被子,一直以为他们是夫妻。"

明玉唇上的口红涂到一半,转过头去看阿小,阿小的长眼睛变成圆的。

"真的,不骗你。我也是那天无意中跟玛莎说起这对夫妻感情真好,隔三差五要我洗床单洗被子,玛莎说他们不是夫妻,是亲兄妹!"

这对男女三十岁左右,进出弄堂像彼此的影子,从来没有分开过。明玉现在回想才明白,他俩让她印象深的原因:两人都是金发都是高个子,女子身材挺拔,男人比她高半头却微微弓着背,仿佛欲和女子齐肩。他们眼帘半垂,看起来害羞而不愿与任何人目光相遇。

"他们就不怕弄堂里罗宋人的议论?"

明玉首先想到人们会怎么看他们。

"罗宋人有议论我们也听不见。再说,弄堂里的罗宋人搬进搬出的,他们互相也不太认识。"

明玉不由点头,为阿小近乎睿智的判断。

她的确经常从阿小嘴里知道,谁谁谁又搬走了,谁谁谁是新租客。弄堂邻居大部分是白俄,但流动也相当快,看到的多是陌生面孔。所以,这些流动的人群根本没有余暇关注别人,彼此没有议论他人的空间。

这对兄妹住在狭小的亭子间,睡在一张床上?对于他们,时世真的艰难到可以不顾伦理吗?明玉只觉得浑身发冷,她厌恶的同时更多是怜悯,看他俩的样貌和气质,应该也是好人家出身,他们的父母地下有知,多么痛心啊?

当天夜晚,明玉比平时早回家,她急于知道阿小是否通知到了娜佳。

"娜佳这段日子好像没有住回家,她越来越神秘了。"

这是阿小带来的消息。

"我关照阿凤了,娜佳要是回来,让她去你饭店,说你要请她吃饭。"

听起来这番转达很突兀,娜佳会奇怪为何突然请她吃饭。但也没有其他办法联系她了,明玉思忖着。

"我今天气死了,"阿小语调高了八度,"契卡好像没去上班,烧夜饭时,有两个罗宋人来找他,我在煤气灶上蒸隔夜红烧肉,走开一歇,没想到其中一只罗宋瘪三掀我们家锅盖,想偷菜吃,我正好走出房间,把他骂了一顿!"

"他倒不怕烫?"

"龌里龌龊的手差点伸进锅子里,我算得当心,做好菜马上拿进房间。"

阿小大声叹着气。明玉家的煤气灶和契卡的煤气灶并排安置在走廊,他家的罗宋客人走过明玉家煤气灶,有时会顺手捞菜吃,这件事契卡也做过。

明玉知道也只能装作不知,契卡是二房东,她不想给他难堪就对了,只是关照阿小把所有的吃食都及时端进房间。吃不完的菜到夜晚才放进走廊的菜橱,菜橱上有一把小小的挂锁。

明玉同情契卡的拮据,有时从饭店带些菜给契卡。

契卡和三楼的拉比诺维奇夫妇随着几千名白俄坐船从海路逃亡,由被人尊称S将军的海军将领斯塔尔克带领。S将军有三十多艘军用船,船上除了沙俄海军官兵和年少士官生,还有从圣彼得堡、莫斯科、波罗的海沿岸逃亡而来手举卢布的白俄难民。是的,这些难民必定有钱,因为船票昂贵到等同天价,谁更有钱谁上船。他们中的很多人原本是想逃往美国,上了船只能听天由命。他们对于路途的遥远、途中发生的种种意外完全没有想象力,或者说,别无选择。

这些难民中便有来自圣彼得堡的拉比诺维奇夫妇,契卡和妻子女儿则来自莫斯科。

这三十多条船载着九千多难民,驶往朝鲜元山港,在永兴港受到日本警察阻拦。此时船上环境恶劣：饥饿、疾病和濒临死亡的重病患者还有老人。在西方外交和舆论的压力下，日本当局允许部分老弱病残者上岸，暂居在元山海关的空屋。

当时契卡的妻子感染了肺炎发着高烧，契卡虽然是海军医药官，身边也没有足够的抗生素。妻子和三岁女儿被允许在当地上岸。契卡把发烧的妻子和幼小的女儿送上岸时，他被日本军人拦下来了。这分离如此突然而别无选择，他们甚至没有来得及说些道别的话。离别发生在很多家庭，人们哭成一片，母女俩很快被上岸的人潮淹没。契卡当时头脑空白，他完全不知道后面的命运如何安排。

接着，S 将军率舰船驶抵吴淞口，那天是 1922 年 12 月 5 日。这么多俄国军船载着难民停泊吴淞口，令中国官方和租界都非常恐慌。北洋政府很快下了禁令，不准白俄难民登陆。这是更加持久的僵持。船上的环境在恶化，病亡数字在上升。面对严重的人道危机，经过多方协商，中国政府终于同意年少的孤儿士官生和在沪有亲戚朋友的白俄，共一千二百多人在上海登陆，其余的人随 S 将军分乘 12 艘条件稍好的舰船前往马尼拉。

契卡和拉比诺维奇夫妇便是这一千二百人中的幸运者。契卡到上海时，随身带了一些钱，他通过俄罗斯同乡介绍，在环龙路的这条弄堂顶下了二楼一层三间房，这是他给家人准备的。

可是，他一直无法和妻子联系上。契卡起先找不到工作，带去的钱很快用完。他接受了这样一个现实，他不能留着空房而让自己过着食不果腹的日子。他留下前楼房间，将后楼和亭子间出租给他的一些同胞。白俄租客是流水的兵，在生存边缘挣扎，进进出出，换了好几拨租客。直到三年前，明玉带着孩子搬进来，换房客的事才算消停。

契卡也终于在霞飞路俄国人开的药房做店员，薪水虽然微薄，加上房租，生存是解决了。但契卡不会照顾自己，或者说，等待妻女的契卡，过着今朝有酒今朝醉的日子。他去夜店消费，常常入不敷出，月底钱用空，饿着肚子回家，经过明玉家的煤气灶，灶头上放着小菜，他忍不住偷吃，有一次，被明玉撞见。

因此，明玉在月底时，会给契卡带些饭店的小菜，同时也紧紧看住自家的菜碗。所有的吃食要么端进房间的餐桌，要么锁进菜橱。好在契卡常常深夜才回，也很少招待客人，今晚的事也是偶尔发生。

明玉不想跟契卡计较，她对阿小说："有你把关，我很放心，好在罗宋人的手没有伸进锅里，否则，这锅菜就送给他们吃了。"

说着，明玉竟想笑，好笑又苦涩。她暗暗感叹，这些外表有些邋遢的白俄男人活得像孩子，不管明天，不负责任，难怪阿小看不起他们。

阿小说："你气量大，偶尔送点菜他会感恩，不能每个月都送，他会觉得应该的，人就怕得寸进尺，我们农村有句老话，一斗米养恩人，一升米养仇人。"

"喔，还有这个说法？"

明玉有些吃惊，仔细一想，不由点头。

"唉，今天真是触霉头，都是坏消息！"

阿小又道，叹息起来。

喔？明玉看着阿小，一阵心跳。

"今天下午，三楼亭子间搬来一个罗宋人，玛莎说他是单身汉，楼上人家拐弯抹角的朋友。"

"你把我吓一跳，以为发生了什么坏事……"

"这也不是什么好事！"阿小有怨言，"单身汉进来，更加不安全了，什么客人都会带进来，你看契卡就知道了……"

"是的，关好走廊门。"

"走廊门应该上锁。"

明玉不作声，到处都装锁，把罗宋人当小偷防，契卡会不高兴

"今天我去糟坊（旧时上海的油盐酱醋店，也卖酱菜料酒和廉价白酒）买酱油时，你知道我看见什么？"

明玉询问地看着阿小。

"两个罗宋男人靠在糟坊柜台边喝白酒，乘着店员转身，便偷柜台上晒在竹匾里的萝卜干吃。"

靠在糟坊柜台边喝酒。这情景她也听家祥描绘过，那也是他来"小富春"吃饭，经过环龙路的糟坊，目睹的情景。白俄男人喜欢喝酒，却没钱去酒吧，便去糟坊买廉价的劣质白酒喝。糟坊木制柜台高，有点像酒吧的吧台。家祥说，罗宋人在糟坊买了酒立时三刻喝起来，他们半个身子侧靠在糟坊柜台前，手肘搁在柜台上，一条

腿曲着，蛮有腔调的，像靠在酒吧吧台前，"罗宋人就有本事把糟坊变成酒吧！"当时，家祥揶揄道，却也不无惊叹。

"走廊门应该上锁。"

阿小再一次强调。

八

这天夜晚,明玉失眠。

从报上获知,东北的形势越来越紧,日本在国际上提出满洲的概念,称东北是满洲人的,不是中国的。

已经有报道,日本关东军士兵端着枪叫喊着冲向东北军兵营,声称演习……

弄堂里多了陌生的白俄面孔。越来越多的白俄人从东北过来,也更加贫穷。他们搬来环龙路,希望在霞飞路一带,找当上老板的俄国同胞讨一份生活。

明玉此时有些怀念丈夫。

赵鸿庆在日本度过的岁月,几乎覆盖了他的青壮年期,他的社会理想源自日本。他在1927年去世,东北在1928年发生皇姑屯事件——由于奉系政府未能满足日本在"满蒙"筑路、开矿、设厂、租地、移民等要求,奉系军阀首领张作霖被日本关东军谋杀。她在想,如果鸿庆在世,怎么面对今天的日本?

明玉是在1917年来到东京。她看到的是一个西化的、远比上海更有秩序的东方城市:政府官员穿西服上班,初学教育达到99%以上,几乎所有的孩子都进了学校,并且穿上了校服,同时,和服却作为华丽的民族礼服保留下来。

事实上,明玉在日本那几年正逢"大正民主"年代。1912年,明治天皇去世换儿子继位，改国号大正。由于一战爆发，各国资本被转移到日本，并大量向日本购买商品。日本进入了近代少有的昌盛时期。同时，媒体报纸可以公开谈论政治，言论自由、文化开明，被称为"大正民主"。

当时留日学者曾写文章描述日本的美好：樱花树下冒着蒸汽的火车，穿着高跟鞋与和服洋裙的少女骑着自行车，人们又称为"大正浪漫"。

明玉记得自己刚到日本时，营养不良，身体瘦弱矮小，月事也不正常，结婚两年未能怀孕。丈夫那时忙于他们那摊子复杂的政治斗争，没有太在意她不能生育一事。

房东太太给她介绍妇科医生，调养一阵后，生理期渐渐正常。那一阵赵鸿庆在中国，等他来东京再见明玉时，欣喜地发现明玉长高了丰满了，有了女人的风韵。

明玉在日本住了五年，不是普通的五年，是恶补文化的五年。

虽然校园生活才两年，后面几年由家庭教师授课。无疑，她的勤奋加快了课程。更显而易见的获得，是日常生活的耳濡目染。

她太想留在日本了，那里是她做梦都无法想象的美好环境：干净整洁充满秩序感，周围的日本市民对她谦和有礼，让她忘记自己的出身。

她因此有了更远的期待，在日本第三年，女儿朵朵出生，她希望朵朵能在日本受教育，她给朵朵订的学习目标庞大又具体。

还未到朵朵三岁生日，丈夫把她们唤回中国。那时，赵鸿庆已在中国一年多。1919年赵鸿庆回国那年，中华革命党正式改组为中国国民党。革命党的秘密组织形式转为公开，赵鸿庆和他的同盟会成员成了国民党元老。

明玉带着女儿在日本独自生活了两年多，期间丈夫也会去日本短暂住一阵。

赵鸿庆以及不少从日本回国的革命党人，是党内亲日派。他们早年留学日本，眼见明治维新给日本带来的新气象：从十九世纪六十年代明治天皇建立新政府开始，进行了近代化政治改革。1905年8月孙逸仙在东京成立同盟会，他们是同盟会会员；1914年5月，孙逸仙创办《民国》杂志也在日本，赵鸿庆是《民国》杂志撰稿人；同年7月，孙逸仙在东京举行大会，正式宣告中华革命党成立。赵鸿庆和同盟会成员是革命党的第一批党员。

从日本回国后的那些年，赵鸿庆和他在同盟会的同志，怀着走明治维新道路的理念，追随孙逸仙推翻满清，虽然建立了中华民国，但军阀混战，面对国内乱局，孙逸仙展开联俄联共之途，一些元老们极力反对无果，他们成了党内保守派，其中一些人渐渐颓靡，包括赵鸿庆。明玉目睹丈夫下倾的革命路暗暗失望，而她与丈夫的家庭生活也充满痛苦。

明玉和女儿1922年回国，才一年不到，日本发生了关东大地震。1923年这场地震，似乎将一切美好都震毁了。受大地震打击，日本国内的军人鼓动民众，让他们认为本国国土太小了，必须对外扩张才能有出路。

明玉回国时，丈夫已经在上海法租界的环龙路租住下来。

这是一条千余米长的小马路，在法租界的核心区域。二十年前的1900年，环龙路还是一条毫不起眼的小河，十年前，租界当局才填河修路。恰好在此后一年，宣统三年的1911年，一位叫"环龙（Vallon）"的法国飞行员带了两架小型飞机，到上海进行飞行表演，不幸因机械故障在跑马厅坠机身亡。租界当局为了纪念他，便将这条刚刚修好的马路，命名为环龙路（Route Vallon）。

填河修路后，环龙路人行道两边种上了梧桐树，因在法租界种植，市民称之"法国梧桐"。明玉后来从英国邻居处获知，这树的学名叫悬铃木，是在英国育成，然后引种到世界各大城市广泛栽培，用作行道树和庭院绿化树。由于生长快速，叶大荫浓，树姿优美，有净化空气的作用，而被称为"世界行道树之王"。

明玉喜爱环龙路的气氛，马路窄而短，不通机动车，格外幽静。街上楼房少，楼层低矮，多为三层，空间形态开放。原先锁住天井的传统高大铁门，以铜铁栅栏门代替，为争取良好的日照与通风，天井的围墙高度也被大大降低，封闭的天井变成了开敞式的小花园。

明玉走在这条街上，总有几分不真实。街道两边的梧桐树高大粗壮，绿叶浓密，挡住了街边低矮稀疏的楼房，仲春时节，像走在大自然气息浓郁的欧洲小镇，当然，那是她在日本画报上看到的欧洲小镇。

她早年在戏班子讨生活，住在华界破旧的小巷子，房子是随意搭建的棚屋。棚屋之间的过道，狭窄到只能侧身过。大白天，老鼠、蟑螂在狭缝里、行人的两脚中间穿越，夜晚则是跳蚤、臭虫骚扰。

一个城市，分割成不同世界。如果回到过去的生活……不，明玉连想象都不愿有。

环龙路住着国民党元老和共产党人，以及激进的知识分子和作家，后来又陆续搬入流亡到上海的白俄，使租界的这条小街弥漫落拓不羁的浪漫气氛。

赵鸿庆租住的这条弄堂，排列着十几幢两层楼石库门公寓，比那些新造不久的新式里弄房更老一些，也更有私密性。一楼是客堂，前门是被高围墙挡住的天井。她搬来之前，和赵鸿庆合住这栋楼的同仁，被粤军首领邀请去了广东，因此这栋楼便由他们一家三口独用。

于是，明玉的小家庭终于安定下来，和丈夫聚少离多的日子结束了。

然而，时局动荡军阀混战，国家的沉浮，任何个人都无法掌控。如果不看报，不听丈夫和朋友们的议论，岁月仿佛仍然静好。早晨醒来，没有变天，没有意外，家门前的马路安静，行人脚步悠闲，眼前的生活仍然按部就班。

对于赵鸿庆来说，住在这条街，如鱼得水，他与住同一条街的政治伙伴聚会很方便，《民国日报》也在这条街，他仍然不时撰稿，去编辑部串门，也常把他的政治伙伴们带来家里吃饭。此时的明玉已是合格的家庭主妇，厨艺早已不在话下。

明玉回国后几乎所有的时间都耗在家务上，女儿三岁了，身边是挑剔的丈夫，即使做个家庭主妇也是有压力的。

在日本时，她读书写作业，是用奔跑的速度。她仿佛在为未来做准备，女人不能仅仅做妻子和母亲，她把日本的读书生涯视为馈赠，希望不要辜负上天。

如今，明玉从早上买菜开始，到夜晚给女儿讲故事结束。由于丈夫经常临时约朋友来家里聚餐，明玉得预先准备充足的菜肴，以备不时之需。每天买汰烧，花了大量时间。她并不厌倦家务。不知不觉中，她是用家务补偿回国后的失落惆怅。

当明玉知道，陈独秀的《新青年》杂志编辑部已从北京迁回上海，就在他们家弄堂过去几十米的一条弄堂，她特地去这条弄堂走一走。这是一幢二楼二底砖木结构坐北朝南石库门旧式里弄住宅，一栋普通民居，房子的格局与她家租住的房子是同一类石库门建筑。

其时，《新青年》已搬往别处，转为地下。一年前陈独秀被捕时，杂志社也被法租界巡捕房查没。

她站在留下《新青年》足迹的弄堂，回想当年从意气风发的李桑农手里拿到这份杂志时，自己的热烈憧憬。回想起来，宛若发生在另一个人身上，巨大的失落令她有些失魂落魄。以后，她再也没有进过这条弄堂。

世事难料，她越来越想蜷缩在"家"这一方小天地里。国家不太平，人生也无常，她内心深处有着无法驱散的焦虑。守住这一切，比努力去获得更不易。为家庭忙碌，给了她心安的理由。

夜晚的餐桌边，常常是丈夫和他革命党时期的政治伙伴聚会的开始。

"今晚，请同志们来家里吃饭。"

丈夫这般关照。"同志"的称呼，充满志向高远志同道合的意境，令明玉憧憬。她满怀热情，从买到洗到烧，为丈夫的"同志们"准备晚餐。餐桌成了讨论时事的会议桌，这也是明玉和社会接触的窗口。从他们的议论中，她了解到，丈夫和这些早期革命党出身的同志，仍然有着君主立宪走议会道路的愿景。

然而军阀混战的现状，仿佛在嘲笑他们的不切实际。他们在一起总是激愤异常，人人抢着说话，滔滔不绝。在明玉听来，很多时候是重复的语词，她看到他们已经面露倦意。完成了当年的大目标，满清推翻了！他们在短暂的兴奋后，感受的是失望，他们正进入更长久的迷惘。

她在客人吃饭前，先让女儿吃饱。等招待完客人，孩子睡觉的时间就到了。明玉去哄孩子睡觉，心里惦记着饭桌上的话题。小女孩很敏感，她能感知母亲的急切，愈加欢闹不肯闭眼。不过，客人通常喝酒到深夜。等女儿困倦到睁不开眼睛，她再回到桌边，他们谈兴正酣，明玉觉得，这是她一天的好时光。

作为主妇，她不再像在日本时，受到革命党人妻子们的轻视。男人们现在不带妻子出来，因为常常，聊天后有其他内容，打麻将成了这些革命者忧国忧民后的娱乐方式。不如说，打麻将之前，聊聊国家大事，是精神会餐，为了不辜负年轻时可以写入史册的经历。

如今来的客人也有比较年轻的，总有一两个男性，面对姿色颇丰的女子，目光里有惊艳和倾慕。

那时，明玉才二十二三岁，年轻少妇脸容标致，即使穿着朴素的家居棉袍，素面朝天，仍然光彩照人。何况她是个能干主妇，家居环境舒适，菜肴可口。客人们对明玉赞不绝口。

赵鸿庆的感受很矛盾：他希望太太出色，配得上自己的身份，这便是当年他让明玉在日本读书的缘由，将一穷二白的女孩子改变成腹有诗书的气质女人。他认为，她是他一手改造，如同他们改造了社会。

同时，赵鸿庆无法忍受太太的出众成为同座男人目光焦点。餐桌上话题聊到高潮时，她双颊酡红眸子里有水光，他能看出餐桌边的男人身体开始骚动。

赵鸿庆脸色就难看了，他甚至等不到客人散去，便向明玉使眼色，让她跟着他去楼上亭子间。

他关上房门，声色俱厉，"我们男人说话，你来掺和什么？"

"觉得自己跟社会脱节了，听你们讨论，我也长了见识。"

"一桌子男人，就你一个女人像话吗？女人要知道那么多干什么？"

"鸿庆，你们都是明治维新派，讲平等自由，文明开化……"

话未完,丈夫扇了她两记耳光,"你跟我讲大道理?想不想在这个家安生过日子?"

脸颊上立刻留下红肿的手印,她眸子里是惊诧和愤怒。

"我做错什么了?楼下还有客人!"

不知何时,女儿朵朵赤脚站在亭子间门口,惊恐的目光轮流看着母亲和父亲。

从这天开始,只要赵鸿庆走近女儿,她便尖声哭叫。

明玉抱起女儿,带她上前楼的卧室。女儿摸着她脸上的手印,问她:"爸爸是坏人吗?"

她摇摇头。

"他为什么打人?"

她仍然摇头,那一刻,她有抱着女儿冲出家门的冲动。

这个口口声声喊着自由民主口号的人,他在日本接受的新思想新理念,是不投射在女人身上的?在他的脑中,女人好像是另一种人。当他积极投身推翻满清国时,他并没有觉得自己在家里,仍是一个满清男人?

她似乎是从那时开始,突然对丈夫他们经常讨论的话题,有了怀疑和厌倦。

九

明玉习惯性地把那些可怕的人生片段尘封起来。此时这些片段从尘土中浮现，她仍然有一种锥心的疼痛和羞愧。也许，她最不能原谅的是自己，为了不再受穷，她宁愿受屈辱。她现在才突然有点明白，为何金玉总是冲撞她，她心里看不起明玉，她曾经责问明玉：

"你为什么这么迁就他？你害怕什么？大不了自己过！你不是已经读过书了？"

明玉在日本读书这件事一直有点刺激金玉，她戏唱得好，英语讲得流利，却不识英文字，汉字也才到扫盲程度。

可是，当格林先生离开她时，她却有能力重新开始自己的人生。以前明玉觉得金玉太精明，她不无得意地告诉明玉，和格林先生同居不久，金玉便让还是海关职员的英国情人为她出资，让她拜师学唱戏。现在回想，是她有悟性，懂得如何自救，她不相信男人，很早就为自己的独立作准备。

而明玉自己，一次又一次地忍让，她读了书，接受了文明熏陶，却没有让自己摆脱屈辱。她明白自己，她比金玉虚荣，她看重自己作为某个有身份的人的太太的头衔，她宁要好看的门面，内里的不堪可以藏起来。

被丈夫扇耳光之后，明玉变得沉默，她本来就话不多，现在更加安静，安静得让赵鸿庆觉得有些不对头。他看看她苍白的面孔，好像刚刚发现，她脸上的红肿变成青灰色，就像没有洗干净的脸。

"你是不是还在记恨那天的事？我脾气不好，发过了就忘记了。我是不想在家里看着别人对你眉来眼去的，发生什么伤风败俗的事。以后就不在家里聚会了，你不用忙了，家里清静些，你也可以多休息休息。"

这算是他的关心？关心里仍然含着羞辱。

家里的确很清静，明玉好像被关起来了，外面的事情只能通过看报，而不是听活生生的人的声音。赵鸿庆现在不再带朋友回家，而是在外面聚会。她发现丈夫这个人不喜欢待在只有家人的家里，他喜欢热闹，几乎每个晚上都呼朋唤友召集聚会。

家里不请客，白天有了时间。她带女儿去公园散步。

她居住的环龙路的尽头是华龙路（Route Voyron），Voyron取自法国远征军一位将军的名字。华龙路才几百米长，尽头是公园。公园原名"顾家宅公园"，由法国人设计施工，从世纪初开放后，市民们就习惯称为"法国公园"。

公园白天游人不多，明玉母女从环龙路走到公园才五六分钟。这一路梧桐树连绵到公园，繁茂的树叶在街的半空几乎相连，气温上升的午后，成了一条林荫道，绿色浓郁，给予明玉安慰和愉悦。

她再一次告诉自己，这一切是从婚姻中获得。她又开始给自己洗脑，丈夫虽然脾气坏，但他没有再娶姨太太，结婚六年来，只要在一个城里，总是会回家的。他不仅把她从穷困中救出来，还给她留学日本的机会，他是她人生中的贵人。她想，人无完人，她不可能只得到他的好处，他的暴躁乃至暴力也必须一起接受。

法国公园布局便是法国风格，以中轴对称，花圃低矮，五月，开了不同颜色的花，花卉呈格子状排列。她坐在公园长椅上，想起春天时日本街边开了很多花，所以她给长女起了朵朵的小名。

朵朵在明玉身边闹别扭，要妈妈带她去玩。明玉笑了。

"我们不是在公园里吗？公园就是给我们玩的呀！"

"是你们大人在玩。我没有玩！"

朵朵委屈地哭了。白天的公园只有老人点缀，几乎看不到儿童。

明玉想，把朵朵送去幼稚园，她就有自己的玩伴了。她担心丈夫不会答应。她与丈夫之间几乎没有对话机会。从日本回上海后，明玉发现赵鸿庆的脾气越来越大。也许因为国内的乱局，他和他的同志的政治主张只是空话，失望郁闷，导致她成了他的出气筒。他和她说话是命令式的，还带着不耐烦，她不能有疑问，否则会引来他的脾气。

在日本最后一年，赵鸿庆把两个儿子送到日本读书，生活就由明玉来照顾。他们才比她年轻一两岁，在她面前埋怨过，父亲几乎不跟他们的母亲交谈，很少回家，即使回来，也不过是晃一晃的影子。

明玉想，他说过讨厌明媒正娶的老婆，所以很少回湖州老家。也许，他现在也开始讨厌自己？好像又不是。夜晚在床上，他并没有厌倦她的肉体。

夏天很快就到了，7月14日是法国国庆日，公园内有游园会等庆祝活动，游人络绎不绝。公园门口的华龙路上，小贩们摆出了摊位，这摊位延伸到与华龙路交集的环龙路，两条原本幽静的马路，突然游人如织，节日气氛提升了明玉低落的情绪。

公园门口的棉花糖摊位上，摊主制作棉花糖，很快吸引了这些孩子。他们围着摊主，每一次棉花糖从热炉子上飘起来时，他们都激动得欢呼起来。然后，每个孩子拿着一大捧棉花糖，就像捧着大团云朵。明玉好喜欢孩子们的欢笑。

国庆节当晚放起了焰火，把赵鸿庆都吸引到了公园。那天，第一次，他们一家三口来到公园。看着焰火照亮父女俩的眸子，明玉笑了。

在日本时，赵鸿庆常常回上海，襁褓时的朵朵看见他认生会哭，他又最讨厌孩子哭，父女之间疏远。上海这两年，父女每天见面，和女儿有交流了，女儿缠他时，他脸上会有笑容。看得出，比起他和大老婆生的两个儿子，赵鸿庆对女儿的感情还多一点。

国庆后，法国公园的小火车拆了，公园门口的小摊小贩也消失了，棉花糖变成天上的云，没法捧在手里，朵朵很失落，她吵着去见公园里认识的小朋友。

趁着这个机会，明玉问丈夫是否应该送女儿去幼稚园，孩子需要和同龄人玩。

"送去也好，她在家里太闹了，这样的话，白天我也可以在家写点东西。"

原来，赵鸿庆起床后就出门，是躲避孩子的吵闹声，即使他喜欢女儿，也不愿意多花时间和孩子玩。

明玉给朵朵找了一间私立幼稚园。这间幼稚园就在环龙路上，相隔一个街口，设立在弄堂内。幼稚园园长是基督徒，她家拥有一栋楼，一楼就开办了幼稚园。园长说，这间幼稚园是为环龙路上从海外归来的年轻夫妇们开办，这些家庭的妻子们都是职业妇女。园长的话在明玉心里留下回声。

孩子送去幼稚园后，明玉便开始打扫整顿这套已被用脏的房子。她用抹布擦亮蒙上灰的苹果绿漆墙壁，去旧货店淘来橱柜。行李箱里的衣服，终于可以挂到衣橱里；她从日本带回的日本浮世绘风格的小幅线描画可以挂上墙了。矮柜上，日本的备前烧陶器花瓶插上了鲜花。

当晨曦温婉的光亮涌进屋来，她总是一遍又一遍打量欣赏屋里的一切，宛若这是个借来的好地方，不能久留，而要用目光把它留住。事实上，人生几十年也是向上天借来。对于明玉，人生的初始太艰辛，她才懂得珍惜，她是怀着敬畏过好人生的每一天。

家变得悦目，丈夫脸上露出满意的笑容。她试探发问，日本学的知识想要有地方发挥，也许可以去学校做代课老师？丈夫立刻板起脸。

"你把孩子送去幼稚园，是为了你自己可以出门？"

"也可以不出门，在家里办学，一楼客堂间可以做临时教室，让弄堂里的家庭妇女来读书，你也可以给她们讲课，你的思想影响她们，她们会影响自己的老公。"

赵鸿庆觉得这是个好主意。他和他的一些同盟会朋友如今成了国民党里的少数派，他们需要给自己寻找支持者。赵鸿庆年轻时读了不少历史书，知识渊博，常在聚会中滔滔不绝，给女人们上课，不就像玩儿一样？

其实，明玉心里更想开个茶室，小小的，像日本茶室那么干净，也容易打理，如果自己有收入，经济上独立，也不会在丈夫面前矮一头。

她一直有些吃惊，对于丈夫不用挣钱靠家里财产过日子，可以这般心安理得。

她也明白，开茶室只是个愿望，很难实现。先把弄堂里的家庭妇女召来再说。

于是她开始给一楼的客堂间做调整，原来的一张方餐桌又添了一张，拼成长餐台，上面铺了白色绣花台布。想象中，女人们围着桌子，读书聊天很温暖。因此又去添了椅子和茶具。到书店买了不少书。

明玉在为家庭课堂准备过程中，发现自己怀孕了。

她的体质很难受孕，怀孕令她又喜又愁，愁的是妊娠反应厉害，每天呕吐，一时间不可能开办学堂。

丈夫也说，现在不要再搞其他事，乖乖养身体，女人的第一责任是让家里人丁兴旺。

说这番话算是赵鸿庆最温和的态度了。明玉还是禁不住失望一下,有些事的确难以理解。在日本时,他出资让她去学校读书,以后又请家庭教师给她各种补习,可以说是给了明玉一次重生机会。然而,她的成长他却视而不见,仿佛她仍然是那个被他从戏班子赎出来的戏子,用钱买来的姨太太。

开学堂的事只能先搁一搁了。明玉全神贯注怀孕的保养。她在日本生女儿时,通过妇产科医生,收集了一些医学普及书,包括女子卫生小册子和育儿书。按照医学书指导,怀孕期间,每天用温水配置0.01%的高锰酸钾水溶液冲洗阴部,后来,这成了她一生的卫生习惯。

她每天从环龙路散步到公园,如今,离开家总是让她有如释重负的感觉。她走在鸟语花香的公园,心里便有了憧憬。她在想如果生个女儿也起个与花有关的小名,蝴蝶为花授粉,就叫蝶蝶,好听上口。如果生儿子,取梧桐树的桐,就叫桐桐,响亮的发音,而梧桐树是环龙路抚慰人的存在。她希望生个儿子,当然,生女儿也同样欣喜。

可是,命运总不会让她安生。在她心情越来越开朗时,发生了一件事。

四岁的朵朵在幼稚园感染了猩红热。幼稚园园长亲自把朵朵送回家。秋天,猩红热在儿童中传播,但人们一时还没有意识到。

朵朵发烧第一晚,明玉按照以往经验先给孩子物理降温,她晚上不敢合眼,隔一小时便给女儿量体温。半夜,朵朵身上出现点状红疹,这孩子婴儿时出过痧子,难道是猩红热吗?儿童的那些疾病,她通过阅读医学书有很多了解,不敢耽搁,立刻带孩子去离家最近的广慈医院挂急诊。

朵朵在急诊观察室待到早晨,转入传染病房。那晚,赵鸿庆零点后才回,明玉给他留了纸条。赵鸿庆喝多了酒,回家倒头便睡,根本没有注意纸条。

清晨,明玉一个人回家,忙着把朵朵的被子拆洗,把她的食具煮沸消毒。等忙完这些,还没有来得及给自己洗头洗澡,丈夫起床了。

当他知悉朵朵得了猩红热住在传染病房时,二话不说,朝着明玉先是两耳光,把自己的手掌扇痛了,便用脚踢,明玉被踢倒在地,他向她吼:"你把小孩送到幼稚园,她才传染到毛病。你不想带小孩,想自己享福?你这个贱女人,过上好日子还不知足,我家小孩有个三长两短,我不会饶过你!"

明玉呆在地上,接着疯了一样抽自己的耳光。

赵鸿庆倒是被她的举动惊到了,他跌坐在椅子上喘着粗气。他看到明玉的身下流出血。

明玉流产了。她在医院急诊科做了刮宫手术。在接受手术前,妇产科留过洋的女医生看到她脸上的伤,当着赵鸿庆的面问她:"有人伤害你,你可以报警,需要我们帮你拨打巡捕房电话吗?"

明玉摇摇头。

做完刮宫手术,明玉需要在医院留观几小时,乘着赵鸿庆去门口点心店吃东西,她问护士借了剪刀去厕所。借她剪刀的护士,觉得明玉神情异常,跟去厕所。明玉手腕刚割开,被护士及时止住血。

赵鸿庆心里是有悔恨的,却无论如何没法在明玉面前认错。

明玉回家后,拒绝进食。

金玉来探访,进门就对明玉嚷嚷:"你女儿还在病房,你就想扔下她不管?我看你男人将来也不会对她负责,肚子里的孩子没有保住,这一个你要好好宝贝她!"

金玉的话把她说哭了,她那颗冰冻的心突然解冻了。

她们没有相拥,连手都没有拉,她们之间很像男人之间,不习惯倾吐各自的秘密和苦恼,也不会说安慰的话。

明玉这般激烈的动作,不仅让赵鸿庆惊吓,也让金玉吃惊,所以她才上门劝解,虽然话不多却很有效。

赵鸿庆告诉金玉,明玉因为流产想不开。但她看到明玉脸上的伤痕就明白了。

金玉离开时,把赵鸿庆叫到门外数落了一通,她说话很不客气。

"你以为你把明玉买回家,是她恩人,却不知道自己捡了个宝?她对你感恩戴德,一门心思要服侍你到死。虽然读了书,就像没读一样,我是说,那些书本没有让她骄傲,还是在你面前低头伏小。你以为有钱就能买到听你话的女人?你去买美玉试试?说不定哪天把你毒死了,你以为我不知道,她也想巴结你,想让你娶她?

她态度上太急了点，反把你吓退了！"

这些话，金玉是很后来才告诉明玉的。因为明玉有疑问，赵鸿庆怎么会去找金玉来劝解。

金玉告诉她，前些年明玉在日本期间，赵鸿庆一个人回上海，会带朋友去大舞台看金玉的戏，戏结束后请她和戏班子其他女演员夜宵，因此认识了美玉。有一阵他和美玉关系亲密，金玉冷眼旁观，她知道美玉沉不住气，她很快就会向男人要钱要地位，而赵鸿庆是保守的男人，不喜欢女人太无顾忌明码标价，加上金玉在旁边泼冷水，两人很快就断了。

"我多半不是为了帮你，是看不惯你家老爷，吃着碗里看着锅里，美玉这个贱女人又这么贪心。我是绝对不会嫁给中国有钱老头，不把女人当人。那个美玉，比你厉害多了！不过为她想，也没有太过分，人家是把青春卖给他呀！你家老头子把你欺负惯了，所以不能接受美玉的放肆。"

别看金玉没有读过书，对人世看得比她透呢！

明玉很意外，丈夫背着她和美玉私通，差点成了好事。仔细一想，这便是他的作风，当年，他不也是背着老婆与自己私通。其实，连私通都不算，他可以公开娶个小妾，搞革命并不影响他过自己的封建小日子。

明玉对金玉充满感激。她知道，金玉嘴硬罢了，她当然为了帮自己而插手美玉和赵鸿庆之间的事。仔细一想，明玉心里真有点后怕，美玉比她年轻好几岁，刁蛮泼辣，一旦进了赵家，哪里会有太平日子？她想，她这辈子欠金玉太多，不知还得清吗？

明玉不会有太长时间沉浸在悲伤中。朵朵出院了。

朵朵在恢复期时身上疹子让她痒得睡不着觉直哭闹，明玉必须不断地为朵朵涂抹"炉甘石洗剂"止痒。她担心这个病会留下诸如心肌炎等后遗症，不敢有一丝放松，每日给孩子弄营养半流汁，并从报纸的广告找到中医师的地址，请他上门为朵朵开汤药，哄着朵朵喝中药。

朵朵完全恢复后，明玉发起了高烧。

这期间，赵鸿庆总算为明玉做了一件好事，他去朋友家借来女佣，做家务照管朵朵，明玉终于可以歇一歇了。

丈夫找来女佣这件事，终究还是平息了她对他的恨。

一星期后，她的烧退了，刮宫后的伤痕也痊愈了。但明玉心里的伤口很深。尽管妇产科医生说，流产的胚胎本身是有问题的，明玉却无法释怀。

明玉很自责。赵鸿庆指责她的话也一直在她耳边响着，这比扇耳光更痛。

"我家小孩"四个字，让她明白丈夫把她和女儿分了界限。孩子是他赵家的人，她则被视作外人。

也许就从这件事开始，她不再把他当作恩人，开始学着不对他唯唯诺诺，如果哪一天，他让她无法忍受，她会走开的。

然而，最强烈的情绪仍是后悔。她后悔把女儿送去幼稚园才传染到猩红热，如果不是传染病让自己过于紧张和劳累，也不会动胎气了。

有些事是不能用这样的逻辑，否则要后悔得头撞墙。金玉曾经这样劝她：一切都是上天安排的，人是犟不过命运的。

朵朵病愈后便没有再去幼稚园。明玉不想让自己的消沉影响女儿。她打起精神做家务，每天下午带朵朵逛公园，手里拿着故事书，一边给她讲故事。母女俩逛遍了公园里每条小径，小径幽深，被绿树和花朵环抱，有些片刻，她几乎忘记这里是上海。

上海是她的救赎之地，也是她饱尝辛酸的地方。她从苏州逃到上海，在上海街头风餐露宿。进戏班子结束了流浪生涯，另一种艰辛开始。上天让她遇见了赵鸿庆，结束了漂泊的生活。她有了家庭，为何渐渐的，她成了绝望的主妇？

然而，上帝关上门，又开了窗。

女儿患病她流产，却让她发现了一间好医院。医院就在与环龙路相交的金神甫路和马思南路之间的几栋红砖洋房里。

她住进医院后才知道，这间医院是远东最大的医院。法国人姚宗李经过三年筹建，1907年医院开业。医院对外的法文名称是圣玛利亚医院，中文叫"广慈医院"，是取"广博慈爱，救死扶伤"之意。她在医院的小册子读到医院的理念：贫富俱收，各视其境遇以付值，犹如现状，富者出其膳费，从无因乏资而被拒绝者，即最贫者，亦得入附设之病床焉，五百病床中三百零二座，供贫人之用，故贫者极乐进广慈医院，药费优廉，看护周到，身心俱泰。

从小儿科到妇产科，明玉觉得，这间医院所有的医生都像菩萨，让她感受何为仁慈。她带女儿出院那天，曾看见医院的外科医生从门口马路上抱起因病倒地、身上有血和呕吐物的车夫。"广慈"两字嵌入了这家医院的基因，也成了她在这座城市安身的信念。

幼稚园放学时，明玉带女儿到幼稚园的弄堂口，朵朵看到她认识的小朋友，欢喜地欢呼起来。园长对明玉说，猩红热的传染期已过，朵朵可以来幼稚园了。明玉苦笑摇头，园长看出明玉的为难，微笑点头，不再说什么。

十

一时找不到娜佳,明玉便给格林先生电话,未料格林先生不在上海。接电话的是他家女佣阿金。

"喔,格林先生不在家,他不在上海。"

阿金回答后,明玉听到有个女人和阿金的对话声。

"谁打来的?"

"一个女人。"

"问她是谁。"

"阿金,我是明玉。"

"喔,明玉啊!"

女人那边突然没了声音。想来,这个女人就是美玉了。

"格林先生去哪里了?什么时候回?"

"喔……他……他没说。"

明玉能想象美玉在旁边做着制止阿金回答的手势。她无法判断美玉已经搬去外滩住,还只是去串门。

她心里最大的疑问是金玉对美玉态度的改变,美玉用什么手段让金玉接受她在近旁?

她要找的这两个人,应该随时就可以见到的两个人——格林先生和娜佳,彼此并不认识,却突然像约好,一起消失了。

她以前不想看到娜佳,却不时碰到。娜佳隔一阵会来"小富春"

吃饭，她爱吃"小富春"的春卷、小笼汤包和荠菜馄饨。这些小吃，通常是客人正餐后上的点心。娜佳来吃饭，却只吃点心，有时，也会点个炒饭。总之，一个人占了一张桌，消费是晚餐客人中最低的。娜佳才不会在意经理和侍应生的目光，他们不欢迎娜佳这类低消费客人。

明玉才意识到，娜佳已经好几个礼拜没有出现在"小富春"。

清晨，去店里安排完事务，明玉赶回家，把早晨来不及做的家务事完成，顺便把早饭吃了。

这两天阿小去乡下解决纷争，她老公赌博欠钱，家里被债主砸了。明玉给了阿小两个月的工资，仍然担心不够阿小要还的钱。阿小这么能干勤快拼命赚钱，却敌不过老公的输钱。人生总有无法逾越的"难"摆在你面前。

草蒲包里暖着一锅泡饭，菜橱里有阿小带来的咸带鱼，泡饭过咸带鱼，酣畅淋漓，她竟吃了两大碗。明玉自己的饭店，菜肴精致得多，可她却更喜欢阿小自己做的咸带鱼、毛豆炒咸菜这类很下饭的宁波菜。在日本时，早晨就是清水泡饭配酱菜。

明玉说自己保留着小时候的习惯，饭吃得多，小菜吃得少，穷人家的孩子嘛，有米饭饱肚，是人世间最大的幸福。明玉的一顿早餐五分钟就完成，在饭桌上，她一向速战速决。进食是用来饱肚，不是为了享受，这既是穷苦童年养成的习惯，也是如今太忙时间太少。

她收拾完饭桌，开始铺床扫地擦灰，自从阿小帮佣，她很久没有给自己的家做清洁。

她把二楼后房间当卧室，放了两张床和床头柜，她和鸿鸿睡大床，朵朵睡小床。房间门外是走廊，走廊有煤气灶和菜橱，所以吃饭也在后房间了。一张方桌，三把椅子，再置放大衣柜和五斗橱，房间便放不下其他家具。

三人睡在一间房，两个孩子有安全感，明玉有满足感。

鸿鸿对湖州的大房子没有记忆。朵朵跟着父母住了几年湖州。她说宁愿住上海的小房子，也不要回到湖州的大房子。

"房子里面很大，外面的天地很小。"

这是朵朵对湖州的看法。

女孩子更喜欢上海的繁华。朵朵在教会学校读书，学校教学语言是英语。朵朵说她以后要去美国留学。

亭子间成了起居间，放了梳妆台和单人小沙发，是明玉视为休息的空间。事实上，她根本没有时间待在这间屋子，除了每天出门前，在梳妆台前化个妆。

因此，亭子间更像是朵朵的琴房和书房。钢琴就在这间屋，朵朵每天练琴一小时。写字台也在这间屋，她花更多时间在这里完成功课。

这两间小屋子的墙壁，是淡绿色花纹的粉墙，明玉喜欢的色调。房间即使拥挤，仍然明丽。

这天，明玉在给亭子间的家具擦灰时，把自己心爱的瓷碗打破了。

这只瓷碗是有田烧瓷器，她从日本带回。白瓷搭配手绘蓝色传统日式纹样，是有田烧瓷器特色，明玉十分喜爱。她从日本回国时行李太多，带瓷器不方便，却还是用衣服包了几件带回。

这只瓷碗养着一支袖珍椰子枝，被她当作装饰品放在钢琴上，怕阿小毛手毛脚，由她自己换水。

明玉一向仔细，何况是爱物。自己的失手，比瓷碗损坏还要令她不安。

自从金玉出现在空气中，明玉神志恍惚了。真实的世界在摇晃，变得无法确认。或者说，本来焦点清晰的世界，突然模糊。她一向信任自己的理智，现在产生动摇，她从来不相信鬼魂，现在再也不会这么肯定说"不相信"了。

小格林不由自主握起的左手，经常在明玉眼前晃动，可怜的混血儿，未出生就被父母嫌弃，童年遭遇绑架。到底什么样的风险在等着他？明玉的焦虑是，她帮得到小格林吗？如何让金玉安息？

这些夜晚，关于金玉的回忆，让她自省自己的薄情，她内心充满赶快去补偿的急切。

明玉没有意识到，此时她手里在忙，嘴里在自言自语，心里的说话对象是金玉。渐渐地，魂魄好像离开了身体。

瓷碗落地的声音把明玉惊醒，她心里有奇怪的预感，什么事要发生了？

明玉拿着打破的瓷碗去弄堂口找"铅皮匠"修补。

"铅皮匠"在弄堂口一角摆了个修补摊位，大张的白铁皮和铝皮像柔软的镜面，反射的阳光刺向街上行人眼睛，他们眯起双眼，或者举起手掌，试图挡住刺眼的光线。行人经过"铅皮匠"的摊位时，忍不住会停下来，观赏他用大剪刀麻利地剪开"镜面"。

明玉不知道他的姓，跟着大家喊他"铅皮匠"。

"铅皮匠"是个中年人，长了一双凹陷的黑眸，浓眉让眼睛凹得更深，下排牙齿比上排牙齿凸出，使他的嘴也是凹陷的。

阿小在背后讥笑说，"铅皮匠"帮人家修锅子，自己的脸像一张踩扁的钢精锅。阿小讲到"铅皮匠"时用的嗔怪的口吻，却又忍不住夸"铅皮匠"手巧。阿小对"铅皮匠"的态度，常让明玉发笑，她相信他们之间有暧昧。她希望阿小的老公是"铅皮匠"，而不是乡下那个无赖。

"铅皮匠"不仅能修补煮坏的钢精锅子、钢精水壶以及铅桶和搪瓷面盆，也会修补瓷器。打破的瓷器碗碟在他手里变得完整。

明玉节俭成性，常和"铅皮匠"打交道。煮到漏底的钢精锅和水壶拿给铅皮匠，他将锅底和壶底剪去几公分，做新的"底"焊接上。摔成两半的瓷器汤碗，她不舍得扔掉，也让这位"铅皮匠"修补。

修补瓷器是高难度技术活，先在接缝处定点，在点上用金刚钻打孔，然后用钉子固定。这些钉子像微型搭扣，互相紧紧扣牢。

薄薄的瓷器，要在上面钻孔打钉，让人觉得不可思议，因此，这位"铅皮匠"修补瓷碗时，吸引更多路人围观，包括明玉。她对细致的手艺活，是有崇敬的，她自己总是忙忙碌碌，没有时间坐下来，女红方面的活根本拿不出手。

"铅皮匠"修补的瓷碗从不漏水，他手里的活做也做不完。

明玉把破损的瓷碗交给"铅皮匠"修补，禁不住把瓷碗的来历告诉"铅皮匠"，满怀懊恼。

"铅皮匠"说，配这只碗的钉子，手边没有，他得带回家找相配的钉子修补，所以她没法在摊位旁看他补碗。

明玉说，她宁愿不看他修补这只碗，心会一直悬着，因为担心碗在打洞时，被坚硬的金刚钻钻成碎片。

一个礼拜以后，明玉走过弄堂口，被"铅皮匠"叫住，他把修补完成的有田烧瓷碗还给她。

碗上的钉子密密麻麻，造型像枝条，和蓝色花纹融合。明玉握着补过的碗，欣赏不已，简直爱不释手。

不仅是失而复得的惊喜，明玉觉得，这只碗因为工匠的修补手艺，有了格外的价值。她想着，不能再冒打碎的风险，应该把这只碗收藏在箱子里。

她付给"铅皮匠"要价的几倍，仍然有一种自己贪了便宜的愧疚，便絮絮叨叨和"铅皮匠"拉了会儿家常。

此时她才明白，这位被人称为"铅皮匠"的师傅，补瓷器才是他的专长，是从前辈传下的手艺。"铅皮匠"真实的身份应该是锔瓷匠。

给人补碗，费时却又赚不了多少钱。这门手艺应该不是浪费在修补普通的碗！可名贵的瓷器珍品很少有机会出现在弄堂口吧？

明玉感叹着正要离开，转身看到迎面过来的娜佳，惊呼起来：

"嘿，娜佳，正念着你呢！你去哪里了？"

娜佳有些吃惊地朝明玉勉强一笑作为回答，她看起来很沮丧。

明玉才意识到自己有些失态，她可从来没有对娜佳这么热情。

"你最近没住环龙路吗？"

娜佳收起嘴角一抹笑，目光里有了戒备。

"找我有事吗？"

"我让阿小去找你，想请你吃饭。"

娜佳便又笑了，将信将疑。

"为什么请我吃饭？"

明玉笑笑，没有立刻回答。

娜佳从布袋里拿出一只破损的花瓶，交给"铅皮匠"修补。这是一只青花瓷花瓶，瓶口碎了一片。

"在水槽上磕了一下，"娜佳告诉明玉，所以她才这么沮丧，"是人家送我的礼物！"转脸告诉"铅皮匠"，"这是青花瓷，很贵的！"

是谁送她这么昂贵的青花瓷？明玉在想。却听到"铅皮匠"用上海话在说："是仿青花瓷，不是真的，人家骗伊。"

显然是在对明玉说。

明玉便用上海话回答他："不要告诉伊，弄点麻烦出来。"

娜佳听不懂上海话，她从小生活在东北，说的是东北口音的汉语。

"你们一讲上海话我就听不懂了，上海话太难学了。听起来像日语。"

明玉岔开话题，告诉娜佳，这位"铅皮匠"其实是"锔瓷匠"。

娜佳不懂"锔瓷匠"是什么。

明玉说："是专门修补瓷器的匠人。"

娜佳说："我知道他会修补瓷器，所以来找他。"

为了让娜佳明白"锔瓷匠"的高超技艺，明玉把自己修补过的碗展示给娜佳看。

娜佳被这只修补过的碗吸引，爱不释手。明玉因为娜佳懂得欣赏美物，对她有了好感。

"补过钉子的碗比原来的碗更值钱，因为，修补得漂亮，需要很高的技术，将来，这样的技术会越来越稀奇，所以这只碗已经超过买来的价钱！"

明玉说着，为"铅皮匠"悲哀了，他为了生存，藏身在铅皮修补锅壶的粗活里，长年累月，细致的绝活也会变得粗糙。你不能为了吃饭去补用来吃饭的碗，这是一门艺术。明玉在日本待过，知道锔瓷手艺的珍贵。

然而，连温饱都不能保证，艺术哪有容身之地？如今遇上乱世，活着就不容易了。

娜佳脸上的愁云倒是被驱散了，便又担心起补碗的价格。

一打听，"铅皮匠"报出的价格似乎超出娜佳的预算，她犹豫了。

"让我再想想……"

明玉接过娜佳破损的瓷器花瓶细细察看。丈夫出生的湖州是浙江有名的富庶小城,城里有两户收藏瓷器的巨富人家,她和丈夫常去参观,得了一些鉴赏力。

这是一款仿得很真的赝品。

明玉此时竟担心娜佳会放弃修补花瓶。

"我觉得值得,我们一人出一半钱,我的意思是,你觉得贵的部分让我来出。"

娜佳吃了一惊,她没有立刻回答,好像在琢磨明玉话中的意思,只怕自己听错了。

见"铅皮匠"不解的神情,明玉笑了,"我实在是想再看一次你的手艺。"

娜佳看看"铅皮匠",又看看明玉,终于忍不住问道:"为什么你肯帮我出钱?"

"我只帮你出一半钱。"

"是啊,为什么呢?"

"怕你嫌贵,放弃花瓶修补。"

"可是花瓶补完是归我的。"

"那当然,是你的花瓶。"

"那你……有什么好处?"

好处是让你帮我找到小格林!明玉在心里说,她笑答,

"哪天这只花瓶修补完,先让我欣赏一下作为补偿。行吗,娜佳?"

娜佳懵懂地点点头，花瓶和碎瓷片被"铅皮匠"收起来了。

明玉刚要和娜佳说什么，隔壁弄堂两个中国主妇拿着锅和搪瓷盆近前。

明玉便改变主意，关照娜佳说：

"那我们说好了，今天你去夜总会之前来我店里吃饭，我有事请教你。"

"你要我教你俄语？"

娜佳扬起眉毛惊问，天真的神情。明玉摇摇头直笑，像哄孩子一般对娜佳许诺："你要是今天来，做豆沙春卷给你吃。"

爱吃中国点心的娜佳笑得开心，她的金发被身后"铅皮匠"摊位上大张铝皮反射的阳光罩着，像金属一样发出光的射线。

她们是互相笑着在街上分手。

明玉往后常常想起这一幕，娜佳在笑，她的金发像金属一样发射刺眼的光线，她庆幸，她是和娜佳笑着说"再见"。

然而，"铅皮匠"摊位强烈的光线转瞬即逝。中午以后，阳光竟然消失了，天又阴下来。天气的变化，直接影响饭店的亮度，明玉莫名心烦。

接近傍晚时，天开始下雨，从中雨变成瓢泼大雨。明玉想起那天从海格路公寓回家路上，大雨中奇怪的街景在她眼前晃动，让她有些晕眩。

她把经理叫到办公室，这会儿，她要和经理讨论工作，经理却在替代侍应生的工作，年轻的白俄女侍应生突然辞工。

"她羡慕娜佳在夜总会跳舞赚得多。"经理告诉明玉,"在饭店被人'吃豆腐'又没有额外收入,这是她的原话。"上海籍经理脸上并无特别表情,见多识广让他从不见怪,或者说,这是他的职业面具。

确实有这个说法,在夜总会,客人对舞女动手动脚要付钱的。白肤金发的俄国少女,愿意给人"吃豆腐",只要客人肯付钱。明玉心里的叹息不会说出口。

"才来上海,居然连'吃豆腐'这种切口也学到了。"她向经理笑着摇头,"也好,少些麻烦。"

自从这位少女来店里做招待,好色的客人多起来,这并非好事,明玉有过担心,只怕时间长了,对店里的名声会有影响。

这女孩是玛莎托来的关系,从哈尔滨到上海才几个月,之前遭遇过什么明玉不太清楚,只知道她到中国时年纪很小,说一口东北话,性格直接胆大。她要是步娜佳后尘,将更快抢占高地。

饭店再找个白俄招待并不难,但培训一个够格的侍应生要花时间,明玉是严格的店老板,侍应生对客人体贴周到是首要条件。

她关照经理尽量找有经验的男侍应生,虽然薪资高一些,但业务熟练举止得体很重要。

"巧了,今天遇见娜佳,说晚上来吃饭,给她留了位!"明玉突然想起来,让经理在角落的两人位餐桌,为娜佳放了张"已订座"牌子。

"喔,娜佳是大忙人,她好像有大人物罩着,现在都不来吃点心了,晚上一直有人请客吧?"经理有些意外,不由冷言冷语,他对娜佳这类客人是有偏见的。明玉笑笑,没有接他话。

宋家祥也提起过,娜佳除了在夜总会跳舞,也出堂差。他常和小报记者、电影导演夜晚相聚,出入旅馆叫堂差过夜生活,有机会目睹娜佳夜生活状态。明玉并不见怪,她感同身受娜佳们讨生活的窘迫,她和她们其实是在同一个起点。

"今晚要好好招待娜佳,我有事找她呢!"

明玉关照经理,她走出办公室,站在大厅后面打量了一圈。站在这个位置,她能观察侍应生和客人之间的交流,他们是否让每位客人感到愉悦。

十一

大厅坐了七八成客人,两间包房,都已经订座。

星期一的客人一向比较少,只有这天不需要预定餐桌。

明玉的饭店淮扬菜系为主。被称为"小莫斯科"的霞飞路开了好几间法式和俄式餐馆,中餐馆却屈指可数,没有一间供应正宗的淮扬菜。明玉的餐馆冠以"小富春",便是取自淮扬老字号餐馆"富春茶社"。"富春茶社"创建于1885年,四十多年的努力,已然扬州三春之首。

上海本地居民天然喜欢口味清淡的淮扬菜,"小富春"开在安静的环龙路,名声已经传到霞飞路。

平时的星期一晚上,明玉可以不来店里。这天晚上,通常供应"和菜"(也称套餐),从两人份到十人份,按价格配菜,相对单点便宜,菜也就不那么精致,适合家庭便饭,或者朋友小聚。晚上的包房,也是预先配好的桌头菜,往往是公司同事聚餐。

今天晚上,两间包房提前两天订位,并拒绝定价酒席,也就是客人要求单点。想来包房客人不是普通聚餐,是比较隆重的喜庆或与重要客人相聚,请客的东道主预先点了店里的时价菜也就是价格高的硬菜。这意味着都是些食材新鲜度要求很高的菜肴,明玉便特别上心,早晨和采购员一起去菜场,晚上又特地来店里盯着。

娜佳迟迟不来,也许就像经理说的,她正忙着赴豪宴呢。娜佳的不可靠不守信用,明玉并不意外。她突然觉得自己傻,竟然想从娜佳那里打听小格林的事。她应该明白,以娜佳的处境,即使知道也不会说的。她在夜总会跳舞,与黑社会关系密切,嘴很紧。明玉这时就有些后悔,还不如白天在"铅皮匠"摊位直截了当问她,她没有心理准备,说不定可以套出话来。

这天晚上,两间包房的客人在预定时间也未出现,留下的电话打过去没人接。

"发生这种事的概率很低,尤其是两间包房一起预定又落空,没有发生过。"

经理在嘀咕,预订包房单子都是由他接。

来订包房的客人多是熟客,带亲戚朋友过来,基本上不会失约。奇怪的是,这是位生客,一订订了两间包房,经理告诉他,这两间包房不能打通,预定的客人说没有关系。

好在这天是星期一,包房并不紧张,但准备的新鲜食材没有用在刀口上,明玉还牺牲了自己的休息时间。对一个开饭店的人来说,这些连损失都谈不上。明玉心里却郁闷得很,还有莫名的忐忑。

八点以后不再有新客人,吃饭的客人也渐渐散去。雨势不大不小,不会立即停止,明玉从办公室拿了备用的油布伞,准备回家。

此时,却来了不速之客。他没有带雨具,从雨中的街上冲进店门,与正出门的明玉撞个满怀。

明玉大吃一惊，撞上来的竟是李桑农。

李桑农脱下有雨滴的风衣，交给迎上前的经理，用手帕擦去头上的水。

"这雨太大了，坐黄包车过来，下车进店才两步路还是淋到雨了。"

他对明玉说，熟人的口吻。经理询问地看向明玉。

"厨师还没有走，先点菜吧。"

明玉掩饰了她的惊讶，像对待普通顾客，态度职业化。

经理瞥了明玉一眼，向李桑农做出"请"的手势，指引他坐到两人位的小餐桌。

正在清洁餐桌的白俄侍应生立即端来热茶和餐具。

李桑农并未入座，他将手帕折叠放回口袋，朝饭店四周打量。

"我其实不是来吃饭，发生了大事……"

他朝明玉身边的经理看去，明玉道："他是店里的经理，如果这件大事跟店里有关系……"

"这件事跟每个中国人都有关系！"李桑农顿然激愤起来，"今天老闸铺一带，巡捕朝示威学生开枪！"

"什么时候？"

"下午……"

"所以包房客人来不了了！"

经理说道，有释怀的意思，明玉询问地转向经理。

"肯定封路了，住在那一带的人过不来。"

经理的话让李桑农冷笑。

"国人的冷漠总是让我吃惊!"

明玉向经理使眼色,他识相地走开了,留下两个白俄侍应生搞店堂卫生。

"你特地过来有什么事吗?"

她冷漠的口吻连自己都意外,可心跳明明在加速。

明玉引领李桑农在靠门口的餐桌坐下,随时准备起身离去的样子。她似乎刻意不带李桑农进自己办公室,她是没有勇气与他单独相处。

"你认识戴维·格林?"

李桑农压低声音,她迎住他的目光,突然惊慌了。

"小格林又出事了?"

"今天示威游行他也在,子弹打到他了。"

"他死了?"

"受了轻伤,子弹从他肩膀擦过,皮肤表面的伤,没有伤到骨头。"

"太危险了!"明玉惊叹,"子弹再下去一点,就是肺和心脏。"

"现在在海格路的公寓,"李桑农并没有呼应明玉,继续他的话题,"已经找医生给他包扎,后面几天需要换药,吃吃喝喝等等,麻烦你帮忙照顾,那个地方不想让别人知道。"

"为什么觉得我可以信任?"

这个问题还没有问出来,他就回答了。

"你把名片留在戴维的房间。"

同一时刻她也想到了。

"那天你也去找他？"

明玉发问时，心跳提速几秒。

"喔，可以这么说。"

他犹豫了一下才回答。

"那么，他应该在房间，他故意不开门。"

她盯视李桑农，他却笑而不答。

多少事变就在眼皮底下却无法预知，所以也无法阻止！她在心里对金玉说。

"他那天晚上受伤了，怎么还能去参加游行？"

"伤并不重，只是看上去严重。"

"没想到他还能带伤去游行。"

明玉直摇头，心里的疑问却是：小格林的父亲是英国人，他为何这么积极参加反对外国列强游行？

抬脸与李桑农冷峻的目光撞上。

"哪怕只有一半国人的血，也一样遭受外国人欺负。"

李桑农仿佛在回答明玉内心的疑问。

"中国人也看不起他啊！中国人看不起混血儿，他娘那时候都不敢生他。"

明玉没有意识到自己在反驳李桑农。

"在家里被他的纯种英国弟弟看不起，他的英国父亲没有平等对待自己的儿子。"

她有点明白了,一定是李桑农在鼓动小格林,他对年轻人有足够的影响力。

"一个混血儿起来反对外国列强,很鼓舞其他年轻人,也最有说服力。"

李桑农激昂的语调令她感叹,他到中年仍然能保持年轻时的激进,对自己认定的目标执着。小格林成了他们反对外国列强的王牌。金玉的泪眼在她眼前晃动,幸好,今天没有死在子弹下!明玉的身体禁不住战栗了一下,内疚与后怕。

"让你照顾他我们比较放心,你和他母亲是小姐妹。"

"喔,他认出我了?那天晚上,他被人扔在海格路公寓门口,还在醉酒中。"

"他倒没有认出你,这个,我们一打听就知道了……"

"我们"听起来很有力道,也有些神秘,他的微笑是自负的。李桑农的姿态让她有压迫感,他的身体里好像住着另一个陌生人。

"这么多年过去,你没怎么变!"

他凝视她,语气是客观的,一时间让她心里涌起波澜,她微微一笑,欲言又止。她想说什么,却又不知道该说什么。她感受到时间带来的深刻的隔阂。

他站起身准备离开。

"对了,那天你身边那个人是我们的敌人,所以我假装不认识你!"

"我身边的人?"她回想了几秒钟,惊问,"你是说宋家祥?"

他微微点头,脸上的表情变冷。

"他是我们家多年的朋友,他不认识你。"

她斩钉截铁的语气,好像面对一个明显的错误!

"我们的人和他有过接触,他崇洋,不爱国,是隐藏的汉奸,和黑帮关系很深。"

李桑农是江苏人,沪语有苏北口音,她没有听明白。

"汉奸是什么?"

"出卖民族利益的人。"

"民族利益?"明玉咀嚼着这几个字,不太明白,"宋家祥做了什么坏事?"

"他这种思想倾向的人,不支持我们,必然会反对我们,希望你不要受他影响,也不要告诉他今天我来过,否则,你也会惹上麻烦。"

最后那句话听起来好像带了点威胁?他原本在记忆里是多么热情友善,待她尊重平等。

她凝视他片刻,又转开目光。这张脸有了变化,是脸上的肌肉结构变了,这使他看上去难以接近,他的肤色也比在日本时黝黑。可是那天,她一眼就认出他来。再一次面对这张脸,她却有认错人的尴尬。

她后来冷静回想,他的关照是正常的,假如他和宋家祥之间是敌对关系。问题是,宋家祥这样一个生活享受派,他对咖啡味道是否纯正、蛋糕上的奶油是否新鲜的关心超过对时政的关心。

他当然不会参加任何革命运动,可他也不会去反对什么。他是个连恋爱关系都嫌麻烦的个人主义者,他又为何与李桑农他们为敌?

事实上,宋家祥并不认识李桑农。似乎家祥在明处,李桑农他们在暗处。"他们"属于什么组织?为何与宋家祥为敌?"他们"一直在监视他吗?

明玉心事重重地走在回家路上。雨暴风狂,雨打在树叶和屋顶的节奏不时被风声打断。风声骇然。风把各处未锁住窗框的窗子刮得怦然作响,还有玻璃被撞碎的尖厉的声音、阳台上花盆掉到街上的凶猛的声音。

行走在有沿街房屋的人行道上变得危险,明玉走到柏油马路中间。这条路一向不通机动车,此时连黄包车都没有。

街边的梧桐树在风中摇摆,两边的楼房也在摇摆似的。明玉走得很慢,仿佛地震时,无法在移动的地面行走。

她举着油布伞,伞大而重,她需用两手撑住粗伞柄。油布伞的分量给她另一种安全感,如果有什么东西砸下来,至少这把结实的油布伞可以抵挡一下。

从饭店到家才几百米,身上早已被雨飘湿,伞挡不住风夹来的雨,雨水更多飘在裸露的小腿,然后流淌进套鞋里,这至少使她明白自己并非在梦里。

老闸捕房一带的马路,血迹都冲干净了吧,她突然联想,浑身起鸡皮疙瘩，脚趾跟着紧缩起来，仿佛踩在正漫上脚踝混着血的雨水中。

她穿着高筒套鞋，一双比她的脚大了几码的套鞋，走在雨水中发出"廓落廓落"的声音，这是店里的备用套鞋，被不同员工穿过。

路上几无行人，幽暗深邃，这样的情景偶尔出现在梦里，也是雨天，她走在漆黑的街上，没有车和人。

金玉说，梦见下雨不是好兆头。此时想起金玉，更加不安，小格林到底又出事了，巡捕怎会知道他的父亲是英国人，曾经的上海大班？巡捕的枪又不长眼睛，太危险了呀！不幸中的大幸，小格林没有被子弹打中要害，简直是死里逃生！她越想越后怕。

她在心里对金玉说，有些事我做不到，我没有透视眼，看不清，更使不出力！你在天上，比我看得清，告诉我，我该怎么做！

问题是，李桑农怎么会认识小格林？这世上就有这么多巧合！她此时想到李桑农，只有烦恼。

这么多年过去，李桑农仍然保持年轻时的激昂，语词是高调的，声音却有些嘶哑，也许经常作演讲的缘故。

她在雨中回想日本校园时代，年轻的李桑农戴眼镜，他的镜片挡不住双眸的热烈纯真。他来东京郊区找她的那个黄昏，铅灰色的天空下，他走在洁净得没有一层灰的街上，浅灰色日式中山装背影单薄。

"没想到你这么年轻已经结婚……"

十多年前的那天，他和她已经说了再见，走出两步回过头又说道,没有掩饰他受到的伤害。令她好些年里想起来都会泪湿。

她那时说不出话来,站在家门口,内心涌起的失落和羞愧,她第一次为自己的婚姻羞愧,她的脸上还残留丈夫暴打的痕迹,耻辱的印记。这之前,她只为自己睡马路乞讨有过羞愧。

她回转身进家门,在卫生间的镜前看见自己眼圈红了,脸上被丈夫扇耳光后的红肿变成乌青。她扑到床上,脸压在枕上,号啕大哭。

后来一些年里,她经常想到他,这个叫李桑农的年轻后生。跟他在一起时,她觉得自己不再卑微,置身在一个美好的环境,过着比她向往的生活更好的一种生活。跟他在一起,她忘记自己是个已婚妇人。

要是和李桑农相处时间更久,她会不会做些让自己后悔的事呢?比如逃离自己的丈夫?她偶尔会自问,然后伴随一阵心跳。

今天她发现他的眼镜镜片换了变色的那种,在光线里镜片暗下来,他眸子里曾经的热烈,像一盏灯熄灭了。

他的身体轮廓大了一圈,是中年人的健壮,有着年轻时没有的力量和自信,以及伴随而来的优越感。和他相处时间越长,越觉得陌生。难道记忆中的李桑农是自己幻想出来的?

雨水飘到脸上是冷的,眼泪流出来是热的,她索性在雨中放声大哭。没关系,她安慰自己,风声雨声覆盖了哭声,没人听得见。

她也不知道在哭什么。她已经很久流不出泪水。这哭声属于年轻岁月，她的年轻岁月何其短暂，都留在了日本校园。

哭声震耳欲聋，只持续一分钟而已，她走进弄堂时，脸上的泪水已经擦干。

回到家，阿小还没有离开，她神情激动迎向明玉。

"出事体了！娜佳被人打枪！"

这天傍晚，娜佳在夜总会门口被枪击。次日报纸，有娜佳被枪击的消息，现场没有娜佳尸体。她消失了！

十二

给小格林复诊，明玉第一个念头，便是找一位肯为他出诊的西医外科医生。

明玉虽然熟悉广慈医院，但和医生之间并没有私人往来。找一位可靠的、口风紧的出诊医生，她相信，能帮忙的只有家祥了。

但是，从巡捕枪弹下逃出命的小格林，会不会被家祥再送进巡捕房？

怎么可能？太荒唐了！她很吃惊自己对宋家祥会有这种猜忌，人是多么容易被人影响。李桑农对宋家祥的断言，在她潜意识留下阴影了？

不过，这件事牵涉到李桑农，李桑农对宋家祥如此戒备，其中可能有她不知道的秘密。不怕一万只怕万一，为保险起见，她忍住没有找家祥。为家祥着想，也不应该麻烦他。

去海格路公寓之前，明玉又去了一趟龙华寺。她对着菩萨磕头，更像在对金玉谢罪：她答应金玉要设法保护小格林，他却又出事。

她特地去了一趟霞飞路契卡的西药店，请教当过白军医药官的契卡，在他指导下，她为小格林准备了一只医药箱。药箱内有消毒用的双氧水、红药水、紫药水、消炎药膏和消炎片，以及消毒棉花和纱布。

契卡关照她，要是伤者有热度，说明伤口感染，那就要去医院拿处方药，让医生处理伤口。于是她又买了温度计和酒精。虽然家里也有温度计和酒精棉花，但她不希望把家里的东西带去小格林处。

她顺便给小格林带去店里的俄式午餐，装在有套装盒子的保温饭盒里。罗宋汤土豆沙拉和炸猪排分放在套盒里，另用塑料袋装了小圆面包和黄油。

这俄式餐，是"小富春"根据环龙路的白俄居民推出的简餐。这些白俄居民，在霞飞路开小商铺，午餐外卖，很受他们欢迎。俄式简餐就包括罗宋汤、炸猪排和土豆沙拉。

她家的罗宋汤做了改良，牛肉卷心菜土豆加洋葱，番茄和番茄酱替代红菜头。明玉发现，不管是俄罗斯人还是其他西方人，汤或菜里，只要有番茄或番茄酱调味，一定会受欢迎。

这道本地化罗宋汤一推出便受好评；炸猪排也是十拿九稳成为热门主菜；她的中国厨师做的土豆沙拉，在自制蛋黄酱上也下了功夫。简餐平价，中午的顾客多了一倍，为此她又租了旁边的街面房，专门开出一间俄式简餐厅。十二点到两点是俄式简餐时间，两点以后简餐厅顺理成章供应午茶。

明玉希望自己的人生简单安定，两点一线足矣——饭店和家之间。这短短几百米，她是走了很长一段路才得到。

如何去海格路公寓小格林的房间，明玉费了点心思。路上叫黄包车没什么问题，她是怕碰到楼里扬州女孩心莲。她特地选了中午,心莲在校时间。为防碰到心莲回家,她特意不坐电梯,而是走楼梯去四楼小格林寓所。

这栋公寓楼有着令她畏惧的神秘气息,金玉游魂是从这栋楼开始出现,好像也不仅仅是因为金玉的出现,这神秘中是否包含了太多巧遇?明玉没法解释,唯有去龙华寺烧香,给自己一些底气。

小格林寓所仍然没人应门。他是怎么离开这里的?她感到奇怪并且烦恼。李桑农把小格林托付给她,想来没有其他人可以帮他。假如上一次是李桑农他们不让他开门,这一次,又是什么原因让她扑空?

明玉在想是否把保温饭盒留给三楼的心莲,却又担心女孩会奇怪。两个礼拜过去了,她的脚早就可以走路,上门送食物不太合逻辑。虽然遗憾,她还是要把保温饭盒带走。

明玉走出公寓大门,看见一部黄包车在对马路停下,她朝两边看车准备过马路,她正需要黄包车。

"明玉姐姐,您来看我吗?"

从黄包车上下来的女孩冲着她喊道。看见迎面而来的心莲,明玉心里直嘀咕:真是天晓得,不想碰到心莲,心莲就来到面前。这就是宿命,你越不想见的人越容易碰上。

"我去看朋友顺便给你送些吃的。"

明玉顺水推舟,笑着举了举手上的保温盒。

"今天是什么好日子,上午家祥哥哥也来过,我出门时在电梯里遇到他。"

"表哥是你的监护人,他对你有责任啊。"

"他也说他是路过!"

心莲询问地看着明玉,把后面的问题咽下去了。明玉当作没有看见她脸上的疑问,把手里的饭盒递给心莲。

心莲高兴得脸都涨红了,她拉着明玉去她房间坐,明玉没有推辞。店里一堆杂事要处理,心里的疑问让她宁愿花时间和心莲周旋。

心莲要给明玉泡茶,明玉说她更想喝一杯温水,突如其来的口干舌燥。

她看到房间的画架上,有一幅画到一半的肖像,一个和自己有几分相似的东方女子,头发挽在脑后,修长的脖颈,五官清秀,应该说比她本人的清淡更加亮丽一些,所以便成了另一个女人。由于眉眼之间缺失内容,使这张脸漂亮得有些空洞,就像经过颜色加工的照片。

心莲从厨房端着水杯进来,见明玉在打量这幅画便笑了。

"明玉姐姐,我很想让你做我的模特儿,但你那么忙,我只能凭自己的印象来画。"

"如果不要画得这么漂亮,可能更像。"

"你本人更好看,我知道自己没有画出你的神韵,虽然你在我的脑中很清晰,但就是没有办法表达出来。"

心莲烦恼地摇着头。

"画画和厨师做菜一样是技术活,需要多练,不是吗?"

明玉的安慰反让心莲有几分不悦，她用争辩的口吻道：

"画画更高级，不光靠技术，还要有艺术天分，没有天分，怎么练都练不出来。"

明玉点点头，笑笑，心莲就心虚了。

"我是不是自视甚高？"

"年轻的时候应该自视甚高！"

明玉的回答让心莲意外，回味中又有一些佩服。

"恳请明玉姐姐送我一张照片。听家祥哥哥说，你每年都会去照相馆给自己拍一张照片。"

明玉的脸竟红了，心里有些责怪家祥把她的私事都说出来。只见心莲似笑非笑，明玉有点心虚。

"答应我了，是吗？"

心莲追问，明玉只得点头答应。心莲已转话题。

"家祥哥哥来去匆匆的，我看他心神不宁，他从前给我的印象总是那么文质彬彬。"

"文质彬彬的人，也可以来去匆匆啊！"

明玉笑说，询问般地看着心莲。

心莲摇摇头，若有所思。

"我不知道，今天在电梯里看到他好像有点陌生呢。"

"陌生"一说，让明玉吃惊，这也是她的感叹，虽然是对另一人。

"他事情多，这么忙还来看你。"

"我不觉得他是来看我,我下楼时在电梯间见到他。"

"喔?"

明玉迅速地回想一下,记得自己并没有告诉家祥,小格林住几楼。不过,小格林是住在心莲楼上。

"他说他是来看我,但脑子想事按错楼层。"

"这个也很正常,他开工厂还有门店,事情多嘛。"

明玉嘴上这么说,心里却乱了,盘来盘去,仿佛在缠成一团的乱线中找线头。

"对了,电梯间是个有趣的地方,我遇见楼里最帅的男人……"

心莲已经又换话题,她捂嘴笑,脸红了。

"他长相特别,头发和眼珠子是棕色的,眼梢很长,还朝上翘,像中国女人。"

"什么时候遇到的?今天吗?"

明玉脱口而问,心里明白,心莲在电梯间遇见了小格林。

"哈,家祥哥哥问了一模一样的话!"心莲坏笑,"你们跟我一样感兴趣!"

"你形容得比较奇怪!"

"家祥哥哥说不奇怪,是混血儿的缘故。"

明玉没作声,沉浸在她自己的思绪里。

一时冷场,心莲自我解嘲:

"我少见多怪了,在扬州见不到混血儿。"

"你是昨天看见混血儿?"

明玉突然追问,心莲立刻答她。

"大前天下午一点钟左右!"

"记得这么清晰?"

明玉意识到自己问得突兀,刻意地笑一笑。心里算了一下时间,是在游行之前。

"我觉得心跳得厉害,他看着我的时候。"

心莲捂了捂脸。

一见钟情。明玉的脑中跳出这个词。

"这不算一见钟情!"

心莲这句话让明玉一惊,异口同声的感觉,虽然她没有说出口。

她笑望着心莲,有探询的意思。

"我只是爱美色而已。"

心莲的直率倒让明玉有些不自在。

"因为你是画画的。"

"人都爱美色,很多人不承认罢了。"

心莲捂嘴笑,立刻又正色,脸红了。

"明玉姐姐……"这一声称呼郑重,又戛然而止。

明玉目光专注看着心莲,女孩在她注视下,突然忸怩了。

"怎么了?恋爱了?"

她笑问,同时奇怪自己怎么管起闲事起来?

"我真正想要嫁的人是家祥哥哥!"

明玉心跳了,她发问时,好似有预感。

"喔……"

她突然找不到合适的话去回答心莲。

"今天我忍不住问他,他理想中的太太是什么样的?"

心莲没有说下去,看着明玉,好像在等她回答。

"他回答了吗?"

明玉没有掩饰自己的好奇。

"他说,他是不婚主义……"见明玉神情迷惑,心莲竟有几分得意,"意思是,他信奉的主义是不结婚!"

心莲注意地看着明玉,她好像把自己间离出来,在窥探眼前的谈话对象。明玉突然意识到,这女孩其实更想知道她的心情。

"男人是会变的,现在不想结婚,以后年纪上去了,就想成家了。"她笑看心莲道,"你还年轻,等两年看看,也许那时候他变了。重要的是,你应该让他知道你的心情!"明玉突然正色道,"你的心可不能随便变!"

心莲愣住了,明玉的话令她意外,她终于忍不住问道:

"明玉姐姐,我能看出来,家祥哥哥对你有好感,你就从来没有对他动心吗?"

明玉直摇头。

"我这样的年纪,经历过婚姻,有两个孩子……"

"你看上去很年轻,看不出已过三十岁!"

"你把我说老了，离三十岁还有一些日子。"

明玉笑着摇头。

"对不起噢，我不会看年龄，好像是听家祥哥哥说……"

"家祥是绅士，应该不会在背后谈论我的年龄。"

明玉笑着打断她，心里却有恨意。

心莲突然就红了脸。

"对不起，我在吃姐姐的醋呢！"

明玉从海格路的公寓楼门口坐上黄包车，直接去外滩格林先生的寓所，格林先生回上海了，她辗转从饭店一位英国客人那里获知。

这一路上明玉心情莫名失落，并为自己的失落生着闷气。即使家祥议论过她的年龄又如何？他并不属于她，也许，也不属于任何女人。心莲说想嫁他，也不过是说说而已，用这个话题来刺探另一个女人的心情。明玉很怀疑，真有爱，可以那么随意说出来吗？

然而，这不应该是她要追究的问题！

明玉努力把心思集中到将要面对的更重要的事情上。她没有预先和格林先生约时间，主要是不想让电话接在阿金手里，今天要是见不到格林先生，至少可以见到阿金，她得当面教训一下这个贱人。

她没有记住格林先生靠近外滩寓所的具体号码，不过，北京路上，就几栋洋房，他家的花园在北京路的尽头，离外滩几步之遥，过马路便是公家公园，地理方位很清晰。

金玉搬去格林先生家那年，明玉正准备回湖州照顾赵家老父。她去探望金玉，离开时，她让金玉陪她去公家花园走走，她还没有机会看看外滩呢。

公家花园里不少乞丐，竟混杂一位衣衫褴褛的白人老太婆，明玉当时很吃惊。金玉告诉她，这白人老太必定是白俄，逃难来的。几年前白俄将军带着难民要在上海登岸，当时就有工部局董事担心，说他们要是用完了随身带的钱和珠宝，有一天会在上海乞讨，将损毁白人在中国人眼中的形象。明玉顿起反感，脱口而出：

"工部局的白人，有些来上海时也是穷人。"

"我家那位就是在上海翻身的。"

金玉笑说，明玉就有些尴尬，但金玉并不在意。

"论出身，他们这些英国人法国人都比不上这些白俄，逃难出来的白俄，不是贵族也是有钱人，又怎么样呢？财产被抢了，穷到要讨饭，人家不会因为你做过贵族就看得起你。成则英雄败则寇。明玉，我们都是讨饭出身，做梦都梦不到会过上今天的日子，怎么能不去给菩萨烧香磕头？"

最后一句话带着一些责备，因为明玉不信佛。不过，金玉这人，除了在唱戏方面对明玉严厉，其他事情上从不干预她。金玉有一种艺人特有的脱略，处世态度随意，不好为人师。她没有文化却有悟性，天生是个明白人，她真不是那种放任自己走上绝路的人啊！

明玉站在对马路看着公家花园，呆立良久，平息了心情后，才去按格林先生寓所的电铃。

十三

阿金打开花园铁门,见是明玉,立刻收起笑容,态度冷淡。几年不见,阿金苍老很多,背都有些驼了,才四十出头的人,看起来像个老太婆。她在格林先生家做了多年,俨然像半个主人。

她和金玉之间一直有摩擦。在阿金眼里,金玉只是个情妇,她可以不买金玉的账,也连带对金玉的客人不敬,却对格林先生的英国前妻更尊敬也更忠诚,尽管那位前妻不会讲汉语,和阿金之间语言不通。

格林先生不在家,阿金欲把明玉挡在门口。

"格林先生早上出去后,还没有回来。"

"他去哪里了?"

"他没有讲,再说,他没有必要告诉我去哪里。"

阿金语气不屑。

明玉笑笑,很想抽阿金一巴掌。别看明玉平时温婉周到,对下人该严厉时,绝不留情,遇到粗蛮之人,会毫不犹豫给予教训。

明玉脸上带笑,手臂却用力推开阿金,径直走进客厅。

"我在这里等他!"

明玉已收起笑容,眉峰上扬不怒而威,比起金玉,她更懂得如何与这些势利下人打交道。

金玉脱离苦海早了一些,与英国情人相处未受压,后来唱戏出了名，因此为人比较任性。她原本就是个急性子，耿直倔强，她会跟格林先生吵架，更不把下人放在眼里，所以跟他们打交道不讲策略，常常当着格林先生的面和佣人争执。英国男人觉得金玉不该降低身份去和佣人冲突，他也无法搞清他们之间的是非，因此袖手旁观，让阿金们更加嚣张。

明玉的生活环境完全不同。她受过的气可谓来自四面八方，从身边人到社会上的人际交往。为了日子顺畅，她谨言慎行，城府很深。在丈夫老家，她也遇到佣人们的怠慢，甚至被她们搅局。她却沉得住气，绝不会在丈夫面前和佣人争执。她和她们一起做家务，暗暗观察给她难堪的佣人，一旦被她抓住把柄，绝不留情。这些佣人的结局，通常是通过丈夫首肯，她来出面把人辞退。

明玉用了一年不到时间，摆平大家族里那些下人。

此时，明玉走进客厅，挑选了一张单人沙发坐下，腰背挺直，对脸露不满的阿金吩咐：

"给我倒杯水！"语气陡然严厉起来，"怎么待客，格林先生应该早就教过你了！"

阿金不情愿地倒来一杯温水。明玉拿起杯子仔细看了一下，又"砰"地一声重重放回茶几，水溅到茶几和地上，她厉声呵斥阿金，

"杯子没有洗干净，上面有隔夜水渍，你是欺负格林先生不懂家务，在这里混日子吗？"

明玉也不知为何忽然怒火中烧，是为金玉在这里受到的不平，她的放弃生命，包括对格林先生的怨愤。她心里对这个空间的恨意

突然爆发，正好拿阿金出口恶气。

阿金自知理亏，收紧骨头，赶忙拿走这杯水，擦干净茶几和地上的水。不一会儿，端来泡在干净瓷器杯子里的茶水。

"格林先生是英国人，最讲究礼仪，不要再做坍台的事让你的主人丢脸。"

明玉教训道。格林先生正好进门，与他并肩的是美玉，他们一起看到明玉脸上的怒气。

"喔，赵太太，有事吗？"

格林先生先发问，明玉立刻恢复她的没有任何情绪的神情。

"有要紧事，所以，我跟阿金说，我得等到你回来！"

明玉未提阿金的无礼，溜出房间的阿金，在门外偷听后松了一口气，以后，她会对明玉服服帖帖。

明玉锐利地瞥了一眼美玉，却没有和她招呼。

"伊是美玉，也是金玉小姐妹，我以为你们以前认识！"见明玉没有表情，他转脸告诉美玉，"伊是明玉，金玉最要好的小姐妹。"

格林先生说一口上海话。本地话说得流利后，使这位英国人脸上的表情也更接近本地人，有了委顿油滑之色。

明玉朝着美玉微微点一下头，嘴角一丝微笑更像冷笑。

"喔，你就是明玉姐姐！"

美玉好像忘记她们曾经见过，夸张地惊呼，声音变得尖细，令格林先生瞬间有生理上的抗拒，他不自觉地皱了皱眉，明玉捕捉到这个信号。

她伸手与美玉相握，非常有力的一握，一种斗士的气概，这里俨然成了她的战场。刚才来外滩路上，她竟然忘记将在此遇见这个女人。

"我需要和你私下谈！"

明玉转脸告诉格林先生，语气不容置疑。

格林先生把明玉带到他的书房，二楼顶端一间面积最小的房间，显得私密并且暖和。

才几天，冬天悄然侵入。刚才在一楼客厅，明玉觉得寒气从脚尖爬上膝盖，此时走进书房才回暖。

三年未见，格林先生好像又老了十岁。

在落座之前，与格林先生互相凝视片刻，她微微摇头。

"金玉陪伴你这么多年，你也没有和她结婚。"

"你想说明什么？"

格林先生脸色不悦。

"你和美玉结婚了？"

"还没有，是未婚妻。"

"请不要轻易和这个叫美玉的女人结婚，听说，金玉的死和她有关。"

"听说？这很像诽谤，除非拿出证据！再说，我和谁结婚是我的私生活，与你无关，与任何人无关！"

"正在找证据，说不定，你和她结婚的那天便是她进监狱的日子！"

明玉的口吻强硬，格林先生一惊。

"明玉，你以前给我的印象很温和、有礼貌……"

"所以，你该明白我为什么这么气愤？"明玉打断他，"你说得对，要有证据，所以我现在不想多说。"

格林先生目光闪过疑虑，她的话已经在影响他了。

"今天找你是来告诉你小格林受伤的事……"

"那就谢谢了！我已经送他进医院！"

格林先生冷冷的口吻。

"喔，他联系上你了？"

明玉吃惊，她这一问让格林先生意外，语气平缓了。

"他电话我了，说在路上走被流弹打中，昨天傍晚，老闸捕房一带的示威游行，他正好路过……哦，我才知道他回国了！可是，你怎么知道？"

"我不仅知道他受了枪伤，还知道他并不是路人，他在游行队伍里……"

格林先生瞪大双眼，眸子充满恐怖，反应的强烈让明玉意外。

"我想他是受了激进组织的鼓动，为了他的安全，也为了金玉……"

她突然噤声，朝侧面看去，她看到金玉近在身侧，脸色苍白。明玉张着嘴，突然说不出话。

"嘿，赵太太……"

格林先生的呼唤，她才回过神。

"你刚才好像消失了一样!"格林先生惊诧的脸替代了金玉,"有一秒钟我看不到你!"

"刚才……"明玉犹豫了一秒钟,才说,"我觉得金玉在身边,我看到金玉了!"

她希望得到格林先生反驳,他却回答:

"我也看到她了,最近一些日子,常有这种幻觉,我本来不相信有鬼!"

他皱起眉头,好像在质疑自己。

"我记得你是天主教徒。"

"天主教徒?"他自问,然后摇头,"很久不去教堂,我都忘了自己是有信仰的。"

他自嘲的口吻,让她变得诚恳。

"我没有信仰,以前也不相信世界上有鬼魂,最近几次见到金玉!"

"喔,她跟你说话吗?"

格林先生认真发问,明玉缓缓摇头,欲言又止。

"噢不,鬼魂是不说话的……"他笑笑,急于调换话题,"刚才……我们在说……"

格林努力回想之前的话题,脸有焦灼之色。

"小格林参加了反对外国列强的示威游行,你知道,巡捕开枪了。"

"他反对外国列强,不就是反对我吗?"

格林先生奇怪了。

"儿子反对父亲很正常。"明玉回答，用她特有的平淡的、习以为常的口吻，"再说，小格林是混血儿，你也知道，在哪里都被排挤。"

明玉很想说，小格林在自己家也没有得到父亲的宠爱，为了这，金玉很烦恼。她顿了顿，又道：

"金玉那时担心他在英国寄宿学校受欺负……"

"金玉去世后，才送他去英国……"

"他还未去英国，金玉就开始担心了，因为在上海学校他也受欺负。"

格林先生垂下头。对于小格林，他作为父亲，心里的块垒没有消失过。

金玉得知自己怀孕时很恐惧，害怕生下怪胎。格林先生则拒绝成为混血儿的父亲。他那时已经加入上海总会，总会不允许会员和家人有一滴亚裔的血，他的孩子怎么可以是混血儿？

金玉让格林先生把她带去他认识的洋人医生那里堕胎，却遭到医生拒绝。洋人医生告诉格林先生，堕胎是犯法，他将被吊销行医执照。金玉是在恐惧中度过孕期，她和格林先生商量，打算生出"小妖怪"后，把他送去育婴堂。

孩子出生在教会医院，格林先生陪在边上。婴儿离开母体的一刻，金玉惊恐发问：

"他身上长毛吗？他有尾巴吗？"

幸好外国助产师听不懂金玉的上海话。她把婴儿抱给金玉,婴儿面孔红通通的,哭声响亮。助产师欣喜告知,听哭声就知道孩子很健康。这个婴儿和其他婴儿并无二致,身上没有毛也没有尾巴。金玉的焦虑恐惧瞬间消失。

她才给婴儿喂了第一口奶,便向格林先生宣称:

"他是我的小宝贝!"

看着金玉紧紧抱住婴儿,格林先生的胸口却被悔恨堵住,这个中国女人和有一半中国人血的孩子,他们已然结成联盟,将与他的生活永远纠缠,格林先生心乱如麻。

清晨,他走出金玉的家,朝着他的外滩住处走去,晨曦拨开浦江上空的雾霭,对岸遥远的地平线,淡淡的胭红笼罩着浦东的辽阔和荒凉。他没有回家,直接走向对街的公共花园,那里寂静得格外空虚,空虚像浑浊的江水,淹没他,让他透不过气来。

他逃离一般快步离开公共花园,走上空无一人的街道。他六神无主,像游魂在晨雾中飘着。一位锡克巡捕从远处朝他走来,狐疑地打量他,走到近处,见是英国人,立刻恭敬地向他行礼问候。

他顺势上了一部黄包车。车夫问他去哪里,他思量半晌。

"可认识圣家育婴堂?"

准备上路的车夫突然就回头扫了他全身一眼,似乎他身上藏着个婴儿。他心虚地摊开双手,抓着车子的两边。车夫的打量,让他有被冒犯的感觉,却也无从发火。

育婴堂关闭的褐色大门旁边,有一个小壁龛嵌进墙中,龛里有一块木搁板，板上放着一只篮子。他看到有个女人手里抱着小包，径直走到搁板前，把小包放进篮子里，然后她伸手拉铃绳。这根铃绳，女人伸手拉时他才注意到。铃绳一拉，里面铃声就响了。他看到那块搁板开始移动，像转圈一样移进墙内，另一只空篮子放在一块搁板上转了出来。女人哭泣着离去。

他清教徒的良心被刺激而醒，他想到，那个被篮子转进墙的孩子，将永远不知道自己的父母在哪里！那个送走孩子的女人，也许一生都在悔恨中度过。

格林先生在育婴堂门口接受了小格林。

他在明玉面前没有掩饰此时心中的愧疚，或者说，懊恼。他知道自己骨子里更重视和英国妻子生的儿子。连他的纯种英国儿子也看不起小格林，他比小格林小三岁，上同一所教会学校，却不愿和混血儿哥哥一起上下学。他现在是否要向明玉承认，他有过后悔，在小格林成长阶段，作为父亲，没有在家庭范围内扫除歧视，让两个儿子像真正的兄弟相处。

格林先生把两兄弟送去英国寄宿学校，他看得很清楚，英国那边的校长如何分别对待俩少年。

暑期时，兄弟俩回上海度假。开学前，小格林表示不愿再去英国。他能想象混血儿子在那里遇到了什么，他没有强迫儿子再回英国，而是送他去了上海的美国学校。

小格林功课上不用父亲操心。高中毕业后，考取了英国牛津大学。他倒是愿意去英国读大学，每年暑假都会回上海。格林先生并不知道，第三年，也就是在大学的最后一年，小格林竟然没有回学校。

这一年他住哪里，格林先生当然也不可能知道。格林先生告诉明玉，他其实没法控制小格林，虽然小格林的学费和生活费由格林先生提供，但是，金玉的房产写的是小格林的名字，她有现金留给儿子。小格林不缺钱，他要是需要更多的钱，把房子卖了都有可能。

但他不是没有头脑的人，他和他母亲很像，这是格林先生的看法，他认为小格林比他的弟弟更有现实感，知道有学位才有好工作。

"他可能被一些组织里的人说服，才会留在中国，为了参加运动，包括这次游行。"

明玉推测道。她想到丈夫赵鸿庆和他的同仁，他们不需要赚生活费，家里有遗产，可以做职业革命家。问题是，他们知道自己在干什么，知道如何保护自己，而不像小格林，直接撞到枪口上。

"你说到组织，是什么组织？"

格林先生问，明玉摇摇头。

"我只是猜测……"

"他要是跟激进组织搞在一起，我不再认这个儿子！"

格林先生突然怒气上升。

"他回来找你，你应该高兴，他向你屈服了呀！你是父亲，岂能不帮儿子。我劝你不要戳穿他游行一事，你无法估计后面会有什么事发生,把他送出国最安全。"

"他要是不听呢?"

"总有办法让他听啊!"明玉神情宛然,语气却胸有成竹,"等他养好伤,再来想办法,随时保持联系。"

明玉把自己的饭店名片递上,格林先生仔细看名片,有些吃惊。

"喔,你开饭店了?"

"是的,饭店开了三年,淮扬菜为主。"

格林先生吃惊之余对明玉产生敬意,他终究是人生观实际的英国人。

明玉离开时经过客厅,看到美玉和阿金在叽咕,她没有和美玉招呼,声音朗朗地对格林先生道:

"有空过来吃饭!"

必须把小格林送出中国,并且把美玉逐出外滩。明玉在回法租界的路上心里盘算着。

说真的,人要是狠起来,什么事不敢做呢?她在心里说。假使不择手段,还怕达不到目的吗?

明玉这一路人生,风里雨里,步步为营、如履薄冰,很少人能识得真实的她。

十四

明玉丈夫赵鸿庆患肝癌期间皈依佛教，他和明玉在浙江台州的著名寺庙住了一个月，每日诵经。那段日子，宛若与世隔绝。明玉在附近的杂货店只能买到隔了几天的报纸，她是在报纸的讣告版面，看到金玉去世的消息。

明玉太震惊，震惊得无以复加。

就在前几天，她仔细一算，正是金玉去世的那天，那是个阴沉的深秋天，对比前两天的阳光澄澈，就像换了一个季节，她心情变得阴郁，一个人出来散步。她去了寺院旁的梅亭，这里也是她常来散步休闲之地。在梅亭才坐片刻，暮色已经笼罩，好像黄昏提早到来。她穿着厚棉袍裹着厚围巾，仍然抵不住深秋冷到骨头里的山风，她听到有人唤她的名字，那声音就在身后，是金玉的声音。

明玉讶然起身，转过身，没有人，声音也消失了，只有风吹在竹叶上的飒飒声。

她坐回椅子，又听到金玉的声音，在她身后，叫唤她。就像在四面通风的简陋的化妆间，她还在对镜描眉画唇时，性急的金玉已完成妆容，在她身后轻唤。上台前，她们两人躲在化妆间的三夹板的墙后，在地上尿了一泡尿。

这是金玉的迷信，在演出前，她俩一起在化妆间的墙外撒一泡尿，演出就成功了。

她甚至都能闻到她俩在破棚子的化妆间外热气腾腾的尿骚味。

那天，明玉像是做了个短暂的梦，声音味道都那么真，她站起身时，声音和气味都消失了。她四处寻觅，然后才意识到自己的荒谬，金玉怎么可能来山上寺院，在这黄昏时候？

她把金玉的讣告看了又看。她在山上，无法和格林先生联系，也无法参加金玉的葬礼。她在庙里跪拜，请菩萨保佑，让金玉一路走好。

到底发生了什么事？一定发生了什么！那些日子她每天黄昏去梅亭，坐在那里哭泣，希望金玉出现，希望知道什么原因让她早早离去。

金玉倔强又好胜，她有主见也有行动力，她的人生起伏大，好比无法平静的江面，波浪翻滚。

明玉刚去日本那年，曾给金玉写了好几封信，却没有她的回信。

那时，丈夫为她在一间语言学校注册初级日语班。明玉年幼时只读过私塾，以后并没有学校读书经验，学习能力弱，学一门外语并不容易。心情沮丧时，便会想到金玉，她一直很羡慕金玉跟着英国男人说一口流利英语。她想，金玉没有进学校都能做到，自己要是进学校都学不好，那就是天生的下贱命了！她狠狠逼自己，她想着，回中国后要告诉金玉，她勤奋读书的动力来自金玉。

然而，迟迟没有金玉的信息，明玉心里有不祥预兆。她百般打听才知，金玉没在上海，她去香港了，她的格林先生和英国女人结婚了。

明玉被打击了一下，虽然，这个消息并不意外。

"白种人不会跟中国人结婚的！"金玉不止一次告诉明玉，"他们都有中国情妇，然后找自己国家的女人结婚。"

果然格林先生找了英国女人结婚。

明玉以为两人好了这么多年，还有了儿子，不会说分就分吧。她一直隐隐希望有一天这个英国人会改变心意。

格林先生和英国女人订婚时，金玉的孩子快三岁了，他俩有过一番谈判。与格林先生的优柔寡断相比，金玉的行动能力强很多，她有自己的一套计划：比起在混血儿受歧视的上海，香港的环境对混血儿更宽容，金玉已经了解到香港有专门为混血儿办的学堂，她决定移居香港，生活费用由格林先生每月从汇丰银行寄去。金玉和儿子的移居让格林先生心里的石头落地，只要金玉不出现在他婚后的生活中，他愿意付给金玉丰厚的赡养费。

这些过程，明玉也是后来才知道。

她当时听到金玉被英国情人抛弃，去了陌生城市，免不了兔死狐悲。似乎，金玉的前途也映照出她的前途。

又过了一两年，她听说，金玉在香港待不惯，回到上海，重返戏班子，抢回主角。

几年后，明玉从日本回国，那时的她比过去有了自信。她去见金玉，没想到金玉一句话就把明玉打回原形。

"去日本读书,长见识,挺好!到头来,还不是回到家服侍老公?"

这时候的金玉,在上海的名剧场"大舞台"有了一席之地,她唱主角,排练演出很忙,有了自己的住处,雇了照顾她的阿妈。她不再坐黄包车,而是双人抬的轿子,金玉成功了。但她看起来并不快乐,唱戏排练之余,和戏班子的男演员抽鸦片打麻将,满嘴江湖切口。

明玉和金玉同住上海,却疏远了。女儿只有三岁,她不方便带着女儿与金玉往来,金玉身上的江湖气,她嘴里的切口粗话,让她担心影响自己的女儿。

再说,家务忙得团团转。她被丈夫差遣,家里经常有丈夫同仁聚会,她得做饭菜招待客人。不时还独自带着孩子去丈夫老家,代替丈夫探望年迈的公公。她的人生,完全以丈夫为核心。她来探望金玉,并不是为了姐妹之间相处时的乐趣。金玉一眼就看出,她是出于过去的情分,是完成义务,匆匆来一趟,又急着离去。

金玉看不惯明玉甘当贤妻角色。

"你男人大你二十岁,都可以当你爹了,你就这么心甘情愿服侍他一辈子?"

明玉明白金玉对自己的不屑,围着丈夫转,看丈夫脸色。可金玉不一样,金玉是和外国男人在一起。金玉告诉她,外国男人对自己的女人也像在外面一样,客客气气,常常说"谢谢"。

明玉要面子,从日本回来,最初见到金玉,她闭口不谈家庭生活。

"在日本的确开了眼界,经常听鸿庆他们聊国家大事,读书也让我知道很多。"

"那你应该过得很开心,看你还是耷拉着嘴角,一副苦相。国家大事不能当饭吃,每天还是要在家里过日子,你男人对你好吗?"

金玉一下子就问到要害,明玉有点抵挡不住,支吾起来。

"小时候都是在农田干活,家务不会做,鸿庆过的是好日子,这方面比较挑剔。"

话说得轻巧,眼睛却湿了,她得拼命忍住如潮水般涌上的委屈。

"所以我情愿跟外国人混日子,也不要被中国男人娶回家,做牛做马,打骂由他。"

金玉似乎不用知道细节,对她的婚姻生活洞若观火。其实她早就在想象,明玉是在严厉的家法中熬日子。

明玉心里明白,自己一直在苦心经营婚姻,口口声声感恩丈夫,感恩他把自己从贫困人生解救出来。这婚姻说穿了,是自己的生存之道。

经过日本几年,读了书有了见识,她应该知道,夫妻之间要有爱,他们互相有爱吗?至少她对他没有爱,只有感激和报答。她越来越发现这位拯救她的恩人,也是她最想逃避的施压者。她不过是换了一个环境忍辱负重。夜晚和丈夫同房,让她厌恶,她想起了在家里的噩梦：她的继父也曾经骑在她身上，幸亏被母亲发现，为此他们激烈地打了一架。她是在婚床上才突然明白，母亲为何急着让她离开家。

然而，为了生存，这是她必须付的代价，她在家里受丈夫一人气，好过在社会上被众人践踏。

金玉的冷嘲热讽，让她心堵。她以为，无论她的婚姻多么不自由，她的稳定的夫妇关系在刺激金玉，连她的纯种中国女儿也让金玉羡慕。金玉自己的混血儿子，不管在英语社会还是中国社会，都被人嫌弃，这是金玉最大的心病。

然而，她不得不承认，金玉有自己的舞台，她能主导自己的人生。

格林先生婚姻不幸福，他去找金玉，他们又做回了情人。几年后格林先生离婚，请金玉搬去他的外滩家，金玉并没有立刻答应。

"我又不是家具，他要我搬我就搬？他不知道，我翅膀硬了，我有自己的房子，不用靠他了。"

明玉终于在金玉面前崩溃了，她流产，她自杀未遂，她对自我的极度否定……金玉不是多话的人，她给予的劝告很实在。

"大不了离开他自己过日子，你不是在日本读过书吗？还怕找不到职业养活自己？"

这成了她后来面对丈夫的底气，当她真的做好离开的准备，丈夫反而退让了。

自从丈夫患重病，他们搬去湖州老家，明玉很少去上海，即使去一趟上海，忙着配中药买各种生活必需品，总是上海的物质更丰富，需要买的东西太多。她想，即使挤出时间去探望金玉，见了面匆匆忙忙，让金玉不快，还不如不去。内心是惧怕金玉没有好话，认为明玉甘当家奴。

明玉很愧疚，她没跟金玉见面太久。时间越久，越没有勇气去见她。尤其是有了老二以后，她很怕在金玉面前藏不住秘密。

直到此时，明玉才反省自己薄情。她后悔，丈夫得绝症，她应该告诉金玉，金玉对她产生同情，她们的关系才会出现新的平衡。

金玉去世不久，赵鸿庆这边病情也急转直下。他们下山后，她直接将丈夫送去上海的广慈医院，每天家里和医院两头跑。期间，她与格林先生通了电话，他告诉她，金玉吸了太多鸦片，是中毒而死。

然而，她戏班子的小姐妹告诉她，金玉是吞鸦片自杀。

赵鸿庆进医院一个月不到便去世，她和赵家人是在湖州办的丧事。

回到上海，明玉便急着见格林先生。她很难相信，强悍如金玉，怎会轻易放弃人世，她渴望了解金玉离世前的状态。

他们约在一间鸦片铺子见面。这是一间茶馆开的小鸦片铺，只对认识的熟人开放。以前在上海，她跟着丈夫来过几次。

鸦片铺在茶馆二楼。黑黢黢的小房间，两边墙各放两张躺椅，躺椅上放着坚硬的瓷质枕头。两张躺椅中间燃着一盏油灯。

在鸦片铺约见面，是明玉的主张。金玉说过她与格林先生最和谐的时光，是为他烧烟枪陪他吸烟。格林先生告诉金玉，在和英国妻子的婚姻里，没有了这个乐趣，这是他婚姻中巨大失落之一。

她和格林先生并不熟，他们之间需要找个方式交流，鸦片是他们俩都熟悉的通道。短暂的飘飘欲仙，也许能让格林先生解除戒备，说些心里话。

一个年轻女孩端着一只盘子进来，盘上放着烟枪和一些深色的看上去像糖浆似的鸦片烟丸。明玉接过盘子，打发女孩出去，她亲自给格林先生准备烟枪。

明玉即使觉得自己脱胎换骨成了新人，早年染上的嗜好却保留着，这是丈夫带给她的嗜好。他家的大宅子，有一间房安置了鸦片床。

明玉在家里鸦片房学会烧烟，最初是为了控制丈夫去烟铺。金玉告诉她，比起男人去烟铺与烟鬼为伍，还不如在自己家陪他吸烟来得安全。很快，她也在鸦片房里找到麻醉自己的方式。

几年没见，格林先生萎靡得厉害。明玉想，是金玉的离世打击到他。金玉性格刚烈，比她扮演的小生更具男子气，这正是生性软弱的格林先生需要的能量。

漫长的上海冒险岁月，金玉的助力不可或缺。她以本地原住民视角，给了格林先生很多告诫，包括他在一场重病期间，她从上海股市获得消息帮他把股票抛出，逃掉一次最大的破产后果。

他在上海浮浮沉沉，总有她相伴，即使过了几年没有她的生活，心里还笃定着，反正随时可以找她回来。果然她就回来了。

在云雾缭绕中，明玉和格林先生没有交谈，他们全神贯注享受片刻的快感。明玉已经很久不吸鸦片，除了偶尔的应酬。丈夫自从进庙诵经，便戒了鸦片。

明玉享受鸦片带来的快感，但也可以让自己忘记鸦片。她对生活态度谨慎，对世间一切保持警戒，任何东西都不会让她真正上瘾。

金玉曾经说，明玉的心很深，像一口深井，你们根本看不透她。

明玉烧第二管烟时，才说话：

"这东西是帮我们忘记烦恼，一直记着金玉的话，一星期抽一次烟，不能再多，鸦片可以让你快乐也可以把你害死！"

"这话是我告诉她的。"

格林先生说，他闭上眼睛，仿佛让自己回到与金玉相处的时光。

"你们西方人做事讲分寸。"

"这是自律。"格林先生沉吟，"你对人生有希望时才会自律。"

"金玉是对人生有希望的人。"

格林先生沉默半晌，语调下沉："后来一段时间，金玉经常背着我抽烟。"

"自从我丈夫病重，就一直没有机会去看金玉，到底发生了什么？"明玉看住格林先生问道，"金玉去世后谣言很多，我也不想重复，就想听你说。金玉是在哪里出事的，当时有人在她身边吗？"

"我只能按照警察调查的材料告诉你,因为她是在自己的房子里去世的。"

"她不是早就搬去你在外滩的房子了吗?"

"后来一些年,我们感情很疏远,我们的生活中发生过一件很大的事……"格林先生像被噎住了,他喘息了一下,才又说,"我也没有料到金玉会离开得这么彻底……"

他没有说下去,她能看出,他仍然处在失魂落魄的状态。

"小格林被青帮绑架,实在是天大的事!"明玉轻声道。

格林先生双手捧住自己脸颊,他其实更想捂脸痛哭一场。

金玉对这个独子是捧在手心里的,她与他英国前妻对子女的态度是两个极端。那一位和自己的孩子每天只打一个照面,她自己都承认,由她照顾还不如给佣人更可靠。

格林先生让自己平复片刻后,向明玉详细述说了小格林被绑架的过程。这个过程,明玉曾经希望金玉告诉她,可是金玉不提,她也不敢随便问。

他们的儿子放学后没有回家,绑匪的字条马上来了。

字条写得很简单,要求付一百万美金,不准报告巡捕,否则撕票。

格林先生和金玉明白,他们得罪过青帮,青帮来报复了。一百万美金,正是格林先生早年侵吞青帮鸦片的价值。这个过节,是格林先生的秘密,他没有告诉明玉。

他只是坦承,在是否报告巡捕这件事上,他和金玉产生分歧,事实证明，他是错的。

格林先生认为相信绑匪不如相信巡捕，说他担心付了钱，孩子仍然遭到撕票下场。其实是他私心里不肯轻易付出巨款。

金玉坚持要他按照绑匪的要求，给他们索要的金钱数额。

她认为格林先生在租界失势，他离开了工部局和上海总会，青帮才敢来报复，青帮的人远远多于巡捕，又在暗处。金玉根本不相信巡捕有能力解救孩子！

一百万美金的代价太大了，格林先生实在不甘心。他想到自己才二十岁就来到落后陌生的远东，含辛茹苦这么多年，牺牲了西方的文明生活，还不是为了赚钱敛财？

再说，当时他手边没有这么多现金，他的财产，除了房产，都投进了股市。

格林先生报告了巡捕房。巡捕房派来的侦探上门搜集指纹。侦探才走，小格林的小手指被切下寄来。

往后，他的梦里经常出现这个场景：金玉从门口拿了一个包裹进来，那是一个肮脏的牛皮纸小包，上面还留有血迹。他在梦里都能觉得自己的血液凝固心脏停跳。然后是金玉尖厉的叫声，就像被人扎了一刀。

收到小格林的断指，格林先生才对巡捕房死心。他花了好几天时间筹集这笔巨款。与他合作多年的商人，其实也是青帮的朋友，借了他一部分钱，银行以他的房产和国外的股票为担保贷给他其余的钱。

钱已转过去,却没有小格林的消息。金玉提出去见青帮头目,他勃然大怒,但也没法拦住金玉。她告诉他,为了儿子,她什么都可以做,如果死能换来儿子。

他没有告诉明玉,他知道金玉上门意味着什么,她当歌手时,曾陪伴过那个青帮混蛋,她刚刚跟着格林先生时,那个混蛋来找过她,被他训斥还给了两巴掌。现在是青帮报复的时候,他要睡金玉,把格林先生羞辱一下。

即使格林先生不说,明玉也完全明白,她只说了一句,"换了是我,也会这么做。做娘的,在这种时候,没有选择,只能豁出去了。"

明玉心里涌起阵阵悲愤,金玉的命运也映照她的命运,她们遭受的屈辱过往,像紧箍咒,绑在头上,在你以为一切都已经过去时,它又来咒你了。

金玉从青帮那里回来,格林先生不置一词。这件事成了他们之间的巨大沟壑。他是不想面对;而她认为他并不在乎,她在他心里仍是那个低贱的歌女。

他并没有告诉明玉,他们的关系自那件事后发生了变化。

"儿子送回来了,小手指缺了一节。金玉说,她咽不下这口恶气。"

她当然咽不下这口恶气,以金玉的个性,她把自己送上门,好像一个跟斗跌回了原地。明玉在心里说。

"金玉变了,变得不可理喻,她冷淡寡言,家里的空气变得阴沉。"

那时，他们已经订婚了，因为订婚，金玉才搬去格林先生的外滩寓所。他们还没有来得及举行婚礼，就发生了绑架事件，人间正常秩序再也回不来了。婚礼这件事不再被提起，他们也没有从法律上正式缔结婚姻关系。

格林先生说，他用了几年的时间才渐渐明白，金玉离他越来越远。他终于意识到，绑架事件后，他们相濡以沫的关系已经成了回忆。

金玉自从搬去外滩，就不再演戏。她困在自己的心狱，唯有鸦片可以释放她的心魔。

格林先生开始去夜总会，他也心情灰暗呀！他要从别的女人身上寻找安慰。金玉并不在乎他去找别的女人，她在家里给自己烧烟枪，吸烟的次数越来越频密。

明玉是在很多年以后才会明白：金玉那时是得了忧郁症。她平时那么强悍有主见，没人想到她会得心理病。忧郁症这个词，在当年他们的认知中是不存在的。

格林先生年轻时来到中国，讲一口金玉风格的沪语，已淡忘他的国家很多语词。语词携带观念，格林先生在东方待得太久，他忙着敛财，距离他的西方文明观念越来越远。他没有听说过弗洛依德，这位奥地利心理学家的著作译成英语时，他已经在上海，正在努力学讲上海话。

他是讲节制的理性的英国人，讨厌无止境地借烟烧愁。金玉为了躲开他的劝阻，常常去自己住处吸烟，在她去世前一个月，她住在自己的房子，不回外滩了。

十五

　　小格林被绑架的时候，明玉住在湖州，那年她患肺结核将自己隔离，她是从报纸上看到这个消息的，她没有办法去上海安慰金玉。她曾经提笔想给金玉写信，却又发现此时写任何句子都太轻，没有分量。赵鸿庆在上海警备司令部有人脉，她不敢开口要他帮忙，她知道他憎恨当过上海大班的英国人。

　　事情过去之后，她又有些后悔，无论如何当时应该跟丈夫提一下，难道他会对金玉的孩子遭难无动于衷？总之，在这件大事上，她一点都没有帮到金玉，这让她心里有愧。

　　她没有及时与金玉联系，金玉也不知道明玉家发生了什么。肺病痊愈初期，明玉不愿去上海，她避免见任何人。这种疾病产生的自卑，除了同病相怜的病友，一般人是不会有感觉的。明玉偶尔写个明信片问候金玉，也不盼望收到回信，金玉没有阅读和写信的习惯。

　　以后再去见金玉，她不提绑架的事，明玉也不敢提，坊间的很多传说对金玉的名声是又一次损害，而她又这般倔强好胜。

　　"金玉去世，医生的诊断是什么？"

　　明玉问道，沉浸在往事里的格林先生一惊。

　　他花了好几秒钟，才明白她的问题。

　　"鸦片过量使用急性中毒，引起呼吸抑止导致死亡。"

"金玉应该不会独自吸鸦片吧?"

"当时,美玉陪在她身边。"

"美玉?你认识美玉?"

明玉非常意外。

"她那时经常来我们外滩的家,后来金玉搬去自己房子,她可能也会去陪金玉。"

明玉蹙眉,心里涌起奇怪的念头。

明玉离开戏班子时,美玉才进来,美玉也是被父母卖进戏班子的,才十三岁。她和金玉的年龄相差近十岁。

美玉进戏班子不久,金玉去了香港,她适应不了香港潮湿的气候,主要是受不了寂寞,便又带着孩子搬回上海。

她回上海正遇上戏曲繁荣,进戏班子后唱到了《梁山伯与祝英台》,这出戏让金玉有机会在"大舞台"驻场。

美玉嫌排戏练嗓子辛苦,不再唱戏,十五岁那年成了班主的情人,管戏班子的剧务。

明玉回国后,曾经听金玉提起过美玉,金玉不喜欢美玉,说她没有其他本事,只会勾引男人。美玉一门心思要找个能养她的男人,她跟着五十岁的班主——比她父亲年纪还大的男人——也是暂时的。金玉说,别看美玉年轻,她非常老练,胆子也大,不知道以后会找个什么样的靠山咧!

"是美玉送她去医院吗?"明玉仔细发问。

"金玉死在家里。"

"是她通知你的?"

"我正在家里,接到她电话……"

他记得当时自己在理书架,不,是把新书放上书架。离开上海总会和工部局后,他给自己制定了一套自我教育的计划。他买了一整排柚木书橱,花大量时间选购书籍。他首先要补历史,中学时他就爱历史。他购买了英国十九世纪历史学家乔治·皮博蒂·古奇等学者的书,收集了英国历史学不同流派的著作,不管是辉格派、托利派或者牛津学派,也买了不少小说。这天他拿到从英国寄来的一批书,有亨利·菲尔丁、丹尼尔·笛福、塞缪尔·理查逊、乔纳森·斯威夫特的书。狄更斯和萨克雷的书中学就读了,他更喜爱毛姆。毛姆的东南亚背景的书写,让他有共鸣。虽然,毛姆的东南亚和他的上海,有很大差别,但是,某种心境有相同之处。这批新书里有毛姆新出版的东南亚旅行随笔以及新出版的长篇小说《面纱》和更早出版的《月亮与六便士》;他也订购了萨克雷和高尔斯华绥的书;他很欣慰狄更斯的书都收齐了。读狄更斯的小说,更像是一次故乡之旅,令他回到年少时的读书氛围。他清贫的家,夜晚,在工厂做工的父亲为了阻止他和姐姐深夜看"闲书",是的,父亲认为小说是"闲书",在他自己睡觉前不会忘记把他和姐姐睡房里的电灯泡给拧下来。他离开英国时,母亲已经去世,父亲孤身住在曼彻斯特附近的小镇。他离婚前曾带着英国前妻和他们的儿子回去了一趟,父亲住在老人院,已经认不出他了。

那天,他仿佛有预感,手里翻阅有墨香的新书,并没有往日的喜悦，心里涌动着伤悲，仿佛英国往事触动了自己，然后，就接到了美玉的电话。

"金玉姐姐没有气了！"

"没有……什么？我听不懂。"

"她死了，金玉死了！"

"谁告诉你的？"

"鼻孔没有气了。"

他先电话急救车，接着赶去金玉住处。

"美玉没有给医院打电话吗？"

"她说她不知道怎么打，所以先打给我。"

"医院抢救了吗？"

"医院的救护车到达后，确定她已经死亡。"

"医院确定她的死因了吗？"

"这已经不重要了！"

明玉的连续发问惹得格林先生不悦。

她心里有很多遗憾，金玉最后时刻应该是她明玉而不是美玉在她身边。

明玉递上烧好的第三管烟枪，这一次她没有抽。

格林先生接过烟枪，吸了几口后，心情似乎又松快了。

明玉伺机继续问："你说美玉经常去外滩你们的家，她有什么特别事找金玉？"

"金玉没什么朋友，美玉来陪她聊天，我觉得很好。有时候金玉不在，美玉也会来，所以就和她熟了。金玉去世后，她会来看我，陪我聊天。"

"她跟你聊什么？"

在鸦片烟的掩护下，明玉不顾隐私地追问着，她有一种奇怪和不安的心情。

"都是些戏班子的故事，美玉的性格很阳光，家里的佣人都喜欢她。"

金玉不在家时，美玉在外滩格林先生家逗留是什么意思？听起来，她很受格林先生欢迎。美玉这个心机鬼，她为何花时间在格林先生家里？她是否有计划地准备上格林先生的床？

明玉心里存下了疑问。

"在戏班子，金玉的角色很难找人代替，她唱得太好了！"明玉突然转移话题，"她不唱以后，戏班子也被'大舞台'淘汰。"

此时，他们已经吸完烟坐到茶几边。明玉有条不紊用刚煮开的水，在茶盘上用第一泡洗茶的茶水冲洗与紫砂茶壶配套的紫砂茶杯，第二泡茶继续冲洗，第三泡时才把茶倒进茶杯。小小的紫砂茶杯，一杯茶，一口就能喝尽。所以，她得不停地泡茶、倒茶，在格林先生看来，更像是茶艺表演。

"她在舞台上闪闪发亮，有时候，我觉得我更爱舞台上的金玉。"

他因为金玉才会去看戏，虽然未到戏迷程度，至少是个热情的观众。

"她离开戏班子是怕影响你的名声。"

"我知道,她没有做最喜爱的事令她不开心。"

"金玉告诉我,她更希望有安定的生活,所以她心里一直感激你,你们两人很年轻时就认识,在一起这么多年很不容易,她因为你生活有保障,你因为她在上海有了亲人。"

格林先生点点头,无论如何,在他的感情史上只有金玉称得上是爱人。

"奇怪的是,回忆和金玉度过的日子,记得更加清楚的反而是年轻时那段日子,我还没有发达,她还是个歌女,我们住在静安寺租来的破旧的老房子里……"

格林顿了一顿,似乎有些动情,他又道:"那时候,金玉每天数钱,那么点钱还要分三份:一份吃饭,一份给自己留,一份给家人。你也知道,她家人把她卖给妓院,她还想着要接济家人。为了这事我们争吵过,我认为,她父母并不老,他们应该为自己的生存负责。后来,金玉带我去她出生的乡下,她家人穿着破烂的衣服,却聚在一起打麻将。金玉问我,如果他们是你的家人,你是否也想拿出点钱帮帮他们?我想说,我不会给他们钱,因为他们有工作能力。但我要理解东方人对原生家庭的牵挂。她生日时我给她礼物,她不要,她要我给她同等价值的钱。她很可爱,给自己留着的那份钱,是为了买一件她喜欢的衣服,等到钱存够了,那衣服已经没有了……"

格林先生哽住了,他在克制内心的起伏。

明玉接着他的话道:"我现在回忆和丈夫一起的生活,也都是年轻时的日子,好像每一天都记住了。那时候在日本,刚刚和丈夫一起生活,互相了解很少,我什么都不懂,学家务学文化,觉得自己笨,心里很慌张。丈夫是传统的大男子主义,一直是我在适应他,日子过得很辛苦,常常背着丈夫哭,这么多年来,终于互相磨合,他却走了……"

明玉眼圈红了,丈夫才去世,她心里很多感慨。

格林先生握住她的手,他对她有同病相怜的亲近感。她臂上的黑纱和头上的白花十分刺眼,他立刻又松开她的手,不由深深叹了一气。

"我结婚后,她去了香港,几年以后,听我的佣人说看见金玉了,她在'大舞台'唱戏。有一天晚上,我和前妻坐马车经过法租界,我还记得那天经过的马路,叫莫里哀路,短短的小马路,安静没人,我和前妻并排坐在马车里,没有任何交谈。路边小楼房有人开着留声机。街道两边的梧桐树遮住了房子,灯光隐隐约约,那时候,会有一种错觉,好像回到了我在英国生活的小镇,"回忆让格林先生的眸子有了光亮,一闪一闪,"我们的马车拐到马斯南路,前面有一顶轿子,在一条弄堂口停下,一个中国女人从轿子里出来,穿着戏服,路灯下我看到她的脸,她是金玉!我的心脏好像停了一下,然后就狂跳起来,我怀疑身边的前妻都能听到我心脏跳动的响声……"格林先生咽了一口唾沫,当年受到的震撼好像仍然留在他的体内,"我那时突然明白,我还是爱着金玉!"

他点点头，仿佛在对过去的自己说话。

"我去买了中文报纸，找到她在'大舞台'演出《梁山伯与祝英台》的广告，我让听差去买了票子。我被她扮演的梁山伯吸引，女人演的男人有着特别的美。我回家后，心神不宁了好几天。有一晚再也忍不住了，赶在戏院散场时去'大舞台'找她。

"戏院门口的马路上一字排开停着出租汽车、马车和黄包车，人行道挤满各种小吃摊，到现在我还记得茶叶蛋和糖炒栗子的香味。戏院正散场，观众都出来了，我从马车上下来，让车夫等在路边，逆着人潮挤上人行道差点踢翻一只炭炉。我没有等到金玉，观众走光了，戏院都关上大门了。门口的广告牌上明明写着当晚的演出剧目是《梁山伯与祝英台》，写着金玉的名字。我看到前面马路拐角停着几顶轿子，其中一顶是金玉的，我能认出来，颜色喜气洋洋涂着金红两色。我站在路边等着，终于等到金玉从戏院的边门出来。她看到我并不惊奇，好像我每天都在拐角处等她。那天我送她回家，在路上聊的话题有些可笑，她最想知道的是，我当时的英国妻子是不是漂亮？我告诉金玉，结婚时，我觉得她是漂亮的，但现在已经不漂亮了。我向金玉承认，我的婚姻很失败。金玉告诉我，在马斯南路的房子是她自己买下的，一栋西班牙风格的小楼，她可真会挑地段，我以前一直以为法租界混乱破败，没想到里面藏了一些漂亮的小街，轿子也是她自己的，她已经不是过去的金玉，虽然她的外貌还是那么年轻……"

明玉的倾听给了格林先生回忆金玉的机会。他从未和家人以外的什么人聊聊自己的私生活。他在上海几乎没有朋友，生意圈是尔虞我诈的关系。他对明玉有本能的信任，虽然之前他很少见到她，但金玉经常提起她，在他印象中，明玉是金玉唯一信得过的朋友。

那天，他们俩告别时，格林先生说：

"谢谢你花时间听我说话，有空请你周末到我外滩的家坐坐，戴维也在家，他在上海的美国学校读高中，成绩很好，明年毕业后，我要说服他去英国读大学。"

明玉很感慨时间过得飞快，她好些年未见到小格林，她想，是应该去看看金玉的儿子。

当时明玉还在湖州、上海两地跑，她忙着处理丈夫身后事。丈夫的那些股份和利润是大伯在管理，她对赵家的付出大伯看在眼里。由大伯分配丈夫的遗产，包括给丈夫的大老婆以及他们的孩子，大伯还是公平的。她想把属于她的那部分不动产卖给丈夫的大老婆却不那么容易。大老婆拿不出那么多现金。

明玉等不及了，她打算盘下环龙路的饭店，便将不动产抵押给银行，贷款开饭店。从丈夫生病开始，她就对自己的未来有了仔细的筹划。

筹备饭店阶段，她无暇顾及其他。虽然心里想着应该去看看小格林，但一忙还是错过了时机。

她的饭店开张后，有一天她请戏班子的几个小姐妹来饭店吃饭，那次她们自然聊起金玉和美玉，她们告诉明玉，美玉已经搭上格林先生，成了他的情人。

明玉吃惊却也不意外，她不是当时就有预感美玉要睡到金玉的床上去了吗？预感成现实，虽然气愤，也无能为力，毕竟，这是别人的私生活。而格林先生作为英国人，对自己的隐私非常看重，她即使想干预，也没有突破口。

　　夜深人静时，她偶尔会想到格林先生，那天，他和她交心的谈话，他邀请她去他家坐坐时，眸子里有着渴望，他很寂寞，要是她常去坐坐，美玉还有机会吗？

　　她被自己瞬间的想象震惊。

十六

进入十二月,气温直线下降,在第一波寒潮到来之前的礼拜天,明玉准备给孩子们洗个澡。

冬天,洗澡成了一件重要的家务事。上海没有暖气,冬天洗澡需要的大量热水,必须由老虎灶送来。即使如此,也很难避免着凉。所以也只能几星期洗一次澡,平时就一星期擦一次身。

为了给孩子洗澡,也顺便给自己洗一下,明玉中午特地回一趟家。她到家时,阿小正在清理浴缸。她用丝瓜筋沾着去污粉,把浴缸狠狠擦洗一遍。夏天以后,浴缸的使用率降低,不是天天擦洗,浴缸有一圈污垢。这污垢让阿小火冒三丈,分明是契卡洗澡后留下的。与契卡合用浴间,契卡却从来不管浴间的清洁问题。阿小不能向明玉抱怨,明玉给她的酬劳比别家高。但阿小对契卡没好气,有几次直接就向契卡抱怨,契卡只是耸耸肩,既不道歉,也不作任何改善。

明玉从抽屉拿出孩子们的换洗衣服,总会想起一些与洗澡有关的往事。第一次回湖州乡下,女儿三岁不到,她在院子的大木桶里给女儿洗澡,引来家里女佣和邻居女佣的观看,她便教她们如何清洗身体,特别关照月事时不能洗盆浴。明玉还教过邻居的年轻母亲,如何为刚满月的婴儿洗澡,教她一只手托着婴儿的脖颈,让婴儿仰卧在水盆里,使婴儿不至于被水呛到,另一只手给婴儿洗涤。

这是在日本生女儿时，日本护士教给她的。

老虎灶的伙计用扁担挑来两大木桶开水，第一桶水给鸿鸿和阿小洗。木桶里的开水倒进浴缸，蒸汽像云雾立刻布满浴室，伙计把第一只木桶带走了。这边鸿鸿兴奋得要命，又喊又跳，他的快乐也感染了明玉和阿小，她们笑着一起抓住他，快手快脚帮他脱衣。鸿鸿爱蒸汽害怕热水，把他放进热水时，他便开始哭叫挣扎，等适应热水后，又不肯离开浴缸。便是在这番热闹的抗争中，明玉迅疾地给他涂肥皂擦背，在蒸汽消失前给鸿鸿洗完澡。同时阿小已经在脱衣裤，鸿鸿出浴缸时，阿小进浴缸。鸿鸿对阿小的裸体很好奇，他拨开明玉的头去看阿小，明玉不让他看，他吵着要看，阿小便在浴缸里"咕咕咕"地笑，这是浴间里的快乐时光。

阿小洗完澡，把浴缸洗干净，和明玉一起将第二桶开水倒进浴缸，然后阿小带着鸿鸿去老虎灶还木桶。

第二轮洗浴，朵朵先进浴缸，明玉帮朵朵擦背。这天朵朵告诉明玉，她两个乳房各长了硬块，触碰会痛。明玉摸着女儿乳房的硬块便笑了，她告诉朵朵：

"你的乳房开始发育了，马上就要成为大人了。"

"以后会像你一样吗？"

朵朵问道，明玉衣服脱至棉毛衫，乳房曲线毕露。朵朵转过脸，不愿面对明玉的乳房。

等朵朵穿衣离开时，明玉才从容一个人洗。此时浴缸水温降下来，阿小已为她准备了四只灌满开水的热水瓶，用来给洗澡水加热。明玉岂止满意简直是感激阿小,她的默契配合才令明玉家的生活有序舒适。

朵朵开始发育的胸部,让明玉有一种被惊醒的意外!天哪,女儿马上成少女了,再过两年该来月经了。明玉的十二岁,在流浪乞讨……

她和阿小用洗剩的水洗澡,曾被朵朵嫌弃。阿小便教训她,"生在福中不知福"。明玉从未告诉女儿自己的苦难经历,也许,内心深处,她对自己受过的苦难,伴随苦难的羞辱有羞耻感。

她十四岁零五个月来月经,那天早晨醒来,觉得裤子湿了,还以为自己尿床。当她看见裤子上有血时,害怕得哭起来,以为自己的内脏在出血,以为自己得了怪毛病马上要死去。是金玉把自己的月经带借给她,帮她买来月经草纸,并告诉她关于月经的常识。这些重要的细节,她怎么现在才想起来呢?

她是想着要回报金玉,然而,这回报更像是一种责任,而不是感情。此刻这些细节的回忆,才让她涌起对金玉的缅怀,泪水突然涌出,她拼命用洗澡水泼去脸上的泪水。

洗澡这天,也是明玉让自己放松的日子,她带着鸿鸿睡午觉,梦见店里空空荡荡的,怎么没有顾客呢?她在焦虑中醒来。

原本想在家里休息的她,因为这个梦而改变主意去了店里。却未料到这天晚上,李桑农带了一对宛若夫妻的朋友来"小富春"吃夜饭。

明玉在办公室检查会计账目,经理进来向她报告。

"前两天晚上最后来的那位客人又来了,这次是来吃饭。"

明玉愣了一下,没有听明白似的。

"那天下大雨,他冲进来,你们认识……"

"喔,他要见我?"

明玉打断经理问道,莫名地紧张。

她去海格路公寓扑空,在外滩遇到美玉,与格林先生暗藏锋芒的交谈,这些情景,她回到自己的生活还没有时间细想,此时压力凸现。

"倒也没有提你。"

经理的语气有歉疚,他已经看出明玉的踟蹰。老板娘一向镇定自若,那晚遇到这位客人时,她有些失神。

经理鉴貌辨色,一心想着帮老板娘分担压力。他谨小慎微最怕多事,饭店是他讨生活的地方,老板娘是他的衣食父母,他对她自然有一份"孝心"。

在经理眼里,明玉无所不能,开饭店可以开得太太平平,都是靠她的人脉,据说她死去的丈夫是国民党元老。经理却又知道,老板娘不轻易动用人脉,该交给青帮的保护费她绝对不省。他相信,青帮也未必没有听说她有人脉,对她是另眼相看的。

"我会出去看看。"

明玉回答说,但她没有立刻起身,注意力仿佛仍然在出纳的账本上。她心里有主意了,就等李桑农提出见她的请求,她才去见他。

他们吃完饭结账时，李桑农才向经理问起明玉。

明玉笑容满面走向李桑农的饭桌，他们互相寒暄之际，经理拿来账单，明玉顺手拿过账单。

"这顿饭我请，还想添什么？"

她问道，看看桌上六道中等价位的菜，实惠的夜饭，不寒酸也不浪费，菜都所剩无几，看来是真的来吃饭。

李桑农为明玉介绍了这对像是夫妻的青年男女，二十多岁年纪，打招呼时听出是北方人，两人都穿中式长袍，像是才来上海。

明玉为他们点了一道店里招牌甜点，冰糖莲子。莲子在盘中堆成尖，颗颗圆润如珠，明玉示范他们直接用调羹把莲子送进嘴。莲子进嘴后的酥软香甜让两位年轻客人惊艳，尤其是那位女子，美食感动到眼角都湿了，说她从来没有吃到过这么软糯这么甜到心的莲子！

男女客人先离开了。李桑农留下来，他们就坐在餐桌边聊事情。明玉仍然没有请他去她的办公室，她不是故意怠慢李桑农，她仍然没有勇气与他在一个没有旁人的小空间，怕在那样的空间聊起往事而让自己失态。她最近发现自己变得脆弱，或者说，自己的心不是想象的那么死水一潭，没有涟漪，岂止涟漪，连波浪都有可能出现，她的意志要控制自己的心并不那么容易了。

李桑农告诉她，这对男女出身东北，刚从陕北过来。他们将在上海扎根，为组织发展党员。

她一愣,想起丈夫他们对孙逸仙的"联共联俄"主张的失望。

他似乎看出她内心的彷徨。

"国共早已分裂,代价是国民党屠杀共产党,共产党成了地下党。"她一惊,他问她:"1927年4月12号发生的事件知道吗?"

她迟疑地摇摇头,有几年她的生活好像与世隔绝。

"我们的不少党员在租界被黑帮杀死,13号早晨,蒋介石的军队在宝山路对请愿群众开枪,死了一百多人。"

"1927年1月我丈夫去世,之前一年他病情严重,没有太关注时局。"明玉需要为自己的立场作些解释似的,"我自己对政党之间的分歧一直也不太关心。做了很多年家庭主妇,丈夫去世后,为了生存,开了这间小饭店。"惭愧的口吻,"你没有变,仍然这么关心中国前途……"

"不仅关心,是要用一生投入民族解放运动!"李桑农的语调仿佛站在广场对着民众演讲。

"是的,对你非常佩服。"

明玉点点头,既诚恳又敷衍,因为,她早已不在他的语境。

她很快岔开话题,告诉李桑农,小格林不在公寓,李桑农的回答让她意外,"我们已经知道了!也很感激你真的按照我的指示去做!"

他们竟然监视我了!明玉心里闪过这个念头。

"小格林是我小姐妹的儿子,我当然要帮他!"明玉话中有话,她暗示去看小格林,并非是听李桑农的指示。

他笑笑点点头，看着她带几分俯瞰的意味：

"无论如何，我们还是要感谢你的支持，包括今天的晚饭，这两个年轻人来到上海是为中国前途工作，在缺少资金的情况下，至少你可以给他们饭吃。"见明玉不太明白，便补充道，"如果你的店能给他们提供免费伙食？"

"这……不太合适吧，对他们来说也……不太舒服……"明玉顿了一顿，"毕竟普通市民也很少上饭店，他们应该可以自己买菜做饭，比上饭店省不少钱。"

明玉的态度鲜明，直截了当拒绝让两个陌生人来饭店蹭饭。她是店老板，不能开这个头，把饭店当作某个组织的食堂。这是明玉的精明，既不想让自己的饭店成为救济场所，更不想被人监视。

她的坚拒令李桑农有些意外。

"明玉，"李桑农的这声呼唤突然深沉，"现在东北已经是日本人天下，关东军挑衅东北军非常嚣张，日本已经不是我们当年在东京时的日本，日本正被一批好战分子主政，妄想占领中国。"

这些话戳到明玉痛点：一个国家就像一个人，一旦沦落，简直面目全非。时间是腐蚀剂啊！年轻鲜活的生命会腐朽，国家会变色，曾经热爱的日本正在成为中国的敌人，想起来实在痛心。

"我每次听到这一类消息，心情都很沉重……"

她回答他，也说不出更多话来。

"这两个年轻人已经没有个人生活，没有挣钱的职业，完全把自己献给革命事业。"

"如果他们有经济困难,我宁愿借钱给他们。"

"那当然更好啊!革命党早年在日本,也是受到民间组织捐助的。"

明玉开了一张银行支票给李桑农,是她家两个月的开销。

"小饭店,利润也不高,聊表心意吧!"

李桑农有了感激,伸出手欲握明玉,明玉朝他微微摇头,在饭店做这个动作,太不合时宜。

明玉把李桑农送到门外。一部又一部黄包车过来,等在店门外。他们仍在交谈。

"小格林到底去了哪里?"

这是明玉更关心的问题,奇怪的是,对方一直未问起。

"这也正是我们想知道的,了解这件事,你比我们容易,你应该知道他父亲家吧?"

明玉倒是吓了一跳,她去见格林先生他们也知道了?

不太可能,她去外滩时,并没有发现后面有跟踪。心里飞快地判断后,她决定向他撒谎。

"自从金玉走后,就没有去过外滩,那个英国人是否还在上海呢?"

"他很快就会知道,我们已经放消息给英文报纸,昔日上海大班的儿子参加反对列强游行,中弹受伤,"

明玉心想,这么一报道,至少可以让格林先生知道我说的话是实情。

"小格林幸亏只是受伤,没有被打死……"

明玉话里有责备。

李桑农却道:"假如他被打死,就成了烈士,人民和历史会记住他的。"

十七

　　小格林在养伤，之后如何把他弄出上海？老话说，过一过二不过三。他先被人打，之后遭枪击，是否有更大的危险等着他？

　　明玉很想和家祥商量，并得到他的帮助。

　　可是现在，连宋家祥都不是她熟悉的家祥。李桑农向她描绘了另一个宋家祥。

　　她为此烦恼，家祥崇洋是真的，可也不至于出卖民族利益！民族利益具体是什么？她不太明白，李桑农没有向她解释。宋家祥出卖民族利益后，想得到什么？李桑农也同样不作解释。

　　李桑农说宋家祥和黑帮有很深的关系？黑帮势力最强的当数青帮，在法租界做生意，必须向青帮交保护费。

　　她认为，宋家祥和青帮搞关系很正常！他和他家族在法租界不仅有印刷厂，还有一些门店。他们生意做得早，为了得到保护，和青帮总会有些往来。

　　明玉也是通过家祥向青帮交保护费，外面的人却以为她是靠亡夫的人脉。明玉在饭店开张时，请一些元老人物来吃饭，他们中的一些人以前也是她家常客，她希望他们常来吃饭就够了。饭店开张那天，自然也有青帮方面头儿出席，他们由宋家祥帮忙周旋。

　　宋家祥和青帮关系很深，深到什么程度，她并不想探究，她只认同她了解的宋家祥。可是李桑农那番话还是影响到她了，心里不那么踏实,觉得自己失去了对世事的判断。她莫名地担忧起来,为家祥担忧。

明玉是在丈夫的湖州老家遇到宋家祥。他们从相遇到关系亲近,有一些年头了。

由于赵家发生了一些变故,明玉有几年住在湖州。

赵鸿庆的祖辈是殷实的丝商之家。他的家乡在太湖南岸水陌交错的富饶之地,是湖州的蚕桑名镇,这里河流纵横,民居沿河分布延展。

赵鸿庆的父亲不仅做丝绸生意,还创办丝绸厂,他的企业由长子继承,所以是和赵鸿庆的大哥一起住。赵父七十九岁那年中风,由大哥家照顾伺候。

赵父的丝绸厂虽由长子继承打理,其中有赵鸿庆的股份,股份是老父分给子女们,其利润也是根据股份,分给其弟。他们家兄妹四人,两个妹妹是小老婆生,出嫁时妆奁甚富,之后就与娘家无关。

赵家长兄做企业很成功,赵鸿庆全家才得以衣食无忧。他的两个儿子在日本读书后,回国和大伯联手做丝绸买卖。

那一年,赵家长兄的大太太急病去世,家里乱成一团。原先这个家是由大太太管理,在她监管下,赵父被佣人照顾得很周全。自从大太太去世,家里由从不管事的姨太太管理,便乱了。而这位长兄大部分时间住上海,事实上,他上海另有外室和孩子。

混乱中,老父的屁股生了褥疮,赵家大哥要求把父亲送去赵鸿庆家，由他太太帮忙照管。从情理上赵鸿庆很难推脱，毕竟为赵家做了最多贡献的是大哥。

然而，赵鸿庆的大老婆出身富家，不太懂家务事，原先她从娘家带来能干的管家，帮她管理家里一大摊事，如今管家上年纪回乡里养老。老管家一走，她才发现首先的难题是管好佣人。这些年，儿子们离开家，这大老婆也就得过且过，家里各方面都在脱轨。尤其是卫生方面，这大宅几十间房，没人住的屋子就不再打扫。于是，尘土潮气夹杂一股霉味，老屋的味道让人难以忍受。赵鸿庆偶尔回家，还以为是自己在城里住惯了，闻不惯家里的味道。

赵父搬来赵鸿庆家时屁股上的褥疮更严重，已经发展到背部。这件事让赵鸿庆明白，他的大老婆根本无法掌控眼前局面。家里佣人宛若群龙无首。老人一来家务重了，有时到饭点，开不出饭来。佣人之间互相埋怨指责，轮流向赵鸿庆告状，要他评理。赵鸿庆哪里搞得清状况，决定让明玉留在老家帮忙照顾。老人的褥疮每天要换药，他知道，这事只有明玉做得好，她仔细又懂点医学知识；佣人们也必须由明玉管理，明玉是个好当家。

赵鸿庆首先狠狠地骂了一通大老婆，用鞭子把佣人挨个抽了一顿，严厉警告他们，从这天起，家里的一切由明玉说了算，明玉可以解雇不听话的人。

赵鸿庆很快又回上海，借故上海有重要工作，私心里是逃避。他过惯了远离日常世俗琐事的生活，老家的乱象眼不见为净。

把老婆孩子留在家乡，一举两得，父亲有明玉照顾让他放心，同时伴随孩子的家务琐事也一并归拢在老家，这也正是当年未娶明玉时的格局：把大老婆和孩子留在家乡，他自己在上海过轻松自在的单身生活。

赵鸿庆娶了明玉后，把她带在身边，是贪恋她年轻的肉体，她的细致体贴让他的家庭生活有了质量。然而，这也只是小家庭生活。如今，需要他管理大家庭时，让年轻太太代他留在老家顶着，是他自私本性的第一选项。女儿那时才五六岁，任性顽皮。他最厌烦小孩在身边，吵吵闹闹的，还缠人，即使喜欢，也只能持续十几分钟，现在把孩子留在老家，他只觉得一身轻松。

明玉是明白他的，"搞革命"动听又抽象，正是他这类男人避开家庭各种难题的借口。"革命"是大事，远离世俗琐碎，没有那么具体啰唆；一会儿女儿生病，一会儿老婆生病，一会儿老父生病……他实在很头痛这种日常里没完没了的麻烦事。

明玉一向逆来顺受，她不会反对留在湖州照顾老人，这也是回馈赵鸿庆当年对她的拯救。然而，见公公病重如此，她曾提议带老人到上海的广慈医院就诊，赵鸿庆为这个提议发了一场火，认为明玉借故不肯留在镇上。

明玉没有辩解，先吞下这口冤枉气，等赵鸿庆火气消下去后，她准备说他几句。以前，她只会忍，自从发生流产事件后，金玉便给了她忠告：

"你要给你男人一个界限，发脾气到哪一步可以忍受。动手怎么可以忍？你越忍他打得越凶，只会对你越来越坏。你离开他也能活,只要想好退路,就不用怕他了。"

没错,有了退路的打算,心里便有了底气,这底气是可以让丈夫感受到的,他现在好像有所收敛。

这天吃完夜饭,把女儿哄入睡后,她便对丈夫说:

"有什么事可以商量,哪次不是听你的?我也是为爹爹好,你要是觉得不妥当,说不同意就可以了,为什么要发这么大的火?发火很伤肝,对身体不好,你年纪上去,要注意保养。"

赵鸿庆知道,现在的明玉虽然说话仍是轻轻柔柔,但已经不像过去那么好欺负了。她曾让金玉传话给他,他要是不准备和她把日子过下去,她是可以离开的。

"我的脾气你知道,火气一上来没办法控制。我就对着你发发火,在外面不能发。那个老太婆,我看见她就像看见死人,对死人哪来的火?"

这便算是赵鸿庆的道歉。

"老太婆"是赵鸿庆对大老婆的称谓,她比赵鸿庆年长三岁,是应父母之命结的婚。他和大老婆生了两个儿子,就把她扔在湖州,自己去上海,不再搭理她。在明玉之前,赵鸿庆讨过一房姨太太,那女人的家人隐瞒了她有精神病史,嫁来赵家后不久发病,跳进河里淹死了。

明玉刚从日本回来那年,曾跟随丈夫到老家拜见婆家人。这里有大片明代水乡民居,黑瓦白墙层层叠叠沿河蜿蜒伸展,长板石桥连接两岸,仿佛建筑也蕴含了温婉的江南女性气质。外乡来的旅人会被这独一无二的画面惊艳,可是,明玉很抗拒。小桥流水带来辛酸回忆,她有回到苏州乡下的幻觉。夜晚噩梦又追来,蒙太奇般的片段:在冬天的河边洗衣,两手背长满冻疮……跪在河边的搓衣板上……花船上她被绑住双手,四周是嫖客妓女的欢声笑语……

她从苏州逃到上海,希望永远不要回家,水乡是她的噩梦背景。她能原谅母亲打骂,但不能原谅母亲把她卖钱。

她从噩梦里哭醒,发现自己的眼睛是干的,梦里肉身的疼痛和眼泪是虚无。丈夫在身边鼾声如雷,给她安全感。从天花板垂下的圆形蚊帐像帷幕,在床的四周搭建柔软的墙,与外界隔绝,是另一种保障。她再一次确认,已经远离那些噩梦。但蚊帐也让她感到窒息,雪白、轻薄,却密不透风,她很想撩开帐子深深地透一口气。

丈夫的家乡,是富贵人家的丰润之乡,她的苏州乡下是穷人的水乡,那里的桥和房屋都是破败的,随意搭建,随时会倒塌。

这里有不少私家大宅,各有风格,都是建筑经典。有一户张姓人家,清代三进五间式古建筑风格。一进有一厅五室,每进之间有天井,每进都设防火的直式火巷;也有西式大宅,那是一户刘姓人家,红砖砌成的红房子分为南、中、北三部分,南北建筑融入西欧罗马建筑,与水乡的环境产生反差而相得益彰。

值得参观的豪宅远远不止这两户人家,有些门户没有那么阔大,但建筑精致完美,像绿叶一样烘托着乡里最显赫的楼群。

这些建筑让明玉大开眼界,她深感,贫寒之家是无法想象富贵人家的生活环境的。她景仰的同时也很压抑,压抑来自畏惧,对于豪宅之华贵的畏惧。她这时候反而更怀念日本的生活环境，那种质朴的平民气息，却干净舒爽，纸糊门、榻榻米，需要的材料很少，占有的欲望很低，与空间的关系很亲切。她内心仍然住着一个穷孩子，对生活只有最基本的需求，吃饱穿暖有地方住就够了。

一些豪宅的主人是丈夫朋友，和他一样，曾经有过热血沸腾的青年时代。这个小镇出了好几位革命党人，孙逸仙创建革命党时期的部分经费，是这里的大丝商捐助。

辛亥革命后军阀混战，一方面，孙逸仙的政治主张令他们失望；另一方面，党内的左派们大都很年轻，把他们看成老顽固，参与过改朝换代又如何？如今成了绊脚石，也一样被淘汰！

这些豪门出身的早期激进分子，从小生活在优渥的生活环境中，理想高大，意志脆弱，很容易失望颓废。拥有财产的他们，一旦纵情享受便不能自拔，吃花酒抽鸦片，在民国开放的空气里，沉溺在官能享受中。

赵鸿庆回乡期间非常忙碌，要见乡里友人叙旧，对中国现状抒发情怀和牢骚。在与他同阶层故友往来时，就像回到日本当年，大人家的太太们不欢迎明玉，对她未婚前的经历有各种怀疑和传说。她的年轻容貌已经带了某种印记，她们锐利的目光，一眼便能辨别她是否是同一阶层的人。

这也只是刚从日本回来，明玉伴随丈夫回乡露一下面而已。最初的礼貌拜访后，明玉就不再陪丈夫串门。

直到明玉回乡照顾公公开始，才渐渐感受丈夫故乡的好处。富庶之乡，常开风气之先，不仅有图书馆，还有藏书楼，并且有一所天主教女校。在这里生活下去，还是有些具体目标的，可以让女儿进女校，家务不再缠身后，明玉可以继续自己喜欢的日文书阅读。

乡里的藏书楼设有阅览室对外开放，赵鸿庆回乡的日子，她让丈夫陪伴一起去藏书楼参观，这也多少安慰了她在陌生水乡的寂寞。她和丈夫的关系，便是从这段时间开始得到修复，半分居日子，反而让他们有机会一起共度闲暇时光。

藏书楼存放经部、史部古籍。这些古籍可能丈夫会有兴趣，明玉知道自己完全啃不动。但"书"本身像一件件艺术品，先从形式上给她召唤，敦促她去读点儿书。其实，丈夫家里收藏了不少现代书籍，包括日文书，读书是方便的。她被家务花去太多时间，在水乡几年，也只能望书兴叹。

在照顾公公的那段日子，为了让自己透一口气，明玉会找时间独自去藏书楼，不是为了看书，而是那个地方给予她精神上的慰藉，光是建筑，便让她学到很多。

她更像是在阅读藏书楼的建筑细节，也被建筑带来的气场感染，这是离开日本之后，最让她感受安慰的时光。

物质本身可以带来潜移默化的影响，在它成为一件艺术品的时候。所以，藏书楼就是一件巨大的艺术装置，面对它，之后回味它，如同含英咀华。

明玉用她的眼睛贪婪地摄入这些建筑奇观，它们如同知识累积在脑中，悄然改变她的身心。明玉从自己一无所有的出身升级，建立了有益于身心的品位,这一切也是渐渐地在她往后的生活里显现其意义。

藏书楼是回廊式的砖木结构,两层楼房中西合璧,共有五十二间藏书房,每间库房地板坚固书架整齐,两面均装有铁皮、玻璃双层窗户。楼房四周墙基用花岗岩砌筑。为了便于晒书,两进房屋中间有三百平米的大天井,平铺方砖不生杂草。朝天井的库房安装的是落地长窗,便于通风采光。一楼房间用专窑烧制的青砖铺地,青砖离地一尺多高,地下潮气难以上升;层顶高至五米,既通风又隔热。

也许,给予明玉至深影响的,正是建楼主人在细节上的缜密思虑。往后她装修自己的饭店时,也一直用藏书楼的高标准要求自己,虽然饭店的规模小很多,也不走豪华路线。

藏书楼的园林,就像音乐的咏叹部分,令明玉身心舒展。这是她第一次置身江南园林,却有熟悉感,因与日本园林有神韵上的贯通。最难忘花园正中的莲花池,初夏莲花开始绽放,秋天是盛期,那大朵饱满的粉色花儿竟让她有"太奢侈"的不安呢!

明玉便是在去藏书楼的路上,遇见宋家祥。她在有铺石板的巷子里,在黑瓦白墙的民居中间,看见一个穿白色棉麻西服戴礼帽的男子,令她惊艳的都市男士。

从宋家祥视角,他看到一个清爽秀丽的女子,黑发绾在脑后,用刨花水抹平,不见一丝乱发,衬出白皙年轻的额头,黑眸晶亮,唇红齿白。她身着银灰色棉布宽松袍子,隐约显现线条有致的身材。她踏着青砖地轻盈无声行来，他比她的惊艳更甚。

他们之前已经远远相望过，咫尺相遇是第一次。

之前，明玉被丈夫带来婆家探亲时，宋家祥已经住在上海，他偶尔出现在小镇，一身西服引人注目，是个风度翩翩的洋派男子。

此时，在偏僻的小巷子，见明玉渐渐走近，宋家祥停住脚步，待她走到身边时，他脱帽朝她微微倾身，她立刻朝他鞠躬还礼，这是在日本养成的习惯。他们互相致意，却又因彼此多礼而惊讶。毕竟这是中国小镇，尽管富裕，小街上走着的百姓，还是会随地吐痰扔垃圾，见到外来的人，毫不掩饰吃惊和好奇的目光。更过分的，脚步追着陌生的外来者。

"赵太太去藏书楼了？"

面对面时，家祥先招呼问。

"嗯，去阅览室坐了一会儿。"

明玉回答得有些难为情。

"藏书楼人家对乡亲很客气的，连宋版书都能借阅。"

家祥笑说，明玉慌得摇头。

"我古文很浅，线装书看不懂。就是去那里坐坐，喜欢那个地方。"

明玉的坦率，倒是让家祥有些意外。

"那是的，不看书，在藏书楼坐坐也挺舒服。"

他的回答也是那么令人宽慰。

那次相遇，两人简单交流几句，却也不是没有信息量的客套话，真切才会有意犹未尽的感觉吧。明玉想，镇里有他，好像不再是乡下了。家祥想，见过的女人也不少，这一个还是不一样！

由于明玉住在湖州，赵鸿庆回老家待的时间也相对过去更长一些。假如宋家祥也正好回来，赵家会请他和父亲来吃饭。家祥母亲在他三岁时便去世，他成年时跟随已在上海落脚的大哥去沪上发展。家乡有父亲和他的两个姨太太，以及同父异母的两个妹妹。女眷们从来不串门，至少不来赵家串门。

赵家有客人时，赵鸿庆只派明玉和他一起见客，他的大老婆从来不露面。明玉和家祥之间，因为那次小巷相遇，再见面便有了亲切的意味。

赵父在明玉的仔细照料下，伤口每天清洗换药，她规定并监督佣人每天给他翻身的次数，并按照医学书指导，给老人补充大量蛋白质，一天两次给老父喂炖蛋。赵家老大来探望父亲，眼看老人背上和屁股上的褥疮日渐好转，对于明玉的付出都看在眼里。

赵父一年后去世，赵家为父亲办丧事，排场不小。赵父已年近九十，按民俗是白喜事，要请亲友邻居吃豆腐羹饭，镇上名人都来了。宋家是近邻，家祥特地回来参加葬礼。

明玉应赵家大哥邀请，帮助他一起应酬客人维持丧事场面，自然也是最忙的人。忙乱中，她仍旧能感受人群里某个人的目光，她下意识地转过头，便撞见宋家祥的凝视，明玉立刻心跳了。

十八

赵父丧事办完后,明玉终于卸下重担。直到这时,她才注意到自己有低烧,夜晚咳嗽越来越厉害。在日本学到的保健常识——无论去哪里,她都随身携带一本预防和医治常见病的医学书。她从行李箱里找出医学书,先在书里根据自己症状,为自己查病。她怀疑自己得了肺病。去镇上医院要求照X光,果然,肺上有结核病灶。

抗结核的雷米封还未发明,肺结核是绝症。

明玉只能为自己叹息,何以命薄如此,才刚刚可以安定下来,却又患上有传染性的绝症。

明玉首先想到,千万不要传染给年幼的女儿,必须让自己如孤岛一般,和周边所有人相隔一段距离。女儿生过猩红热,住在广慈医院的传染病房,连家长都不能探访。当时医生告诉她,"隔离"是阻断传染病的唯一有效方法。她从镇上医院回家路上,已经在思虑如何制定隔离措施。

赵鸿庆老家祖屋宽敞,明玉把自己锁进院子另一头,一间孤零零闲置在大院一角的房间。很久以前,这间房给园丁住,有个丫头和园丁有染而怀孕。园丁溜了,丫头在这间屋子上吊,这间房便一直空关。

然而,这件事是发生在赵鸿庆娶大老婆那一年,二十多年过去了，那个角落仍然无人问津。

那间房，佣人害怕单独进去，明玉领头带着两个佣人一起进屋打扫。房间被粉刷了一层白色石灰粉，她又做了装饰，墙上挂了一些画，从镇上挑来长命的绿色盆栽，金鱼缸也搬进来了。这间冷落了很多年的屋子，顿时有了生气。

那时的明玉并不相信有鬼魂。

她让家里园丁在房间外面五米之远加添了栅栏，让佣人们帮她准备了煤油炉、烧水壶、马桶、消毒液和洗浴用品等，以及一箱子四季换洗衣服。吃喝拉撒洗，就在她的禁足地解决。她的每顿饭，是让佣人送到栅栏门外。每天清晨，她把马桶拎到栅栏门外。

为了维持家庭的日常秩序，明玉没有停止管理家务事。她坐在隔离房间，用纸笔事无巨细地安排记录各种事项，交给大太太监控。

明玉患病后，守在老家的赵鸿庆大老婆，曾要求去上海照顾丈夫，却被他骂了一顿。他要她代替明玉管好家和女儿朵朵。

明玉刚隔离那一阵，家里有过失控，大太太管不住佣人，只能向明玉告状。尽管她内心看不起明玉，到这种时候，也不顾脸面，直接求救了。明玉便指定佣人中最资深也是最凶悍的一位做管家管理佣人，每天单独向她汇报。

明玉为全家制订了每日菜单，荤素、浓淡搭配，从星期一到星期天，每天翻花样，但每周的菜单不变。她让大太太监督厨房的卫生和每日菜单的执行状况，同时，佣人们仍然可以随时向她请示家务杂事。

每星期,明玉让管家把佣人们召集到栅栏前,把他们一星期的工作表现作总结,有奖励有惩罚。当年管理大家庭的经验,明玉后来便用在管理饭店上。

总之,她生病隔离时的隔空指挥,让家中井然有序。赵鸿庆隔几星期回乡一次也都看在眼里,他没有直接说任何好听的话,心里当然也是明白的,庆幸自己眼光好,找了个能干的贤内助。

"贤内助"是乡邻们的赞叹,之前他们对明玉不甚了解,她生肺病隔离后对家务事的各种措施,自然会通过佣人们传出来。

宋家祥知悉明玉患肺结核,特意从上海买来进口奶粉,让家里佣人送过去,并附上纸条关照赵鸿庆,这个病虽然没有特效药,但营养和休息很重要,要喝牛奶喝鸡汤。

家祥的关照让明玉受宠若惊。想到他时,明玉心里有一种非常陌生的、可以用温柔来形容的感觉。生病的日子,他走进她的心里了。

赵鸿庆原本被身边的女人照顾惯了,对明玉的病也没有太在意,却见邻居这么重视。他的大哥知道后,也让家人送来昂贵的营养品,长兄因为明玉对老父的细心照顾而对她另眼相看。

男人对身边女人的好处是盲目的,他需要通过周围人的肯定去认同。赵鸿庆是满清过来的男人,他可以跟长三堂子女人调情,却不习惯和身边的女人谈情说爱。仿佛有欲念的爱只能发生在风月场所。

自从和明玉分居，赵鸿庆才意识到她在身边时家庭生活的温润舒适。他并不清楚自己在心理和精神上对于明玉的依赖，早已超过她对他的依赖。

他比明玉年长二十岁，一直认为自己应该死在她的前面，从未有过失去明玉的准备。随着明玉病期的延长，他开始担心了。他不愿守在家陪伴明玉，却愿意为治好她的病花钱。再说，营养上花钱，实在不算大钱。他关照大太太每天炖一只童子鸡给明玉进补。

家里的院子养了一群鸡。这些鸡代表了丈夫的关心，这就够了，他不在身边，明玉反而更自在。

明玉开始劝赵鸿庆再娶个姨太太，她那时的心情是：这病可能好不了，即使不会一下子死，至少很长时间不能和丈夫同房。赵鸿庆五十岁不到，他需要性生活，也需要女人贴身照顾。再说，她还没有为赵家生个儿子。

她在劝解中宣泄心中的郁闷：

"我知道你娶我后，一直被人说闲话，我也没有做出让你脸上增光的事。跟着你去日本开了眼界，这些年也不用担心温饱，死了也没有遗憾。要是活下来，就在老家待着打理家务，算是报答你！你找个身体好年纪轻的老婆照顾你，只管在城里忙大事……"

"你就趁病可以乱讲，隔开这么远，打不到你了是吗？"

赵鸿庆半恼怒地制止她，离开了栅栏门，表示不愿再聊这个话题。

明玉对着赵鸿庆口口声声说自己会死，背地里在逼着自己吃营养菜喝中药，她在积极治疗调养自己，要为女儿活下去。她唯一的恐惧是，要是自己死了，女儿会不会像近旁的女人——鸿庆的大老婆，受父母之命、媒妁之言被嫁，与不爱的男人相守，一生郁郁寡欢……

女儿已经六岁半，在上一年级。每天上学放学由家里老保姆接送。女儿每天在学校的午餐也是按照明玉配好的食谱制作，由老保姆中午送去。女儿的健康是放在首位的，其次是对她的培养。

朵朵从四岁开始练琴，钢琴老师就住在环龙路，一位上年纪的英国女士。搬到乡下后，钢琴便跟着运过来，这是一架小型钢琴。买钢琴时，他们住在借来的房子，明玉已经有预见，他们会不断搬家。这里的天主教学校，会弹钢琴的音乐老师也是位英国老太太，朵朵可以去她那里上钢琴课。以前，是明玉陪女儿练琴，她在陪伴过程中也学会了五线谱。明玉隔离后，没法陪女儿练琴。她让丈夫为朵朵买的练习曲都是两套，一套是给自己用。每天朵朵练琴，隔着距离，她能听到琴声，明玉通过读琴谱检查朵朵的琴课。

明玉必须做好自己可能挺不过这场疾病的准备，她最无法放下心的是朵朵。她给丈夫写了很长的备忘录，关于朵朵作为女孩子在发育过程中可能遇上的疾病和麻烦，一一罗列。她要丈夫发誓，朵朵十六岁以后，把她送去日本读书。那时，日本仍然是她向往的国度。

赵鸿庆并不相信明玉会死，她思绪有条理，看起来也没有非常病态。反倒是大老婆瘦得像得了肺痨，让他厌恶。如今，他的心思并不在女人身上。上海频繁的政治聚会令人兴奋，吃花酒抽鸦片，也是和自己的政治伙伴一起。有关时政的讨论争执，比和女人调情更刺激。他的生活没法离开政治，或者说，政治话题是他生活中唯一的话题。他是国民党元老，受民众和党员们尊敬，娶姨太太这种事传出去不好听。再说，和明玉过了这些年，已经知根知底，他不想给自己惹麻烦，娶个不了解底细的姨太太。况且，上海这么一个灯红酒绿的城市，找女人比吃饭还容易。

明玉患病后，他在上海过着单身生活。家里请佣人来打理，终究不如妻子照顾仔细周到。夜晚无聊，他和一些单身汉去开旅馆叫堂差，然后发现自己年纪一把，不受堂差们欢迎，她们的目光追随他身边的年轻人，那些年轻的富家子弟出手比他大方。

他也去长三堂子，发现自己越来越力所不逮，担心倌人之间传来传去，让自己丢脸，也就越来越少去。他绝不会因为健康原因去看医生，最讨厌医院这种地方。他更常约人喝酒，一喝便喝到醉；去鸦片铺抽烟，也常抽到醉。

赵鸿庆没有意识到年纪上去了，他的身体加速度地走下坡路。从年轻时，他的肝功能就有问题，眼白一直有些黄，却也没有放心上。他这种性格，自大自负，讨厌一切俗事，很容易讳疾忌医。

漫长的一年，明玉终于痊愈。她没有回上海，而是继续在水乡疗养，这里空间大，空气好。丈夫现在很少回乡，他抱怨路上太疲累。她看丈夫脸上皮肤发黑，以为他晒了太阳，可那时是冬天，赵鸿庆说他哪里都不去，是不想去，只觉浑身乏力。

明玉去了一趟上海，陪丈夫去广慈医院做检查，丈夫被诊断为肝硬化。在明玉劝告下，赵鸿庆从上海回到家乡养病，一边服中药。

赵鸿庆带病回乡，没有惊动周围的熟人和朋友，男人不喜欢聊生病的事，尤其肝病有传染性，医生要求他的吃喝器皿与家人分开，这让他觉得很没面子。

他那时睡眠不好，一个晚上只能睡两三小时。起床后的第一小时是魔鬼时间，他总是暴躁如雷，任何事都看不顺眼，衣服太厚或太薄，喝水的水温、早餐桌上粥的粘稠度，都成了他发雷霆之火的火苗。

这时候，明玉早就起床，里里外外都已安排收拾。等吃完早餐，赵鸿庆的火气才消。他让明玉陪他去鸦片房吸一口烟，吸烟时，他情绪高，接着是更长时间的消沉。

希望丈夫痊愈的心情，明玉比他本人更迫切，她还指望他痊愈后回上海继续他的"救国事业"。那时孙逸仙刚刚去世，留下遗言"革命尚未成功，同志仍须努力"。元老们又跃跃欲试，能做的也不过是铺开稿纸，阐述他们的救国理论。明玉认为，至少，"救国"这件事能让丈夫充满激情，让日常洋溢着希望，虽然希望本身也是抽象的，但生活变得热气腾腾。明玉还年轻，她内心也是渴望怀着热情生活，虽然她更看重日常的安定和平稳。

赵鸿庆回乡后，与宋家关系更密切。得知赵鸿庆患肝病，宋家祥又给赵家送来营养品，诸如冬虫夏草、西洋参等。这些东西都是和鸡一起炖汤，明玉陪着一起喝鸡汤，她的体重倒是上去了，皮肤更显光滑白皙。

宋家祥要是回乡，会来赵家探访，劝赵鸿庆静心养病，聊的是养生话题，有些话让明玉记了一辈子。

宋家祥说："身体不养好，首先是对不起家人，家人比你的理想重要，你的理想无非是要改造人类，人类第一重要的是自己和家人，所以对不起家人就是对不起自己的理想。"

他是用开玩笑的口吻说这些话，赵鸿庆先是被他逗笑，事后想想觉得不无道理。安静下来，他自己发现，一旦不能参与那些政治活动，对时政的热情也会渐渐消失。原先，最吸引他的是集会或开会的形式，是演讲带来的欢呼声。

"说穿了，'革命'也是一种生活方式，不过是以革命名义不断举行派对。革命者被人包围和追随，会上瘾，很难再回到独处的日子。"

这是宋家祥开的玩笑。他的字典里没有"伟大""崇高"诸如此类的大词，他讨厌大道理。

家祥的到来，仿佛开了一扇窗，让明玉有透气感。家祥上门时总是招呼明玉和他们一起坐。两人陪在赵鸿庆的卧床边，三人聊天，赵鸿庆体力不支，聊了一会儿就在床上盹住了，变成他们两人在聊。但明玉很拘束，她一拘束家祥也拘束起来，聊了几句便成了一问一答。为了找话题，通常是家祥发问，明玉回答，回答得太简短，让家祥接不上话，沉默意外降临……那些片刻的忐忑，让他俩都难忘。

赵鸿庆在家乡住了一年多，回上海做了一次复查。几天以后，明玉去医院拿丈夫的检查报告，同时去妇产科要求做验孕检查。肝功能报告出来，病情未见好转。医生认为，这肝硬化不是好转的问题，而是可能恶化，要求赵鸿庆作随访。同时，医生诊断明玉怀孕了。

明玉没有把医生的话告诉任何人，包括赵鸿庆本人。也没有告知怀孕一事。她这次的妊娠反应不那么严重，只是夜晚容易困倦，正可以陪丈夫卧床。直到肚子里的孩子四个月快要显形了，她才告知丈夫。她是趁着他们在鸦片房，把怀孩子的事说出来。那时赵鸿庆沉浸在鸦片制造的幻觉中，短暂的快感，即使让他现在去死，他大概也没有任何畏惧。

家里要添个孩子？他哈哈哈地笑了，似乎不太相信。他拍拍明玉的肚子。

"看不出来嘛？你可不要骗我！"

他的话让明玉一惊，但他很快昏昏沉沉，进入吸食鸦片后的沉睡中。

随着病情加重，丈夫完全屈服于身体，每天都要去鸦片房吸烟，给自己减轻疾病的感觉。

有一天他看着明玉微微隆起的肚子，好像第一次发现。

"你肚子里长东西了？"

"长了个小孩子。"

明玉勉强挤出笑容。

"我怎么不知道？"

"早就告诉你了！你一吸烟什么都不记得！"

他想了想，摇摇头，有些不满。

"生孩子也不挑个时候，现在要你一心一意照顾我，怎么就弄个孩子出来？"

"家里添丁是高兴事，孩子可以让保姆带，我仍旧一心一意照顾你！"

他没有再说什么，去了鸦片房。

在鸦片房，明玉为他烧烟枪，一管不够，再吸一管，他沉浸在鸦片的幻觉里。鸦片带来的快感很快就过去，接着他会沉睡，他已经失去判断事物的能力，也已丧失性能力，他们早就没有性生活。

是的，孩子不是赵鸿庆的。无论怎么担惊受怕，她都要把孩子生下来。所以，不仅丈夫需要鸦片房，明玉也需要鸦片房。她给丈夫烧鸦片，让鸦片帮他麻醉，除了疾病的折磨，其他的事，他都不再关注。

往后想起来，她觉得自己简直近于疯狂地在制造一个骗局。

十九

明玉开始考虑搬家了。住小镇原是权宜之计,以为让丈夫养养病,吃吃中药,就能恢复健康。医生告知的结果完全相反。更迫切的是,她怀孕了,无论如何,必须把孩子生在上海的医院。从医院检查回来那天,明玉有了搬回上海的念头,只等过了有流产风险的三个月,保险一点是五个月,再实施搬家。这段时间,她搬家的计划越来越具体,开始作各种准备。

明玉以为要花些时间说服丈夫搬回上海,没想到赵鸿庆立刻就同意了。环龙路的房子还在,离大医院近,看病和用药都方便。这时候的他正遭受肝痛折磨,每天靠吸鸦片止痛。他不愿见任何人,只要明玉陪在身边,大太太和佣人们并不清楚他的病严重到什么地步。

这次回上海,明玉带上女儿和湖州女佣,她心里明白丈夫的病只会越来越严重。他们应该不再有机会住回小镇了,因此这又是一次大搬家,其中包括把女儿的钢琴再搬回来。

对于大费周章把女儿钢琴搬来搬去这件事,赵鸿庆又发了脾气,难道朵朵将来要靠钢琴吃饭吗?

"有必要花这么大成本培养女孩子,将来还不是嫁人生孩子?看看你自己,在日本拼命读书,回来还不是一个家庭妇女!"

"我要弹钢琴,我不要做家庭妇女。"

没想到朵朵抢着回答，虽然她平时练琴并不那么勤奋。

赵鸿庆再专横，对女儿毫无办法。明玉把女儿搂在怀里，女儿是她的宝藏，她在为母亲说话。很多年以后，长大了的朵朵才会告诉明玉，她曾经一直希望自己是男生，妈妈受爸爸欺负时，她可以挡在妈妈面前，帮妈妈和爸爸对打。

虽然住回上海，赵鸿庆并不愿意定期去医院复诊，西医的医疗检查设备给他带来恐惧感。他更愿意看中医，中医诊所不给他压力，他们的虚实理论很抽象，从不让病人直面受损的内脏。

事实上，西医对于肝病也没有特效药。中药不管有没有用，至少可以给赵鸿庆以心理安慰。这种时候，明玉还是在为丈夫着想。只要不再和赵鸿庆同房，她就不会对他心生恨意，愿意为他做所有的事。

明玉的肚子越来越大，赵鸿庆仿佛视而不见，他现在被肝痛折磨，没有食欲，明玉买来的各种补品他难以下咽，它们堆在他的床头柜，仍然给他安慰，过几天吧，过几天就能吃了。求生的欲望随着病情加重更加强烈。

自从搬回上海，赵鸿庆体乏腿软，楼下客堂间便成了他的卧房。中医强调不能有房事，所以明玉便住到楼上亭子间，楼上朝南大房间是朵朵和保姆的卧室。

宋家祥知道他们搬来上海便来探望。他白天来访时，朵朵上学去了，佣人买菜去了。家里的安静有着无法回避的凝视感。是的，宋家祥的到来让明玉不自在，她甚至都不愿与他有视线接触。借故身体不适，在他和丈夫闲聊时，明玉去了楼上亭子间。她躺在床上，心脏的"怦怦"跳动，的确让她有不适感。

她开着房门能听到楼下的谈话声，她听见宋家祥在问：

"明玉要紧吗？要不要去看医生？"

"没事！她刚才还好好的，大着肚子不好意思见客罢了。"

明玉顺产生了个儿子，还未满月，楼上那位去南方的朋友突然回来了，还带来同居女友。这房子原本是这位朋友的，他常年借给赵鸿庆，几乎让他们忘记房主会回来。

朵朵和保姆搬到楼下，房主答应让明玉在亭子间住到满月。看来得赶紧另找房子。

这段时间赵鸿庆焦虑不堪，又要朝明玉撒气，再一次埋怨不该在此时生孩子。明玉不得不跟楼上房主商量，他是赵鸿庆革命党时期的战友，不会太为难他们，便让明玉又多住了一个月。

孩子满月后，明玉立刻出门找房，彼时，环龙路新建了几条弄堂，找房子不太难。契卡那层楼便是那时找来的。

明玉抱着婴儿、带着朵朵搬去那里，她把湖州佣人留给赵鸿庆。在搬家那天她在楼里遇到了阿小，两人交谈几句，便互相认同。一切仿佛命运安排，她立刻雇阿小帮她照顾婴儿。

这一次，只是把部分家具搬往环龙路的另一条弄堂，但是搬钢琴又折腾了一番，她再一次庆幸当时买的是小尺寸钢琴。钢琴放在亭子间。阿小告诉明玉，三楼住着一对白俄夫妇，他们以教钢琴为生。

明玉立刻拜访楼上人家。那对白俄夫妇面相严肃,两人都不苟言笑。明玉不太喜欢他们拒人千里的样子,但对于朵朵,学琴方便是第一选择。

赵鸿庆要明玉在身边陪伴,可明玉还在喂奶,不得不两头跑,两条弄堂隔三四百米,来去也要二十几分钟。明玉跑来跑去其实有些累,但她心里充满感恩。她现在不是感恩丈夫,而是感恩上天,让她找到住房,让她碰到阿小,让她把复杂混乱的局面给理顺……不,要紧的是:她把婴儿生下来了,丈夫认同了,没有出其他乱子,她渡过难关了。

此时婴儿已经两个月,没有办满月酒。忙乱中谁也没有想到办酒这件事。搬家前,婴儿满月后,宋家祥曾上门探望,他带来进口的婴儿奶粉和婴儿玩具。赵鸿庆看宋家祥想得这么周到,认为他喜欢小孩子,便让明玉把婴儿给他抱抱。

明玉从童车里抱起婴儿欲给宋家祥,他下意识地朝后退去,立刻又凑近身看婴儿,他双手背在身后,好像怕明玉把孩子塞给他抱。明玉便向赵鸿庆使眼色道:

"毛毛头要吐奶,把宋先生一身笔挺的西装弄脏了怎么办?"

她瞥了宋家祥一眼,他正好也在看她。她立刻转开脸,抱着婴儿去楼上喂奶了。

在楼梯上,她听见丈夫在说:

"原来你也是喜欢孩子的,赶快结婚去生一个吧!以你的条件,找女人还不是一大把在手里挑?"

宋家祥"呵呵呵"地笑。

"我是不婚主义，看人家小孩都是好玩的，轮到自己就怕了，我怕负责任，天底下最大的压力，是对孩子负责。"

婴儿百日时，名字还没有起，明玉先给了他小名：鸿鸿，取丈夫中间的字，又与"红红"谐音，图个吉利。

婴儿一岁未到，赵鸿庆的病急转直下，他住进广慈医院，经过繁复的检查和会诊，确诊是肝癌。

医院最好的手术医生是法国人，他愿意接诊赵鸿庆，给他动手术。赵鸿庆拒绝手术。明玉本来要瞒住他，无奈他不听从医嘱，只得把病情如实相告。哪知，赵鸿庆更不愿意手术了，他相信民间的说法，癌细胞不能动刀，一动刀就扩散。

面对死期已近，赵鸿庆希望皈依佛门。他选择了杭州天台县五峰山南麓的天台寺，这座著名寺庙，赵家前两辈曾捐过款。赵鸿庆在天台寺完成皈依仪式后，希望住在庙里每天跟着住持诵经，住持为他提供了住房。

赵鸿庆住进寺庙，明玉当然也要陪伴。好在婴儿已经断奶，明玉可以把他留在上海。考虑到阿小晚上要住回家，同时还在为弄堂其他人家洗衣服，所以，她把湖州佣人也留在上海。朵朵八岁半了，可以自己上下学，也能做些简单家务。

明玉心里明白，赵鸿庆不可能长期住寺庙。他需要定时去医院就诊配药，包括止痛药。

赵鸿庆现在一刻都离不开明玉，不仅是日常起居上的照料，心理上也返老还童了。他需要身边有肉身的温暖,就像婴儿手心里要抓住可以依赖的手。

第一次去台州寺庙,明玉竟被寺院疏朗朴素的气场震撼。这里是佛教"天台宗"发祥地,却并未修缮得金碧辉煌,褐黄色的山墙斑驳爬满青苔藤萝,四山环抱中,一派隐世古刹的冷僻风范。

他们夫妇来到天台山,正逢秋收季节,寺院晾晒稻谷金黄,有着世俗的生气,悦目又亲切。山门外大片稻田,已收割的稻谷连秤成束立桩在地里,夹杂一方又一方等待收割的稻田,丰收景象喜人。

住持说,天台寺僧人垦荒种粮自给,是从南朝寺院初建时便立了这个传统,拢在寺院旁装稻谷的竹篓,也是一代又一代传下来的。

明玉一时间竟想落泪,感叹自己身世。出身农家的明玉,却常常饥不果腹。这样的太平日子她从前无法想象。

明玉操心事多,无法沉浸在与世无争的佛门。她牵挂婴儿,失魂落魄,就像把命根子交给了别人。她便四处找房子,想着,不如把婴儿和湖州保姆带上山。附近倒是有农家,但卫生方面很难保障。

明玉在强烈的不安中,清晨瞒着丈夫回了一趟家,临走时,去请求住持帮她转告丈夫。住持看出她对丈夫的畏惧,笑说,他现在不会再有火气了。

这一路交通极其不方便,她差不多花了一整天才到上海。那天晚上婴儿果然有些发热,她带他去广慈医院的小儿科挂急诊。放在以前,朵朵遇上这样的发热,她不会这么紧张。在日本时,小儿科医生告诉过她,孩子发热很正常,发一次热,就长大一点。她对老二特别紧张,这已经成了神经质,从怀他开始,心里就没有踏实过。

明玉回到寺庙,果然赵鸿庆并未发脾气,只说了一句,"终归是孩子比我重要。"

那天,他抬眼看明玉,目光里有一股锋芒,竟让她有些发怵。这目光太奇怪了,还不如朝她发脾气呢!

这天以后,赵鸿庆和她有些疏远,不再像前一阵,每时每刻要她在身边。明玉没来由地不安了。

寺院里有一棵老梅树,隋朝时便种下,树高近十米,胸径粗冠幅阔,虽然部分主干已腐朽,半倚院墙之上。春天时鲜艳的花蕊此时掉尽,老虬枝盘旋格外苍凉。秋天的这一角有萧瑟之意,香客进来探一探又离去。

傍晚,山上无人,丈夫常在这时辰打盹,明玉便来六角梅亭静坐。一天中没有这一刻,她觉得自己会崩溃。

这些天丈夫被肝痛折磨,抽鸦片的人,吃止痛药加倍都不够量。他很少言语,目光阴沉痛苦。她希望时光赶快流逝,如果他迟早要走,就不要耽搁,活着也不过是在感受疼痛和绝望。是的,她暗暗希望丈夫快点走。

夜里,明玉在梦中和丈夫对话,她对丈夫说:

"有些事我要是不说,你永远不会知道,我还是想告诉你,因为你现在没有力气打我了……"

接着,她就说不出话来,她张着嘴,就醒了。

这个梦重复了几次,令她心神不宁,她看着躺在床上似睡非睡、不再有力气发脾气的丈夫,当他的眸子在半合的眼皮里盯着她时,她得用意志遏止自己逃离的冲动。

回想这段日子,从知道自己怀孕到儿子出生,她奇怪自己竟然可以镇定如常地面对他。这天大的秘密,只有她自己扛着,让她怀孕的人都不知道。

那天,他们是在去嘉兴的船上相遇。

明玉去上海为赵鸿庆配几味湖州缺货的中药。从他们的镇去上海,先要坐船到嘉兴,然后换乘沪杭铁路。

明玉在船上遇到宋家祥,他不定期回乡探望父亲。这一年,他几次来赵家探望鸿庆,与明玉见面的次数比以往频密,是熟人了。家祥并没有说起何时回沪,明玉则是临时决定去上海。船上巧遇,明玉后来回想,觉得是天意。

他们在路上没有机会聊天,人多嘴杂,明玉还有些晕船。她知道自己会晕船,上船前不敢吃东西,一上岸晕眩的感觉立刻消失。他笑说上了岸就不晕,是典型的晕船症。下船后坐火车,渐渐有饥饿感。火车上有卖零食,家祥问她想吃什么,她摇头。家祥便说不如留着肚子到上海吃大餐,她竟笑着点头,连谢绝的客气话都忘了说。

到上海已是傍晚,他们去了霞飞路上的西餐馆。

那是一顿名副其实的大餐,是她往后人生一直难忘的晚餐。即使她后来开饭店,有机会请客也被人请,这顿晚餐仍然鲜明于所有的晚餐之上。

那次晚餐,他们两人喝了一瓶红酒。之后,他把她送回旅馆。到了旅馆后,他反而醉了,在她套房的沙发上喝了一杯茶,原想休息一下,却睡着了。

当晚如一张白纸,按照家祥的说法,什么都记不得。

当然,也什么都不会发生,因为,他睡得像昏迷。

她喝过酒,路上疲累,见家祥沉睡,不忍心喊他,自己和衣去躺在床上,竟一夜睡到天明。

宋家祥醒来时,还以为在自己的寓所。当他意识到自己竟在明玉的旅馆沙发上睡了一晚,为自己的失礼不安了。明玉还在睡,他蹑手蹑脚去浴间用厕,顺便用水抹了脸,准备偷偷溜走。他回到房间,明玉已经醒了,她看着他,没有特别的表情,就像日常中面对家人……

他们后来一起回忆这段过程。他是怎么到她床上的?这个瞬间,在他记忆中是空白,他这么描述。奇怪的是,明玉也想不起来了,好像那个瞬间,她和他一起失去了知觉。

她只是选择性失忆罢了。她隐约记得那一刻,她看着他,在他准备离开时,她说,不用那么急!

说这话时,很平淡,没有特殊的情绪。他在她的床边坐下,他们之间的亲近,好像由来已久。

她并不后悔自己越轨,她一向理智谨慎,做任何事都先考虑后果。然而,那个早晨,她的理智没有约束住自己,她对自己感到陌生,那是另一个陌生的自己。

他们俩当时都是慌乱的,欲望一泻千里,就像飞蛾扑火,不容理智插足。至少她是处在失控状态下,好像被施了魔法。

当她知道自己怀孕时,竟有惊喜。她的潜意识里,不认为自己会怀孕。她结婚后,从未有避孕措施,只担心自己怀不上孩子。在日本第三年,才怀上朵朵。又过了三年,才怀上第二胎,却流产了。之后,再也没有怀上孕。当时医生就告知,刮宫后,可能会留下不孕后果。

她不顾后果要把孩子留下来,如果当时,以宋家祥在上海的人脉,让他找医生堕胎是办得到的。

不,她未有过堕胎的念头。这是她和家祥的孩子,她怎么舍得放弃?她才明白,在宋家祥和丈夫之间,她其实更愿意和家祥有个孩子。他年轻健康,好像不仅仅是生理上的原因。她得承认,她对他有爱!她从未对丈夫有这种感觉。

此外,想到朵朵将有个妹妹或弟弟,她长大以后面对社会将不再孤单,她为朵朵高兴。

但是,她没有告诉宋家祥,她怀上了他的孩子。

她将如何向丈夫交代?唯一可能产生疑心的人便是丈夫。自从她病愈后,接着他回老家养病,他们好久没有性生活了,他身体衰弱，失去性欲，当然也失去了性能力。她想象如何象征性地和他试着做爱，却为自己感到羞耻。有过和家祥的性爱，再也无法与丈夫肌肤相亲。

他们不是每天要去一次鸦片房吗？他吸烟后会有些兴奋，她给他按摩，让他产生错觉，似乎他们仍然有性生活。她拿着烟枪躺在他身边，他根本不知道她并没有和他一起吸烟。肚子里有孩子，她在鸦片房里把烟戒了。而丈夫烟醉后，完全记不得自己有过什么举动。

不同于在旅馆的冲动，这之后她的行为是有计谋的，往日累积的压抑，仿佛找到宣泄口。她对丈夫没有任何内疚，她并且作了最坏的打算，某一天，他脑子清醒过来，把她赶出去……

她忍不住仔细回想可能的破绽，比如在鸦片房，当她把怀孕消息告诉丈夫后他的反应——他好像表示过担心。

"这孩子能存活吗？我现在体质那么差？"

"医生说过，胚胎有问题就会流产，看天意吧！"

这是她的回答，冷静得很，肚里的胎儿可有可无似的。他冷漠，她就不能太起劲，她得迎合他的态度，而他已经没有任何情绪，疾病好像吸走了他的七情六欲。

他们之前只是分床睡，之后便分房睡。

她知道丈夫的肝病有传染性，她很仔细地作着隔离，把丈夫的碗筷杯子，每餐后都煮沸消毒，他的衣物也是分开清洗。

他去世前一个月因无法忍受肝痛，终于答应住进医院。

住院之前，明玉特地去抱来婴儿给他看。他只是潦草地看了婴儿一眼，与己无关的麻木冷淡。这倒很像赵鸿庆的反应，以前生朵朵时，他对还是婴儿的女儿也是毫无感觉，连抱都不愿意抱她。就像一个不喜欢小动物的人，对这一团软绵绵的小肉身，简直避之不及。

明玉越来越懂丈夫，这是一个缺乏爱的能力的男人。千百年来，传统给有社会地位的男人套上"一本正经"的面具，这面具渐渐渗进血液，变成基因，他只是继承了前几辈男人的基因而已。她从未见他有过"爱"，或者，"温柔"的表情。

赵鸿庆去世前两天，他要求明玉帮他擦身，擦身时要求她帮他自慰，他勃起一秒钟又软下来。

"你说，谁会相信我还能生小孩？"

他松弛的眼皮折叠起皱纹，被皱纹遮住大半的眸子看着她时，令她害怕。但她挺住了，她直视他，答非所问。

"你想见儿子？我去把他抱来？"

"医院空气不好，毛毛头，太小了……"

他说"毛毛头"时有一丝怜悯。

她流眼泪了。他伸出手帮她抹去眼泪，从未有过的温情举动，她的泪水更汹涌。

"你为什么把孩子送出去住？"

他忘记是他要她把孩子送到另一处住，嫌孩子哭闹。事实上，家里也太挤。

"想让你安静休息。"

她只能这么回答。

"明玉,把你娶回家我不后悔,我的后半生还算过得称心。我不管这孩子是谁的……"

他喘着气,她握住他的手,她仍然无法告诉他,这孩子是谁的。

"鸿庆,你想说什么?"

"你要向我发誓,不能让他改姓……"

这是他留给她的最后一句话。

当天夜晚,赵鸿庆在医院去世。

二十

明玉下楼经过玛莎家，房门虚掩，玛莎坐在靠门的椅子上抽烟，听见明玉下楼，立刻起身开门，邀请她进屋坐。想来，玛莎是在等明玉下楼。

明玉看出她有话要说，没有推辞。

玛莎让明玉坐在外间的单人沙发上，沙发面前的茶几上放着插在花瓶里的鲜花，一只玻璃碟子，放了几颗糖果。

玛莎的一楼房间是直统套间。前半间朝南摆放床和衣橱权作卧室。后半间，也就是进门的外间，成了起居室。开派对时里间卧床被屏风隔开，但客人一多，从外间涌到里间，他们觉得屏风碍事，便把它收起来靠在墙边。于是，卧床成了临时沙发，有人喝醉了会躺到床上。到那时，玛莎也是醉的，任凭客人"拆家棚"。次日，自有阿小来收拾，每个礼拜天阿小去玛莎家做清洁。

平常日子，玛莎总是把家收拾得漂漂亮亮：双层窗帘，厚实的粗麻窗帘打开后，白色细纱窗帘底边从中间撩起束在窗帘绳上，成了漂亮的装饰；花瓶里插着黄色玫瑰，配着苹果绿的油漆墙面，西式白木橱柜，房间色调和谐。这成套白木旧家具，是玛莎从旧货店收集来，复古又时尚，提升了一间普通居民房的品质。

玛莎出生于圣彼得堡有产者家庭，逃难出来穷困潦倒了好些年，生存有了着落，她便开始捡拾她熟悉的点点滴滴。

她和马克在苏联十月革命后,随着一大批难民从西伯利亚转向远东,从陆地进入中国东北。

马克出身平民,学过珠宝设计。俄国内战时被征兵,做过白卫军下级军官。玛莎父亲是珠宝商,十月革命时自杀去世。他俩新婚期间逃往中国,在哈尔滨开过面包店,有一些积蓄,以后又一起坐船到上海,颠沛流离中没有要孩子。

他们到上海不久,正逢大批白俄在黄浦江下船,同胞们为讨生活,低价出售随身带着的首饰和珠宝,玛莎和马克正是珠宝内行,与时俱进地开了一间一门面的珠宝店,以买卖帝俄时代的首饰和珠宝为主,顾客对象是租界的西方人和上海本地人。

一楼有公用厨房,玛莎夫妇入住后,把厨房改成住房,租给了同胞贝叔叔。贝叔叔是犹太后裔,黑头发大喉结,瘦成一把骨头,深棕色眸子凸出,半张的嘴里舌头在抖动,还是个跛脚,他为白军作战时受过重伤。在孩子们的眼里,他的长相接近漫画里的鬼。刚搬来时,朵朵和鸿鸿都很怕他,时间长了,他和孩子们成了好朋友,弄堂里,只有贝叔叔有足够耐心和孩子们周旋。明玉跟着孩子喊他贝叔叔,贝叔叔姓贝尔格曼,却很少有人记住他的名字。他夜晚睡在弄堂门房间,白天给隔壁弄堂幼稚园打杂。

玛莎在一楼只有一平米的后天井搭了玻璃天棚,后天井与套房外间相连,安装了煤气灶水龙头和水槽,权作厨房。玛莎最近又在前门的大天井加盖天棚,准备出租。

最近两年,白俄难民陆续自哈尔滨南下,这些难民一贫如洗。

有人沦落了，有人发达了。但总体是朝下倾。明玉心中感慨，这种时候常会想到金玉的话：逃难出来的白俄，不是贵族也是有钱人，又怎么样呢？财产被抢了，穷到要讨饭，人家不会因为你做过贵族就看得起你，成则英雄败则寇。

此时，玛莎的家安静极了，她们坐在外间的一对单人沙发上，房间的墙上挂了两小幅水彩画，靠墙的低矮橱柜上置放一架旧唱机，柜子里有几十张黑胶唱片。

玛莎家里有这些唱片，才能开派对。上门的客人，有些并不认识，他们要带酒或者食物，也会付些小钱。这是听阿小说的。

"今天有客人吗？"

明玉打量精心装饰的房间不由发问：

"客人就是你，我在等你呢。"

玛莎说，没有玩笑的意思。

看见明玉的目光落在柜子里的唱片，玛莎便问：

"想听什么音乐？"

明玉收回目光，摇头回答：

"玛莎，我没有时间听音乐，你有什么事要我帮忙？"

玛莎问："你知道娜佳出事了吗？"

明玉说："前两天报纸已经登了，真为她难过，那天的白天还见到她。"

玛莎说："你可能不知道，我和娜佳的妈妈是朋友，我们在哈尔滨一起过过苦日子。"

明玉并不意外,这条弄堂,甚至这条环龙路上的白俄居民,多多少少都有些关联,他们不外乎是从东北过来,或者直接从S将军靠岸黄浦江的逃难船上下来,他们背后庞杂的亲友网有各种交集。

"虽然娜佳现在离开我们很远,"玛莎有些叹息,"我说,她现在不太理我们。不过,我还是想拜托你,你在开店,认识的人多,能不能帮我打听娜佳的消息,我晓得她肯定没有死,要是死了,应该有尸体的!"

说着,玛莎流眼泪了,一边断断续续讲述她们的故事。

玛莎和娜佳的母亲在哈尔滨共过患难。

他们是最早一批逃到中国的白俄流亡者,1918年,博罗金将军率第一团和莫尔恰诺夫将军率领的第三团,夹杂着军队家室和平民,拖家带口,进入中国境内珲春,辗转到哈尔滨和东北各地。

娜佳的母亲出身贵族,从小学芭蕾,嫁给一位军官,跟着部队驻防,成了家属而不是专业舞者。娜佳五岁开始跟着母亲学芭蕾,却在八岁那年进入逃亡生涯,那年她父亲在内战中阵亡。

来到哈尔滨以后,娜佳母亲水土不服,长时间拉肚子,她无法忍受贫病交困的生活,开始酗酒,在某个深夜饮酒过量诱发心脏病身亡。母亲去世时,娜佳十五岁,她跟着玛莎来到上海。

玛莎说,娜佳急着挣快钱,去夜总会跳草裙舞,心里有个黑洞。玛莎就是这么形容,"黑洞,娜佳心里有黑洞。"

玛莎只能讲简单的中文,当她说出"黑洞"这个词时,明玉以为她用错了词。

"黑洞？你是说，一个洞，黑的洞？"明玉问道。

"一个洞，太深了，所以看进去是黑的。"

玛莎解释得很清楚，她没有用错词。明玉暗暗吃惊，很少听到有人用这么抽象的语言，去形容一个人的内心。

"娜佳心里有许多恨，恨她父亲去打仗，恨母亲带她离开俄国，恨自己是一个俄国人！"

玛莎说到"恨"这个词时，也是恶狠狠的。明玉几乎觉得，她是在诉说自己的恨。

"娜佳可怜，她喜欢过一个人，她想离开跳舞，离开上海，和喜欢的人一起走得远远的。她想错了，所以，她还恨自己。"

"为什么？"

"那个人自己走了，走得远远的，娜佳伤了心。"

"喔……"

"后来，那个人又回来，娜佳说已经晚了，他们没有办法在一起，那个人不自由，娜佳也不自由，他们没有办法。"

"那个人是谁？"

"我不认识。"

"为什么说他们不自由？"

"那个男孩比娜佳年轻，还没有能力赚钱养活自己，据说他父亲非常看不起我们俄国人……"

"所以，不是他不肯，是他没有能力带娜佳一起走。"

玛莎点头称是，然后总结般地说道：

"娜佳说他们的故事很复杂，我不会明白，所以我也不想明白。我只知道娜佳心里有许多恨，她心里有个黑洞。"

玛莎仿佛无法找到更多的词语解释娜佳。

明玉觉得有些冷，单人沙发，只有她一人坐着。什么时候玛莎离开了？她不安地起身。

玛莎从厨房出来，手里端着托盘，托盘里托着一杯白葡萄酒、一杯咖啡以及牛奶罐和方糖罐。

她把咖啡端给明玉，酒是给自己的。

"我不是酒鬼！"玛莎向明玉解释，"心里烦，我才想喝酒！"

明玉的咖啡杯托碟放了两块曲奇，这些西式小点心都是从霞飞路俄国人的面包房购得，玛莎只去俄国人商店买东西，她正努力让自己过回她熟悉的日子。

比起玛莎的生活方式，明玉虽安居乐业，在日常起居上是潦草的。她从未在家里给自己煮咖啡，甚至也不曾泡一杯茶喝。她忙于饭店的事，即使不那么忙，也没有享受生活的习惯。在夫家有过的那些讲究，随着丈夫去世而消失，她毫无障碍地过回她熟悉的简单节俭的生活。

"我很喜欢你的两个孩子，他们纯洁，像我们俄罗斯的白雪。"

明玉笑笑，不知如何回应这类浮夸的赞美。她倒是严格管教大女儿朵朵，除了学校功课，业余时间要练琴要学女红，不让她浪费一点时间；在道德方面，更是看得很紧，学校到家的路途需要走多少时间,她都算好了,让阿小监督;玛莎家开派对时,不准朵朵和鸿鸿在玛莎家打开的房门前停留。

"看到你女儿,我会想到娜佳,她过去,很久以前,其实也不太久,她来上海之前,也跟朵朵一样纯洁。"

玛莎有些哽咽。明玉不响,安静地等她说下去。

"我管不住她,对不起她的妈妈。"

"不要这么想,她是大人,明白自己在做什么。"

"她小时候过得好,她不能忍受穷。"

"谁都不能忍受穷!"

明玉的口吻意外地强硬,心里涌起反感,她出身贫苦,也一样不能忍受穷。她马上又明白自己太敏感,把话题转到娜佳。

"我看得出,娜佳很要强,她只想靠自己!"

明玉很奇怪自己有这般斩钉截铁的态度,就像和谁在争执。

玛莎点点头,她已经平静下来。

"在中国生活要靠自己挣钱,娜佳明白这个道理,她也很努力,只是……不能太急,不能看到钱……就像一只虫扑到火里……"

没错,玛莎是想说"飞蛾扑火"。明玉笑笑点点头,她还是很佩服她的语言能力。

"其实我丈夫也是很喜欢钱的!"玛莎仍然一字一句费力表达,"我也喜欢钱,但没有他那么喜欢,他们都说我丈夫坏,因为,他脑子好,会做生意,上海人就说他坏,说他坏就是说他聪明,对吗?"

明玉又是不置可否地笑笑，和玛莎对话不容易，她不晓得该怎么回答。

事实上，玛莎并不需要明玉回答。

"我说我丈夫坏，不是说他脑子好，我的意思，他对我不是聪明，是不好，到上海以后，他变了！"

话题的突然转向，让明玉尴尬。她并不想听家长里短，这类让自己为难的话题。

玛莎起身去橱柜拿香烟，感觉上她打开话匣子，要倾吐一番。她给明玉递烟，明玉谢绝。玛莎并不奇怪，她认为明玉规矩本分没有什么情趣，却不知明玉此时很想抽一口鸦片。

明玉开饭店后不再去烟铺，她的饭店有自己的烟房，但不是为自己，是为她需要应酬的客人。理智上她也是想戒掉这恶习。丈夫在世时，她为了陪他才学会吸大烟。他离世后，有一阵她几乎上瘾。不过，她能控制自己，她的潜意识充满警觉，不会让自己沉溺。任何一种沉溺，不管物质还是感情，她都很防范。

玛莎深深吸了一口烟，徐徐突出，她吸烟时享受的感觉，让明玉相信，她是个很容易沉沦的人。事实上，在明玉眼里，这些罗宋人时时刻刻准备放弃，放弃挣扎放弃煎熬，周末派对是他们沉沦的仪式。

玛莎从小接受的教育和教养，在漫长的漂泊和无序中正渐渐失落。然而，比起她的丈夫，比起周围的罗宋男人，玛莎仍然在努力守住她在俄国的生活方式。

"上海是我们马克的天堂,他玩得真高兴,晚上忘记要回家。"

玛莎突然说道。

金玉的男人也说过这样的话;上海是天堂,男人的天堂。她的格林先生来上海前是个胆小谨慎的天主教徒,在上海住久了,不去教堂去妓院了。那时候,金玉为了小格林绑架事件,与格林先生闹得很僵,格林先生便去妓院解闷。

"礼拜六晚上家里的派对他缺席,礼拜中间,晚上出去三四次……"

玛莎说她又气又无奈,因为无法离开马克,因为他们在霞飞路上的珠宝店的合同上写着夫妇两人的名字,并且,店铺需要两人一起经营。她需要生存,他也需要生存,所以,她和马克都不愿意离婚。

"我有时真想把他杀了!"

玛莎说着把烟蒂用力捻在烟缸里,抬脸打量自己的屋子。

"我喜欢我这里的家,可是我又恨上海。马克是在上海变心的,上海属于男人、属于马克,不属于我。"

说着,玛莎呜咽了,明玉一时不知怎么安慰她。明玉平时没有机会和女人谈心,她不习惯和任何人聊私生活。明玉想到玛莎喜欢泡澡,为了安慰玛莎,明玉劝她去二楼浴间泡一下热水澡,她交给玛莎二楼浴间的钥匙。玛莎立刻又高兴了,就像把糖果给哭泣的小女孩,明玉觉得眼前所有的事都因为这把钥匙而变得荒唐。

二十一

娜佳被枪击,然后失踪,邻人们不知她的死活。

如果死了,就会有尸体出现。玛莎语言有限,反而直接道出血淋淋的可能性。

阿小带来各种传说,这种时候,阿小听到的传言比报纸消息还多。明玉忙于饭店那摊琐事,见到阿小才又回到更加结实的日常中。阿小为她开了一扇窗,她在饭店这个小空间给自己周身砌了一道墙,没有这墙,就像没有穿外衣。

阿小个子矮小、皮肤晒得黝黑,常年省吃俭用而有些营养不良。可是,阿小在明玉眼里是个有力气的女人,有阿小在身边她会比较踏实,也只有阿小值得信赖和依靠。

阿小告诉明玉,娜佳是被俄国黑帮报复,因为她倚仗青帮势力不肯交保护费给俄帮。阿小又说,俄帮头子要包养她,她没答应,她只为青帮服务,她已经是青帮的人了。

"上了贼船下不来了。"

这是阿小的总结,明玉一个劲点头。

明玉说:"楼下的玛莎因为娜佳的事很悲伤。"

阿小说:"娜佳的母亲和玛莎的母亲是表姐妹。"

明玉没想到阿小知道得比她多。

"昨天玛莎特地让我去她家坐坐,她很烦恼,我看除了娜佳的事,更多是为马克烦恼,她说马克现在晚上经常出门。"

"她没有告诉你吗,马克有个舞女相好,也是罗宋人。"

"喔!"明玉吃惊,"她没讲,只是说,上海是男人的世界,马克玩得很开。玛莎说了,她不会离婚的,马克也不想离婚。"

"马克不可能和舞女结婚,不过,他和舞女交往是要花钱的。"

"玛莎把钱看紧就行了。"

"玛莎倒是管住钱了,她现在担心,不知马克从哪里弄钱给舞女,在做犯法的事都说不定。"阿小压低嗓音,用气声。

"那倒是挺难办的,怪不得玛莎哭了一场。"明玉此时想起来,转了话题,"入冬了,不用担心玛莎上来泡冷水澡避暑,没必要锁浴间,除了星期六晚上他们家开派对。"

"玛莎花样多得很,她跟你装可怜,还不是为了上来用我们的浴间!"

没想到阿小得出这么个结论,明玉不同意。

"她说的那些事跟洗澡没有关系,都是女人,给她一点方便吧。"

"你心太好!"阿小不以为然,"这些罗宋人做事不负责任,大冷天的,不是担心她来洗澡,担心她来用我们二楼的抽水马桶,一楼的厕所又小又臭。"

阿小的担心不无道理,卫生间是她在打扫。

二楼浴间加锁是阿小提议。玛莎高大丰满,夏日午后,忍受不了上海潮湿的暑热,趁着明玉不在家,她上二楼卫生间泡冷水澡,还带上一杯白兰地，香烟和烟缸也一并带入。

玛莎在冷水浴缸至少躺两小时，她庞大的肉身很快升高自来水温度，中间还要换几次冷水。

玛莎长时间占用浴间，阿小要上厕所便去敲门，玛莎欺她是佣人不理。

明玉为这事和玛莎有过交涉。一楼有自己的抽水马桶，房管条例写得很清楚，每层楼面的卫生间其他楼层人家不得使用。

这条例很难约束玛莎。一楼没有配置装浴缸的卫生间，楼梯下有一间极小的厕所，只够安放抽水马桶和洗手盆。这类房子格局，应该是一栋楼住一家人，厨房间在一楼。晾衣服的晒台在三楼屋顶。

遇上高温天，玛莎上二楼浴间泡冷水澡，阿小来明玉家干活，便会有上不了厕所的问题。玛莎毫无顾忌开足龙头大放凉水，也令阿小气愤，这水表每层楼是分开的，玛莎分明在揩油贪便宜。

明玉本来并不在意，只要玛莎不影响明玉和家人用卫生间，偶尔上来洗个澡，她也是可以睁一只眼闭一只眼的。但是泡冷水澡降温有点过分了，她又气又好笑，这是玛莎不识相，毫无顾忌用不属于她的卫生设备。因为影响阿小，明玉就不答应了。对于阿小，浴间被占用，不仅无法如厕，也无法干洗洗刷刷的活，耽误她的时间。阿小还要去别家干活，后面的时间都排好了。

明玉便同意阿小在浴间门外加一把挂锁，她说，不用每时每刻上锁，阿小来干活前上锁，周末晚上一楼有派对时，为防止客人上楼使用卫生间,也要锁门。

现在,因为向玛莎重新开放浴间,惹得阿小不快。

"那就……过两天再锁。"

明玉的妥协,让阿小嘴角漏出一丝笑,她心里得意明玉终究听她的话。

明玉的生活离不开阿小照顾,她认为阿小是佣人中的不二人才。她脑子好,手脚又快,做事利落。也只有阿小能忍受明玉的洁癖:房间的角角落落不能有灰尘,她的手指会伸到家具的暗缝检查清洁度。

明玉告诉阿小,她无法克服自己的洁癖。她没有告诉阿小,是她心里有个过不去的坎,她好像必须在如此一尘不染的空间,才能和那个破烂不堪的过去隔绝。她把洁癖带到饭店,她的饭店因此受欢迎。

"我才知道娜佳是被玛莎夫妻带到上海的。"

明玉继续刚才的话题。

"到底谁带谁喔!"阿小呵呵冷笑,"娜佳是个人精,根本不把玛莎放在眼里,背后说玛莎又老又丑,马克都嫌弃她了。别看玛莎这把年纪,她也是喜欢玩的,现在要靠娜佳带她,可是娜佳觉得,带着个半老太婆玩很坍台,她现在常常躲着玛莎!娜佳自己倒是玩疯了,玩出事了!"

明玉摇头,什么事情到阿小那里都变得简单直接。阿小把娜佳看成坏女人,她怎么能想象娜佳并不是生来就"坏"。再说,她的所谓"坏"并没有害街坊邻居,她靠自己挣钱,靠自己的身体。这,不是阿小可以接受的道德,女人去风月场讨生活,阿小绝对看不起,无法原谅。

明玉需要花些时间,用一些细节去说服阿小,娜佳过去也是被父母捧在手心里长大,父亲死在苏联红军枪下,她和母亲流落到中国,成了一无所有的穷人。母亲忍受不了,像男人一样喝烈酒,喝成了酒鬼,死得很不体面,所以娜佳要拼命赚钱。

不过,明玉又知道,这类故事根本进不了阿小的耳朵。阿小也在过苦日子,每天睡觉之外的时间都在干活,赚的血汗钱,一半在帮老公还赌债。上海没有地方住,孩子放在乡下让自己的老母亲带,还要提心吊胆,怕被赌疯了的老公卖掉。家里几亩薄田没人种,阿小要出钱雇人做农活。阿小的生活一点不比娜佳她们容易,她怎么会同情娜佳为了生存去做皮肉生意呢?

明玉突然想到,不知道阿小是否晓得自己是戏班子出身,阿小也一样看不起戏子。

"你不觉得罗宋人身上有一种破罐子破摔的味道?"

阿小问明玉。

破罐子破摔?明玉在心里重复这几个字,不得不说,阿小常有生动的比喻。在明玉眼里,一样是穷,罗宋人"穷"得有风格,他们今朝有酒今朝醉,有一种颓废自毁倾向。她对着阿小苦笑。

"你比我更了解他们。"

"我都没见过几个认认真真过日子的罗宋人。"

"三楼那对夫妇还可以吧。"

"我跟他们不熟,你不说,我都快忘记楼上这家人了。"

楼上拉比诺维奇夫妇在家里教钢琴,整天琴声不断,阿小竟然已经听而不闻。

"其实玛莎也算是认真过日子,"见阿小的表情,明玉赶紧加了一句,"除了喜欢上楼用我们的浴间,为人太大大咧咧,其他方面,比那些罗宋男人有分寸,心也善良,为娜佳的事都流眼泪了。"

"娜佳还有什么事,让玛莎流泪?"

阿小表示吃惊。

"玛莎说,娜佳有过男朋友,想跟人家好好过日子,但对方是英国家庭,不肯接受她……"

"为什么不接受?都是白皮肤黄头发外国人!"

阿小倒是来气了,显然为娜佳不平。

"罗宋人是穷人,可能那个英国家庭看不起罗宋人,再说娜佳的职业不怎么上台面。"

"人家娜佳出身贵族!上海人都知道,这里的英国人,本来都是穷瘪三,到上海淘金,也做过很多不上台面的事,他们倒有资格看不起人家富了几代的人?"

阿小这番话让明玉刮目相看,她走东家串西家地给人做活时听了不少信息,比普通的上海市民还有见识呢!所以,和阿小聊天不会觉得无聊。

"那个和娜佳好过的男人再也不理娜佳了?"

阿小这时倒又操心起娜佳来了。无论如何,娜佳是在阿小的生活圈子内,她可以评判指责这个圈子里的任何人。一旦有外面的人介入,她本能地要去维护圈子里的人。

"玛莎说他比娜佳年轻,被父亲送出国留学,他还算有良心,回来找娜佳,娜佳说太晚了。"

"那就是娜佳不对了……"

阿小又开始她的道德评判。明玉的思绪却飞出去了,英国父亲,出国留学,这不是小格林的背景吗?那天晚上,娜佳送小格林回家,绝不是无缘无故。

一时间,纷繁的情节线在明玉脑中清晰起来。

二十二

明玉打电话约宋家祥午茶。

自从李桑农出现,宋家祥的面目变得模糊起来。

她一向觉得家祥与世无争,温吞水性格,拿他和自己的亡夫相比,或者,和年轻时的李桑农比较,家祥身上没有任何慷慨陈词的激昂气息。假如年轻时遇上家祥,她大概不会被他吸引。年轻女子或多或少会有"英雄"情结,过于冷静的男人,不会吸引她们。

她曾经庆幸是在成熟之年遇见宋家祥,有阅历后才会看懂家祥作为优质男人的一面。她和家祥之间首先是知己,心平气和聊心事,心平气和做爱。他们之间的性,是身体需求,不是情感抒发,假如有一天和他分手,她认为自己不会痛苦。

但现在,痛苦已经偷偷潜入她的心。当李桑农向她画出宋家祥的另一副面孔,于她完全陌生的面孔时,她因无法认同而烦恼,这烦恼令她开始想象,也许有一天他们不得不分手。这想象令她郁闷。

她对自己说,应该相信自己的眼光和感觉。李桑农的标准和她不一样,也许,他把不愿意支持他们的人都视为敌人,把亲近西方的人都看成汉奸。

她现在有点惧怕李桑农,她怕见到他,他的面容覆着冷冽的色感,令她陌生和不安。但是,他对宋家祥的描述已经在她心里留下阴影，她今天去见家祥时竟有些忐忑。

她向家祥谎称去南京路先施公司买东西，希望约在南京路一带。她是想离自己的饭店远一点，不要和宋家祥一起出现在霞飞路，其实，是在提防李桑农看到他们在一起。

他们约在南京西路和慕尔鸣路转角的面包房碰头。这是一家俄国人新开的小面包房，里面只有两张桌子，桌上铺了雪白的台布，一面墙上挂了两幅俄罗斯的风景照，另一面墙有几行漂亮的花体字俄文。小店格外精致幽静，像一间家庭客厅。

白俄经理过来招呼，他会讲几句英语，虽然口音很重。家祥向明玉介绍说，这位经理以前在圣彼得堡大学读哲学，他的店墙上装饰的花体俄文是一些名人的格言，包括柏拉图、苏格拉底、奥古斯丁等。

以宋家祥的标准，这家面包房的罗宋面包非常地道，是经理的夫人烘焙的。午茶时间供应的咖啡和蛋糕，也是她精心准备的。家祥认为，以主妇的心态招待客人，厨艺更用心，这才是小店的珍贵品质。

这家店的生意多在上午，下午出奇的安静。

距离他们上一次约会，才三个礼拜。

明玉和家祥很少特地出来约会，常常因为其他事情碰面才会约在咖啡馆。特地约会这件事，在他们之间产生了障碍，他们并非是一般意义上的"情人"。或者说，他们彼此都认为，对方并没有把自己当作情人。

家祥点了黑咖啡和起司蛋糕。他说，吃起司蛋糕一定要配黑咖啡而不是加了牛奶的拿铁咖啡。两种极端才能互相映衬，黑咖啡更香更苦，起司蛋糕更甜更浓郁。

这些吃吃喝喝细节，对于宋家祥，如同某种原则，绝不能含混，是他的生活态度。这样的人，怎么会卷入复杂的政治关系中？明玉在心里自问。

明玉不爱吃蛋糕，她小时候几乎没有吃过任何甜食，家里太穷，连白砂糖都不曾进门。因此她成年后，有一度从来不碰甜食，也拒绝吃菜里放糖的本地菜。去日本以后，她才学会吃甜品。

和家祥一起午茶，除非他力荐的蛋糕，她才会尝一点。所以平时，家祥通常只点一块蛋糕，她尝一口就够了。但在这么一家小店，家祥不仅点了两份蛋糕，还买了面包，体贴地给小店多一些生意。

明玉在家祥鼓励的目光下，勉为其难吃了一口蛋糕，用咖啡咽下，才开始说她的心事。

"我这两天为了小格林的事，有点心烦！"

她注意地看了一眼家祥，家祥没有什么特别表情。

"小赤佬跑到啥地方去了？"

"前几天参加反对列强游行，被巡捕子弹擦伤。"

这件事既然已经见英文报纸，她就直说了。家祥吃惊。

"他怎么也会跑进游行队伍？这次游行弄到巡捕开枪，是上海的大事，报纸电台都在报道！"家祥大摇其头，"小赤佬在想啥，反什么外国列强，自己爹爹是英国人！真是莫名其妙！"

"金玉已经预见他的危险，所以来找我……"

明玉并没有意识到，她的话让家祥发怵。他静默片刻问了两句最现实的问题。

"他现在在哪里？你怎么知道？"

明玉踟蹰了一下，才答："是娜佳那里来的消息，他们关系不一般，现在两个人都消失了！"

她胡乱编的谎话，要是仔细探询有很多漏洞，但家祥似乎也没有心思去搞清。

"听起来有些复杂，他爹知道吗？"

明玉点头，无奈地笑笑。

"我去了一趟外滩，小格林受伤后自己打电话给他爹，被他爹送去医院，现在在养伤。格林先生告诉我，小格林有金玉留给他的房子，在经济上无法控制他，所以也难管住他。感觉上，他没有想管的意思，他认为小格林已经是成人了。说到底，他一向就不那么在乎小格林。"明玉有些气愤，"小格林受伤，他是有责任的。"

"帮我想想办法，把他弄出上海，送到国外去。"她恳求地看着家祥，"金玉留下的独苗，他要是遭到不幸，我对不起金玉。"

家祥握住明玉的手，看着她，"你的事就是我的事，不要着急，等他养好伤，你和他老爹保持联系，通过他了解小格林有什么打算，他要是不肯离开上海，再想办法，让他离开上海，不难！"

家祥的胸有成竹，让明玉如释重负，感激得竟有落泪的冲动。

"还有一件事,我心里也很纳闷,"在喝咖啡的家祥,猛一抬头瞥一眼明玉,让明玉心里一颤,"我在格林先生的家,看见美玉。"

"也是你们戏班子的人?"

"你认识她?"

"我怎么会认识?"家祥笑了起来,"听名字就知道是艺名,金玉明玉美玉。"

家祥这一笑,即刻驱散刚才那一瞥带给明玉的莫名紧张。

于是明玉把对美玉的怀疑一五一十说给家祥听。

"有什么办法让格林先生知道,金玉的死,美玉是有责任的。"

"最容易的方式便是直接告诉他你的怀疑。"

"英国人要求给证据。"

"虽然没有证据,可以告诉他美玉的人品,只要撒过一次谎,他就不会信任她了,只要心里产生疙瘩,这关系就会有裂缝,这裂缝会越来越大,最后美玉自然会被赶出他外滩的家。"

这一番逻辑推理,却在明玉心里留下另一片阴影。

从面包房出来,他们一起去了家祥的寓所。

家祥说:"不见你还好,见到你就想了。"

这也是明玉的感受,只要见面,她就有生理反应。今天,她对他的渴求似乎更加强烈。

在宋家祥家门口,他从口袋里摸出钥匙皮圈开门时,他们已经抱在一起,以至他的钥匙怎么也对不准钥匙孔。钥匙掉在地上,他也顾不得捡,索性热烈地吻了一阵,干旱逢雨露的感觉,就像分别太久的情人?

他们难道不是情人?有性爱,谈得来,彼此信任,仅仅因为没有言语上的谈情说爱?

往后想起来,明玉内心有块垒:她和家祥之间,什么都能聊,唯独不聊他们之间的关系。他们彼此信任,人生中很多困难她只找他商量,却没有告诉他,她为他怀了孩子。

他们进了他的卧室后,便飞快地脱衣上床,家祥的身体远比他的性情刚烈,当他进入她的身体时,她涌起的快乐和满足让她对他充满感激。

他们之间的第一轮性交总是有些迫不及待,之后才会去浴室洗澡,然后开始更加从容的第二轮。

每次见面,明玉都必须确认自己在安全期。自从和他怀孕后,她才明白,以前怀不上孕,多半是丈夫那边的问题。

所以,她非常小心,从床上起来立刻冲进浴间清洗。家祥浴室有一小瓶高锰酸钾是她以前带过来的,是她家里必备的常用消毒药,这是当年从日本带回的卫生习惯。每次和家祥性爱后,她都要用高锰酸钾把自己的阴道冲洗干净。内心深处,她对家祥的性生活是有疑虑的,他夜晚常和朋友去风月场消磨。但她又明白,家祥这么一个道地的个人主义者,很懂得自我保护。

果然,家祥的浴室里放着一排灌满开水的热水瓶,似为她清洗准备的。他跟明玉一样,对于两人见面后可能发生的事情已有期待,或者说,他们彼此都有期待,不是一般的期待,是热烈期待。

"你不知道你自己,你的身体一直被你的脑子控制着,不和你上床,还以为你是性冷淡呢!"

重新回到床上。家祥会在床上发出这类感叹,此时他俩身上还带着香皂的香味,皮肤被水清洗后的清凉润滑。

他们侧身朝一个方向躺,家祥从明玉的身后抱住她,他的手轻轻握住她的乳房,他的腹部紧紧贴住她的背和臀,她能感觉他的下体又开始膨胀。

"跟做交易的女人性交最没意思,她们的性高潮是装出来的。你这样的女人是珍品,平时看起来保守冷淡,到了床上是一团火。"

他们并肩仰卧在床上。她的头很自然地靠在他的肩膀,脸颊贴在他的身上。欲望平息后情感渗漏出来,她感到满足的同时有莫名惆怅,她很怕自己爱上他。事实上,她早就爱上他了。

随着他们之间性爱次数的累积,互相的配合度更高,她也更放松。如今她在高潮后,会跌入莫名低谷,他会不会不告而别离开她?她将如何自处?

谁能预见,有一天会突然出现李桑农?他对于宋家祥的诋毁,她越来越觉得这是诋毁,比起李桑农,她更了解宋家祥,或者说,她宁愿相信和她有肌肤之亲的这个人。在她眼里,这个人见多识广,懂得生活,有教养尊重女人。他可能只爱自己,绝不肯为国捐躯;他甚至不关心时政,玩世不恭,在历史嬗变的缝隙中自得其乐;他花心无疑,夜晚出入风月场所。但这一切并不影响她和他的亲近，无论是一起喝咖啡，还是性爱，每一片刻的快乐是真实的。他们之间没有必须互相忠诚的契约，因为没有契约，才让他们相处时，可以心无旁骛，一晌贪欢？

明玉常常思虑他们的关系，却无法找到匹配的语词。语词总是无法企及人间的复杂。

然而，她心里还是有拂不去的阴影，李桑农仍然具有某种影响力。她希望自己和宋家祥保持距离。这次虽然是她约的宋家祥，心里有个声音提醒自己，不要和他上床，却同时，又忍不住计算自己是否在安全期。这种矛盾，令她和宋家祥上床，更有一种豁出去的激情，给予宋家祥惊喜，他的性爱也前所未有地激烈。

她在漫无边际的冥想中沉入睡眠，家祥也在睡。他睡得太沉打起了呼，她醒来时，有一瞬间以为身边睡着丈夫。

她有亲吻他的冲动，又克制住了。时间不早了，不能耽溺于性爱中，冷静下来时，不安感又出来了。她觉得自己身上有着别人无法识破的不道德。每次高潮过后，他们都会像现在这一刻，小睡一会，常常是她先醒来，看见自己与家祥赤裸着躺在床上，她会试着从别人的视角看自己。

这时，她会回想和家祥的第一次。

他们在湖州的船上巧遇，一起坐船到嘉兴，然后转乘火车。这一路，他们聊得并不多，她晕船，上了火车才开始聊天，她记不得聊了什么，只记得心情因为松弛而愉悦，面对这个男子不再感到拘束。

在夫家时，她是贤妻角色，家祥来做客，是和丈夫赵鸿庆聊，她则负责泡茶送点心。即使在家祥招呼下，也只是略坐一下，敷衍几句。

有几次她送孩子上学，回来路上遇到家祥，他们只是点点头，不太合适互相交谈，小城镇，闲人的目光盯着呢，这使他们俩比一般的异性见面更不自在。后来家祥解释说，是因为他心里已经有了"坏念头"。

那天到上海时，已经晚饭时间，家祥邀请明玉吃饭，她竟没有拒绝。他带她去霞飞路吃西餐之前，她先去旅馆办入住手续，环龙路的房子长时间不住，需要彻底打扫，所以回沪住一两晚，就住旅馆了。

她在旅馆换下湖州穿的宽松棉布袍子，换上适合上海穿的相对时尚的西式短裙和衬衣。正是初秋，她的淡褐色西短裙配奶黄色的丝绸衬衣，明丽优雅。她没怎么化妆，只在唇上涂了口红。

家祥也回了一趟家，换了一套米白色棉麻西装。

他们并肩站，和谐好看，是一对璧人，所以，走进西餐店时，引来客人们赞赏的目光。客人几乎清一色西方人，连招待的侍应生都是金发白肤。走进这样的店需要勇气，如果不是家祥引领，她大概不敢也不会有机会进西餐馆用餐。家祥告诉她，这些侍应生是白俄人。当时的她也未有过想象，未来自己会开饭店，并且也请了白俄人当侍应生。

那天吃牛排，家祥点了红酒。一瓶酒都喝光了，家祥说自己喝多了，微醺的感觉。她喝得和他一样多，却没有一点醉意。平时她几乎不喝酒，喝了才知道自己酒量好。

家祥送她回旅馆，她邀请他进房间坐一会儿。那会儿，他好像醉意发作，她想给他泡茶解酒。他还未喝茶，就睡了，睡在旅馆的沙发上。她虽然没有醉，的确也喝多了，和衣躺到床上立刻入睡。

早晨，他起床后如厕，打算离去前，她醒了，假如她装睡，他就离开了。他见她看着他，便向她道歉：

"对不起，失态了！"

她没说话，笑看着他。

他们的目光突然产生了火花，他走过去拥抱她。身体相触时，她才感受到饥渴。他问她可以吗？她后来才知道他是在问，她是否在安全期。她向他点点头，她忘记有安全期这回事，她在婚后几年才怀上孕。第二胎流产后，她认为自己不再有怀孕可能。

仿佛长久的期待终于实现。他们的"第一次"包含了三次高潮，他们在床上待了一整天，也许心里都以为这是第一次也是最后一次。

如此酣畅淋漓的性爱，她突然怀疑也许会怀孕；然后产生渴望，渴望再一次怀孕。那时，以及后来确认怀孕，她都是处在失控状态，可能的风险不再考虑，身败名裂也是活该！难道她想报复过往的苟且偷生？

她掐断了回忆，轻轻起身穿衣服，准备离去。

宋家祥醒了，他看着明玉问：

"哪天我们可以一起吃晚餐？想带你去吃法国大餐。"

明玉点点头，朝他嫣然一笑。家祥的问话仿佛在应和她刚才的回忆，那次之后，他们再没有机会一起去西餐馆吃大餐。丈夫去世后，她忙着开饭店，晚上是她的工作时间。

"小格林的事就拜托你了！"

"你要和他英国老爹保持联系，小赤佬受伤后，脑子可能清爽一些了。"

明玉便笑了，心里再一次涌起对眼前这个男人的爱意。

他们之间有几秒钟的静默。

"朵朵好吗？"家祥突然发问，明玉还未答，立刻又问，"鸿鸿越来越皮了吧？"

明玉都听得见自己的心跳声了。

眨眼，孩子已过四岁生日。鸿鸿满月后，家祥来探望过，之后再没有见过孩子。赵鸿庆去世，他反而没有机会上门。

他从来没有怀疑过吗？明玉不得不这么揣测。然而，家祥看到的是一个面目模糊的婴儿。现在的鸿鸿，五官越来越接近明玉，清秀的男孩，脾性是热的，既不像明玉，也不像家祥，至少，明玉眼中的家祥是个冷静的男人。

问题是，那天之后她怀孕，虽然肚子完全隆起已经是五六个月后了，如果他稍稍测算一下，应该是可以推算出孕期时间表与他们做爱时间的关系，但男人在这方面多半茫然无知，何况他是个单身汉，没有经历过生孩子的事。

他与她关系亲密,却从未提出把她的孩子带出来一起玩。明玉想,他不结婚,也是怕有孩子吧?往往,像他这么极端自我的人,最怕被自身之外的其他麻烦事拖累。上海不乏这类懂生活情趣却不去结婚生子的男人。其实,暗暗地,明玉羡慕这类人,她一直生活在压力下,丧失了情趣。

二十三

鸿鸿出麻疹,明玉不得不留在家里照顾病孩。

每个孩子都要经历一次出麻疹。明玉庆幸朵朵在日本出的麻疹,当时才八个月断奶不久,免疫力发挥作用,因此才发了一晚上烧,脸颊上出了一片疹子,很快就好。

鸿鸿的麻疹比朵朵厉害多了。他高烧发到四十度,身上的疹子从耳后扩散至面部、颈部、躯干、四肢、手心及足底,整个人被疹子裹住。

明玉想到,仿佛有神启、从来不过问孩子的家祥,前两天竟然问候起孩子来。她此时希望家祥陪伴在身边,突然对自己打算一辈子瞒着家祥的念头产生了怀疑。

半夜,她猛然惊醒,去摸鸿鸿额角,烧好像退了,但衣服被退烧时的汗水湿透。此时月光亮得不用开灯,她从枕边拿起准备好的干净衣服给鸿鸿换上。床头柜有水银体温表,亮闪闪的,床边好像有人,明玉转过脸,月光照着床边人,是金玉,她看着明玉,询问的目光。

"金玉?我明明记得你已经死了!"

明玉被自己的话吓了一跳,身体一颤,醒了。她去开亮电灯,床边没人,鸿鸿在她身边沉睡,她摸摸他的额角,额角不烫,她能判断,孩子此时体温正常。

那么,刚才是在梦里,自己是在梦里醒来,金玉坐在床边……现在,应该不是在梦里吧?她坐起身,想确认自己是否还在梦里。

"妈,你怎么还不睡?"

睡在对面小床的朵朵突然睁开眼睛,从枕上抬起头问道。明玉披衣起身。

"我想上一趟浴间,你去吗?"

朵朵一溜烟起身。

"我小便很急,我先去。"

朵朵衣服也不披,已抢在明玉前面,开房门下楼梯进浴间。明玉拿起朵朵的棉袄追到浴间,门被朵朵锁上了。明玉担心吵醒邻居,轻轻敲门责备朵朵。

"快开门,把衣服穿起来,要着凉了。"

浴间门打开,只开了一条缝,她看见的是金玉。

"咦,刚刚进浴间的不是朵朵吗?"

明玉问道。金玉把食指放在嘴边嘘了一声,让明玉噤声。门又关上了。门里面有多人说笑声。怎么回事?

她发现自己和金玉已经站在化妆间外,接着,她跟随金玉绕到化妆间背后的墙,一堵破墙。她们蹲在破墙边尿尿。她小便很急,却尿不出来,她对金玉说,我想回到自己的浴间小便,金玉不见了。

明玉完全清醒过来,是早晨五点,比平时早了半小时,她是尿急而醒。

鸿鸿仍在沉睡，她摸摸他的额角，没有热度了，衣服也没有湿。此时朵朵在小床上沉睡，被子大半掉在地上。

明玉披上棉袄起身给朵朵盖被子，然后去浴间解决内急，酣畅淋漓中梦里的情景让她此时后怕，要是在梦里不都尿在床上了？

她回到床上又躺了一会儿，回想梦里金玉的脸容，突然怀疑半夜见到金玉坐在床边，并非在梦里，她当时摸到鸿鸿的衣服都湿了，她的确给鸿鸿换了衣服，瞧，鸿鸿的湿汗衫就扔在床边的地上。

此时明玉心里乱了，经过两次似梦非梦，让她无法分辨真实和梦。

无论如何，金玉的出现，不管是否在梦里，都让明玉无法平静。

小格林被卷入政治斗争，是性命攸关的事，现在又去向不明。她昨天给格林先生打电话获知，小格林已经离开医院，他没有回家，也不在金玉的住处。唯一庆幸的是他还没有卖金玉的房子。卖房子不是卖金银首饰，他哪有这个能耐，这是格林先生的看法。所以，他并不着急，小格林过几天又会回来。

明玉却不放心了，她担心小格林又被李桑农安排去干什么危险的事，可她也无法告诉格林先生关于李桑农和他的组织，租界是要取缔共产党组织的。

家祥说过，把小格林弄出上海并不难。现在，先要把他找到。她很焦虑自己被孩子和饭店困住，完全没有头绪，又不是侦探，怎么找？对了，侦探！这个被自己呼唤出来的角色，突然让明玉有了思路，她可以通过侦探找小格林；之后，才能实施第二步，劝他离开中国，或者用强制手段把小格林送出中国。

早晨七点半，朵朵上学时，阿小来了。平常这个时辰阿小已经到了一小时，明玉则去饭店了，厨房师傅采购回来，她要检查食材，督查饭店营业前的准备工作。她通常八九点钟回家一次，吃早饭，同时向阿小交代家事。这两天鸿鸿生病，规律被打破了。她让阿小也睡得晚一些再来。

明玉告诉阿小她昨晚的混乱状况，梦境和现实难以分清。

"死了几年的老朋友最近一直出现。"

"有什么事放不下？"

"她儿子不太安分，在英国读书读到一半，回来了。那天游行时，他正好经过，被巡捕子弹打伤了。"

"他妈妈托梦给你，她的小孩有危险，要你帮忙。"

阿小的确古怪精灵，毫不知情的状况下居然有这样的联想。

"他不小了，都快二十了吧！"

"在他妈心里还是个小孩，男人要等结婚了才算长大。"

阿小不乏至理名言。明玉笑了，阿小却一本正经告诫：

"阿姐，你有得等了，等儿子结婚，你才放下心来。"

"我想起来还是心跳，明明醒过来了，去上厕所，浴间锁住了，我敲门后，开门的是我死去的朋友。"

明玉把话题又兜回来。

"可能不是梦，浴间真有人，你看错了！"

"别开玩笑，我真被你吓着了！"

明玉拍拍胸口，神情没有玩笑的意思。

"是真的，我正要告诉你，"阿小的神情突然紧张，她去关拢房门，声音即刻变成气声，"我正要告诉你，契卡的房间躲着一个女人。"

"契卡的房间？"

明玉指指契卡的房间，以为听错了。阿小在拼命点头。

"契卡从来不带女人回家，再说，这两天我都在家。"

"是前两天，你去饭店以后，楼里很静，我在走廊擦煤气灶，听到契卡房间有人走动，我明明看见契卡出去了。"

"你的意思是，这两天她还在？"

"这两天你们在家，声音多了，听不见契卡房间里的声音了。"

"这女人上厕所我应该知道啊！"

"她可能白天睡觉，晚上起来。"

她回想昨晚，浴间门锁住了，她敲门后，门打开，她看到的是金玉。不，这是梦，朵朵抢在她前面进了浴间……

早晨她问过朵朵，朵朵说，她有起夜，是自己一个人上厕所。明玉仔细回想，出声道：

"昨天晚上我是跟着鸿鸿节奏，他睡我也睡，朵朵说她看书到很晚才睡，想上厕所，浴间门锁上了，她等了很久觉得奇怪，因为契卡不会占用浴间太长时间。她说她忍不住下楼梯到浴间门口，从磨砂玻璃能看到里面的影子，感觉是个女人，因为个子比契卡矮。她说等不及，回房间又睡着了，然后尿急又醒了，再看浴间，已经没有人，但地上很湿，有人洗过澡，你知道契卡冬天不在家里洗澡，他上公共浴室洗的，不是吗？"

阿小听了，就有些怔忡。

"你说你半夜去浴间门锁上了，你敲门后，有个女人开门了。"

"是啊，是我死去的朋友，所以，是在梦里。"

"不一定是梦。"

"你是说，我没有做梦，那个女人是契卡的客人，我看错了？"

明玉笑起来，阿小凝重的神情让她觉得好笑。

"我在想这个女人为什么白天不出现、晚上出现？我问你，她从浴间里出来和你说什么？"

"她？你说谁？"

"昨天半夜那个女人。"

"昨天半夜那个女人？"明玉又一惊，"你别吓我！哪里有女人。"

"你不是说她开门了？"

"那是梦里面的人。"

"后来呢？"

阿小追问，声音都变了。

"后来……后来我……也记不得了……"

明玉吞吞吐吐的，她是不想说出戏班子那些情景。

"我觉得你是记得的，你不肯告诉我。"

阿小的话倒是把明玉骇了一跳。

"谁会记得梦里的事？"

"你前面的事倒是记得清清楚楚。"

是啊，前面的事非常具体有细节：她拿着朵朵的棉袄去追她，走廊灯照着楼梯非常安静，她当时还在想楼梯窗口对面的白俄女人怎么没有拉琴？走神之间，右脚在楼梯上拐了一下，她差点尿出来的感觉还记得。浴间门被朵朵锁上了，她害怕吵醒邻居，轻轻敲门，责备朵朵不该锁门。接着门开了，探出金玉的头，金玉烫着长波浪，穿着时髦的高开衩的织锦缎旗袍。然后，场景和面孔就模糊起来，好像镜头摇晃了。突然她和金玉已经在破旧的化妆间门外，她们穿着繁复的古装戏服，她把拖泥带水的戏服往上拉，然后跟着金玉蹲下身，她们在化妆间外面撒尿，她拼命往上拉戏服，怕尿液溅在戏服上。她的小腹尿涨发痛，却怎么也尿不出来。

她醒过来后，一阵后怕，要是拉出来呢？当然不会，尿急的梦做过很多次，在梦里找马桶，总是因为各种原因而没有机会撒尿。却是第一次梦到，和金玉在化妆间外撒尿，那情景太真切了：她和金玉互相偷笑，有恶作剧的快感，手拽着戏服往上拉，怕被尿液溅到的烦恼……

"你要是遇上鬼，会觉得像做梦，说不定这个女人不是契卡家里的客人。要不，你去问问他？"

阿小的提议荒唐，明玉意识到，是她们谈论的话题荒唐。

"这不能随便问，契卡会不开心，觉得我在探听他家的秘密……"

明玉噤声，好像听见契卡的房门开了。他的房门铰链好久没有上油，开合时有"吱嘎"声。她示意阿小，两人屏声静气，听见有人从走廊经过她家房门，下楼梯，去了浴室，并关上浴间门。

明玉不由开房门去瞧契卡的房间，门紧紧关着。以往，契卡要是上厕所，并不关房门。

契卡目前是单身，他带女人回来很正常，为什么要躲着邻居呢？

"我想起来了，昨天晚上，我是被走廊里脚步声吵醒，刚才的脚步声很像昨天半夜的脚步声，不太像契卡的脚步。"

明玉说着便走出房门，走到楼梯口，朝浴间看去。

"阿小你过来……"

明玉站在楼梯口招呼阿小，脸色都变了。

她们看见浴间门半开，两人面面相觑。

"刚才明明听到关浴间门的声音，你应该也听到了？"明玉问阿小。

"可能她进去一下又走了。"原本对八卦起劲的阿小突然失去了劲头，人都变蔫了似的。

明玉反而来劲了，她走下楼梯，推开浴间门，看见地上有水迹。

"是洗澡时从浴缸溅出来的水吧?"

明玉嘀咕,跟在身后的阿小却吃惊。

"咿,我刚才明明把地上拖干净了。"

明玉更吃惊了,才一会儿,不会超过一分钟,不管是谁,都不会有时间在浴缸里洗澡吧?

"你刚才说朵朵半夜上厕所也看见地上有水迹?"

明玉一愣,然后关照阿小,"不要告诉朵朵,她都不敢上厕所了。"

"放个痰盂在房间吧,晚上不要到浴间去。"阿小提议,叹息道,"你们这条弄堂就是缺少人气,阴森森的!每户人家都只有两三人,礼拜六晚上,玛莎家来客人,才算有人气。平常日子,晚上都看不到什么人在弄堂里走来走去,白天也看不到小孩玩,这些白俄人都不生小孩。"

"他们年纪偏大,生不出小孩了。"

明玉回答得一本正经,阿小便笑了。

当天夜晚,明玉带鸿鸿早早睡上床,一边竖起耳朵想要听听隔壁契卡家动静,倒是等到了契卡家的客人,一个叫弗拉基米尔的侏儒,契卡家的常客。

她听到走廊脚步声,立刻从床上跳起来,开房门正看到弗拉基米尔把她家煤气灶开关打开,被明玉一声呵斥立刻又把开关关了。

这侏儒看不出年龄,也许三十也许四十,上唇留了两撇小胡子,身高比四岁鸿鸿还矮一些,脸容却有一股戾气。他与契卡关系密切，经常上门。

明玉家的煤气开关是微型手枪型，弗拉基米尔每次经过她家煤气灶都会停下来开开关关玩几下。有一次他忘记关煤气，整个走廊里是煤气味，幸亏阿小在家。为此，阿小和侏儒吵起来。这侏儒平时进出契卡家，见到阿小态度傲慢不把她放在眼里，此时更是大叫大嚷抵赖自己动过煤气开关，

契卡不问缘由，站在侏儒一边训斥阿小对他的客人不礼貌。

这一次侏儒玩煤气开关被明玉活捉，她拉着他去敲契卡的门，私心里还想看看房间里的情形。

契卡打开门，见明玉抓着侏儒的手臂，吃惊地瞪大蓝眼珠。

明玉先瞄了一下房间，契卡的房间并没有女性住宿的痕迹。

她招呼契卡到走廊煤气灶旁，把侏儒玩煤气开关的动作又演示了一遍。她打开煤气开关，立刻冲出一股刺鼻煤气味，契卡赶忙捂住鼻子。

"他玩我家煤气开关的事发生不止一次，如果不是我及时发现会出人命，这是放毒，我可以报警。"

明玉的表情语气都显得严厉，契卡第一次领教，赶忙道歉。明玉并没有立刻接受他的道歉，她说：

"你很难保证你这位客人是否还会做这种事，因为，这已经不是第一次了。上次我不在家，他玩煤气开关，没有关煤气就进你房间了，幸亏阿小在，没有酿成大祸。他当时不承认还跟阿小吵，阿小跟你告状，你骂阿小不懂礼貌，我希望你明天向阿小道歉。"

契卡一口答应。明玉又道：

"走廊的门必须上锁！这是为了安全，已经有陌生人进出我们的走廊。还有，你这位客人进走廊，不管谁给他开门都可以看着他，不让他碰煤气开关。"

为了让契卡听懂上海话，明玉尽量用短句陈述。

走廊门上锁这件事，明玉曾担心契卡嫌麻烦不肯答应，这个情形下他不得不同意。

三年处下来，明玉知道如何与白俄邻居打交道。白俄人的生活习惯不同，虽然常出状况，但可以直接告知，即使当时有争论也没关系，他们不会放在心里，不影响以后的和睦相处，所以，明玉才会把话说得这么直接。

隔了两天，阿小带来弄堂消息。

"一号一楼人家不是住了两个白俄女人吗，一老一少。她们半夜听到有人敲门，老女人胆子大，起来去开门，门外没有人，她看到有个女人从弄堂飘过……"

一号那栋楼是边套，侧墙对着弄堂，有人从弄堂经过，她站在后门口是看得到的。

"她看到的女人是从弄堂外进来还是出去？"

"从弄堂外面进来，朝里面飘过去。"

"为什么说飘过去，要么走，要么跑？"

"你不知道吗？鬼没有脚，它们就像风刮起一张纸，飘过来飘过去的。"

明玉便笑起来，用食指点点阿小，嘲笑她，"要死啊，就像你看到过一样。"

阿小正色道："我当然看到过，乡下人少鬼多，它们是从窗子飘进房间，你关窗也关不住。"

明玉一个激灵抖了抖，她想起那天晚上，梦见金玉从窗外飘进来。

"后来呢？"

"什么后来？"

"鬼进了房间怎么办？"

"跟你一样，开了灯，就不见了。"

"我没有真的开灯，是在梦里开灯。"

明玉纠正阿小，但阿小完全听不进，她坚信明玉遇到鬼。

二十四

鸿鸿出麻疹那几天，明玉除了早晨去饭店作些例行的检查之外，其余时间便在家照顾儿子。

偏偏她不在饭店的晚上，先后来过李桑农和格林先生。

李桑农不会无缘无故来店里，他又有什么事要麻烦她？他一来，就给她带来压力。

她遗憾没有遇到格林先生。

格林先生告知小格林莫名消失后，明玉又去过海格路。为了避免遇到心莲，她特地夜晚去。她站在海格路上，能看到小格林所住单元的房子窗口，如果灯黑着，都不用上楼。

那天晚上灯亮着，她便上楼了。按铃后，没有人回答。她心想，只有两种可能：房间里没人；或者，房间里有人，故意不开门。为何不开门？仔细一想，明玉害怕起来。她没有多逗留，立刻离开了公寓楼。

格林先生是和他的中国商业伙伴赵先生一起来饭店晚餐。其实更像是赵先生带他过来，那位赵先生爱美食，几次光顾"小富春"。

他们过来这天，赵先生告诉中国经理，他之前就提议带格林先生来"小富春"吃饭，都被他谢绝。这位英国人来上海很多年，他不太喜欢上中国饭店，是嫌中国饭店不够干净和安静。

有一天格林先生把明玉给他的饭店名片出示给赵先生，才知道这是赵先生推荐过的饭店。

"小富春"的文明程度让格林先生意外，可中国经理从未听人用"文明程度"这类词来形容饭店。赵先生在一旁解释说，格林先生对饭食的味道不那么敏感，却敏感于饭店的环境和干净程度。

"小富春"不仅窗明几净，环境装饰混杂西式日式和民族风。明玉在装修上花了本钱：咖啡色柚木做墙顶；护墙板是同色柚木；浅褐色的水曲柳打蜡地板；配上等距离四方形日本灯罩；餐桌上台布和杯盘碗碟都是颜色花色成套，艺术美感体现在所有细节上。

明玉知道，格林先生只要来过一次，一定会再次光顾。

果然，几天以后，格林先生独自来用午餐，为他服务的是一位中年白俄侍者。

白俄侍者穿着店里的制服，银灰色中式褂子配一条同色同料棉布围单，头上一顶小圆帽兜住头发。他五官瘦削，那管鹰钩鼻特别醒目，使他看起来更像戏中的某个反面角色，不过，这只是国人的刻板印象。

这位有着犹太人鲜明标志的白俄侍者让格林先生有了感触。他想起好些年前的一个夜晚，他当时还在工部局，接到另一董事的电话，那位董事语气紧张，连连嚷着出事了！原来黄浦江开进一队俄国军舰，军舰上有很多平民是从布尔什维克政权下逃出来的避难者。

那天晚上他们在电话里议论这些难民的出路，工部局董事忧虑的是俄国难民的狼狈境遇将会降低西方人在东方人心目中的地位。格林先生经历过贫寒岁月，对难民不无同情。但现实很具体，这些难民上岸以后，将以什么为生？他们在上海能做什么？穷困潦倒将是他们的未来命运：给人看门还是拉黄包车，或是给黑帮做打手？假如之前过着优渥的日子，体力活做不动怎么办？最简便最直接的便是去讨饭。女人的出路也许比男人多，也更不堪。

放下电话，格林先生回想当年模样穷酸的自己。他对自己说，贫苦出身的人才有冒险精神，因为不怕失去。没有失去的恐惧，你才不会消沉。

那些夜晚，格林先生经常站在他外滩家的阳台上，俄国战舰停泊在黄浦江等待中国政府裁决；江面上来自西方的白色客轮灯火璀璨，隐隐传来音乐和欢声笑语，俄国战舰悄无声息灯火黯淡，如同甲板上面容模糊的男女老少的命运，他看不清他们的脸，他也不想看清，直视苦难是需要勇气的。

他的英国儿子坐在房间地上搭积木，突然"哇"地一声哭开来。他走进房间，儿子爬起来朝他扑去，嘴里嚷着："怕！怕！"他抱起儿子，拍着他安慰着，却不知他怕什么。儿子在他怀里安静下来，他抱着儿子走回阳台，想让他看黄浦江。此时，他才听到隐约传来甲板上的哭声，喔，是儿子先听到了哭声，才害怕得哭起来。儿子咧着嘴又要哭了，他把儿子抱回房间，关上阳台门，世界突然寂静了，儿子也安静下来了。那时候，他的英国妻子和女友去北京旅行，他已经知道她们是情人关系。他不想作任何努力，只等着妻子向他摊牌。

隔着阳台玻璃门,他指着黄浦江上的俄国战舰告诉儿子:

"那是王子和公主坐的船,他们从很远的地方过来,实在太远了,船上的灯一个一个地坏了,上帝眷顾他们,留了最后一盏灯,没有让它坏,这盏灯指引他们,让他们逃到上海来了。"

儿子问:"他们为什么逃来上海呀?"

他说:"野兽在追他们。"

儿子又哭开了,抽泣着说:"我要……王子……公主住……住到我们……家里……"

那些夜晚,他去大舞台看金玉的演出,他坐黄包车从法租界金玉的家回来,黄包车沿着法租界外滩直奔公共租界。码头上已不见俄国军舰,下船的难民们已融入上海的人流里了。他在想,他们如何生存?

很快,格林先生便在路上看见俄国人在乞讨。以后,在金玉住的弄堂里,他看到过衣衫褴褛的俄国男人肩上扛着长条凳,一头挂着水桶,污黄的水里浸着磨刀石,另一头挂着工具箱,嘴里喊着走音的上海话,"销刀——磨剪刀……"

此时,格林先生看着白人侍应生对中国顾客点头哈腰,心中有些不是滋味。他很少进中国餐馆,这是第一次看到中国餐馆的俄国侍者。离婚前他的英国妻子带儿子到号称"小莫斯科"的霞飞路上,看见白俄侍应生在俄国餐馆招待中国人,大受刺激,回家迁怒于丈夫。她认为,工部局应该把这些穷白人赶出租界,甚而赶出上海。

他当时很吃惊，对于她赤裸裸表达出一种由自私出发的残忍。

无论如何，格林先生应该明白，白俄侍者干净的饭店制服显示了比"磨剪刀"更安稳的人生。

午间的这份俄国简餐比中国著名菜系的扬州菜更对格林先生口味，这是明玉早就认知的现实，西方人的舌头品味不出扬州菜的清淡鲜美。

格林先生当然不是第一次吃俄餐，但这份俄式简餐的土豆沙拉却结合了上海口味，沙拉里混合了豌豆和少量鸭梨和香蕉，咀嚼时水果特有的清香和脆甜混合在奶味浓郁的土豆里，作为前菜让格林先生开胃而心情舒畅。罗宋汤浓郁的番茄酸，格林先生喜爱。番茄在他的食谱里是不可或缺的配菜。因此在中国菜里，他最爱吃番茄炒蛋。主菜炸猪排，格林先生从未在其他俄餐店里吃过。这款炸猪排端出时香味撩人，一口咬下去齿间的油酥感和肉质的嫩滑多汁，仿佛味觉快感也会刺激荷尔蒙似的。蘸料竟是英国"伍斯特沙司"，上海人称为辣酱油，俄国侍者告诉他，这是炸猪排的点睛之笔。格林先生惊喜中有了乡愁，几乎错觉这是为他特意配置的蘸料。

午餐后，明玉过来打招呼，对于格林先生的再次光临，明玉掩饰了内心惊喜，适度地表达欢迎。

"真高兴在我的饭店见到你。"

格林先生却显得局促不安，想起上次在他家，最后让明玉不快离去，此时即使想道歉，也已经不适合再提起这个话题。

明玉见他沉默，便问他是否对午餐满意。

"Perfect（完美）！"格林先生脱口而出，然后摇着头好像在否定什么，"我找不到哪句上海话表达我的感受，我想我以后会成为常客。"

格林先生竟像喝了酒，两颊发红。

明玉请格林先生去楼上的小茶室喝咖啡。楼上有包房，但这间小茶室并不对外公开，是明玉用来接待特殊的客人，比如丈夫在国民党的旧日同僚、工商界名人，诸如此类。她却从未用这间茶室招待李桑农。

进入这间精致幽静有私密感的小茶室，格林先生受宠若惊之外还有不可名状的羞怯。是的，格林先生年轻时自卑又害羞，这些年他在东方意外地出人头地，自卑和羞怯被自负和傲慢替代，今天的这一刻原本的那个"旧我"突然冒出来，让他百般不自在。

"刚才服务我的白俄人年纪也不小了。"格林先生扯开话题，掩饰自己的心情。

"以前是军人，跟着 S 将军的兵舰到上海。"

"你的中餐店怎么会招俄国侍应生呢？"

"他是我邻居契卡介绍来的。也不完全是帮邻居忙，从生意上考虑，环龙路上住了不少白俄人，都在霞飞路开店。"

"我想，要让他们跟中国人一样勤快并不容易？"

"家里等着开销，会让他们变得勤快，他叫鲍里斯，在上海娶了个中国老婆，他是老来得子，孩子才三岁，老婆在家门口的杂货店帮忙，一边带孩子。"

"他这个年龄没有一技之长,找工作不容易。听老赵说,你店里本来还有个漂亮的白俄女孩。"

"做了几天就走了,以后也不打算招年轻的白俄女孩,她们太不稳定,培训要花精力,工作方面刚熟练,却要走了。"

格林先生深以为然,直点头。

"有个叫娜佳的女孩你知道吗?"

明玉突然问道,她目光锐利地看住格林先生。

格林先生茫然地摇摇头。

"她是个白俄女孩,好像和你儿子交往过。"

"你是说戴维吗?"

"戴维被枪打之前的有个晚上,是娜佳把他送回海格路上的公寓。"

"这是怎么一回事,我没有听懂。"格林先生摇头表示困惑。

明玉把那天在海格路公寓门口遇上小格林的场景叙述了一遍。

格林先生紧蹙双眉微微点头,然后恍然大悟的神情。

"两年前,戴维暑假回来,开学前他突然提出转学回上海的圣约翰大学,我当然不会同意,除非他给我充足的理由。他便告诉我喜欢上一个女孩,以我那时的心情,我其实很高兴他有喜欢的女孩,他性情孤僻,在中国的环境里长大却不受欢迎,能够找到心爱的人,我应该支持他。所以我提出建议,不如带女孩一起去英国读书,她在英国的读书和生活费用我可以支持。戴维说,她是不可能再回学校的,然后才坦白,她在夜总会跳舞,是俄国人。我马上明白那是个什么性质的女孩了!我告诉他,这样的女孩子不仅仅是靠跳舞拿收入,她们有其他交易。他不肯相信,然后我们争执起来,我告诉他,假如他不回英国拿到学位,我的遗产他是得不到的。戴维一怒之下当晚离家,我当时心里很焦虑,因为即使他得不到我的遗产,也能生活,他母亲给他留了房子和钱,在经济方面,我对他没有太大束缚力,虽然他在英国的费用是我在支付。奇怪的是,隔了几天,在他必须出发回英国的前一天,他回来了,他告诉我他改变主意,要回英国去了。我当然不认为是我的威胁起作用,我想,是女孩那边发生变化……这个女孩,可能就是那位娜佳?"

明玉的思绪跟着格林先生的叙述奔跑,他猛然停下就像刹车,也让她的思绪跟跄了一下。她怔忡片刻才回答:

"白俄女孩,在夜总会,就是娜佳了。"她肯定地点头,想了一下说道:"戴维参加游行中枪弹的当天夜晚,娜佳在夜总会门口也被人打枪,目前下落不明。"

"你认识她?"

"她也是我邻居的朋友,他们很为她担心,在找她。"

"喔……"

格林先生蹙紧眉头,仿佛要理出头绪。

"你知道,戴维的小学和初中都在上海的教会学校就读。小学时,交过一个出生在俄国的小朋友。那时他在学校很孤独,因为长得像中国人,他的英国和美国同学都喊他中国佬。"格林先生的眸子里有了悲伤,好像此时他才体会到混血儿子那时候的寂寞。"他们看不起他。戴维被绑架以后,出名了,学校同学都知道他了,他却吓坏了,变得更自闭。那个有俄国血统的孩子主动接近他,和他说话,把他的故事告诉他。那孩子出生在圣彼得堡,爸爸是法国人,戴维从他那里知道,俄国有许多雪,俄国男人喜欢喝酒……"格林先生突然叹了一气,"这孩子跟我小时候很像,胆子小自卑害羞,学校里的事,都是他母亲问出来的,金玉担心他在学校受欺侮,每天在饭桌上问长问短。"

沉默片刻,格林先生又道:

"是的,金玉放心不下他,我能想象,她在天上多么不安。"

这最后一句话悲戚得让明玉眼睛都红了。

二十五

"想不想吸一口？"

明玉突然问道，她站起身，走到房间里侧打开门。

这间小茶室里面还套着一间房，格林先生竟然没发现，这间茶室有一扇通向里间的门。

里间房很小，但两面墙有窗，摆着两张躺椅、一套橱柜，明玉从橱柜里拿出鸦片烟具。

这间房被当作鸦片房使用，平时都锁着，甚至店里的服务员都没有意识到这间房的存在，除了经理。

经理知道明玉偶尔会用这间房。一些她需要应酬的关系，包括她丈夫那边的人脉，在政府部门担任职位的朋友，吃完饭喝了茶，兴致高时，明玉陪他们吸一口烟。经理心知肚明，从不传话。饭店经营上总会遇上一些意想不到的麻烦事，明玉从来不说。当她请某些人来吃饭吸烟，那就是要解决一些燃眉之急，消防方面、卫生方面、税务方面。有些事，你做得再好，遇上贪官，还是要打点。爱酒的给他敬酒，爱烟的给他吸烟，总之，再麻烦的人，你只要给他制造迷醉的氛围，就迎刃而解了。

此时，因为金玉的话题，明玉悲从中来，她自己想吸一口烟了。

进入这隐秘的鸦片房，格林先生有获得意外馈赠的惊喜。他很久不吸烟了,自从金玉去世,他去过几次鸦片铺,总不如在自己家和最亲近的人一起吸烟更有安全感。美玉曾经试着为他烧烟,可是她烧烟动作笨拙、吸烟状态粗俗,无法复制金玉制造的迷幻气氛,反而令格林先生堕入失去金玉的悲哀。人和人的契合,真是千奇百怪。不能说,他爱金玉是因为他们一起吸烟时的快感,可这一刻的好感觉成了往后空虚日子的深刻记忆。

明玉从橱柜里拿出收藏仔细的鸦片和鸦片器具。

她点起烟灯,把灯火捻大一些,往烟针上用烟丸做烟模,然后把鸦片移到火上。

格林先生怔怔地看着明玉动作熟练地烧烟枪。那些往事在小格林被绑架之前,从未让他心安过:在禁止鸦片买卖时,他却通过鸦片买卖咸鱼翻身。

那一年关于禁止鸦片买卖,工部局有过多次讨论。董事会达成协约中有一条:"对吸食鸦片者提出起诉与本董事会认为有权维护的个人自由原则完全相悖。"

但情势并未按照工部局董事的意愿发展。

英国领事告诫,孙逸仙和中国政府对鸦片贸易持反对态度,为了把中国拉到英国这一边,有必要对鸦片问题采取断然措施。工部局的同僚在议论,如果禁烟令出来,眼下在上海还很便宜的鸦片很可能在一夜之间身价百倍。

格林先生那时已经在破产边缘,他手持的大量股票因欧战爆发一落千丈,他把汽车卖了,已经准备抵押房产,并且开始想象自己在工部局董事会议桌边的位置将成空位,他和妻子孩子,跟着一群穷困潦倒的欧洲人,被送上开往欧洲或美洲的客船统舱。

工部局内部的议论给了他启迪。他之前已经从上海商人老赵那里获知,有一大批卖给青帮的鸦片,因中间商被人暗害,而落进英国海关官员手里。这位私吞鸦片的官员曾是格林先生在海关时的上司,为人阴险,当年,是他把格林先生踢出海关。如今,他怕被青帮追杀而躲在乡下。

胆小谨慎的格林先生第一次铤而走险,他找到隐匿在乡间的官员,用银行贷款从他手里低价买进这批鸦片,同时立刻加入上海鸦片商联合会。

当中国终于加入协约国参战时,英国同意完全停止鸦片贸易。中国政府高价买下鸦片商会囤积的鸦片,在黄浦江的东岸烧毁这批鸦片,地点就在公共租界对面。

在这次高价收购中,格林先生净赚百万美金。

焚烧鸦片的黑烟在黄浦江面冲天而起,格林先生和他的同僚站在上海总会的顶层观看,这些来到上海后才发达的西方巨商们在议论,无论怎么禁,鸦片是烧不光的,许多鸦片被藏起来了,中国官员在参与经营。在这个腐败的国家,都是官员在带头做违法买卖。

风很快吹散浓烟,散得这么快,就像中国刚刚出台的政策。

然而,你以为烟消云散了,却突然乌云密布,小格林被青帮绑架。格林先生私吞的鸦片,青帮怎会轻易放过?

烟针上的鸦片丸儿的香味出来时,就可以吸了。明玉把烧好的鸦片装进烟枪斗，递给格林先生。他像接受贵重礼物一样，脸上充满感激。

"很久没有吸了！"他说道，咬住烟枪，深深吸了一口。

明玉是通过金玉目睹一个来自英国偏僻小镇的底层青年一步步发达起来。

格林先生最初因为廉洁奉公被排挤出海关，却因祸得福，被中国商人老赵说服，联手做出口贸易发了财；接着跟随老赵炒起了股票，那几年里格林先生的股票翻了好几倍，他发财了。

接着，他在工厂和铁路码头等交通企业投资，并争取加入上海总会。进入总会他可以结交外国领事和大班以及银行家们。可是上海总会不允许会员与外族人交往，他不被允许和中国女人结婚，甚至不能和中国人自由社交，总会会长明确告诉他，总会像一个家庭，不能是乌合之众。

格林先生答应上海总会，绝不和中国女人结婚。他那时仍然爱金玉，他在上海没有亲人，金玉给他归宿感。但他明白，只要不把金玉带去社交场合，没人会来干预，这是公开的秘密，其他英国人也有中国情妇。

金玉支持他加入上海总会，认为这是一种社会地位，可以给他增光。她深谙白人世界规则，也曾告诉明玉，她不指望格林先生娶她。

娶一位英国妻子，也是他进入上海总会的砝码。格林先生匆忙走进婚姻，买了外滩豪宅作为婚房。他如愿以偿，终于被上海总会接纳，进而成了工部局董事。

格林先生的婚姻却不幸，他的英国妻子是同性恋。他在天主教家庭长大，对同性恋这个群体几无了解。新婚时，妻子的性冷淡让他郁闷，以为她跟他一样，都是在保守的英国文化中浸润成长，对肉体欢愉有抵触。他带妻子吃大餐看美国电影去夜总会，他以为，比伦敦还要时髦的上海将打开他妻子的眼界和头脑。

然而夜晚的婚床成了他和妻子的噩梦。他们结婚时妻子已经怀孕，生完孩子，她告诉他，她厌恶性行为，他不得不放弃婚内性生活。

他去妓院解决性欲。为了在上海总会和工部局的地位，他得维持婚姻，毕竟这是一个表面看起来还挺体面的婚姻。他的妻子有艺术鉴赏力，是个古董收藏家，她帮他提升了生活品位。家里开派对，他的西方客人们对他家里墙上挂的画、博古架上摆放的古董赞不绝口。

他的可笑的婚姻再一次把他扔进孤独的黑屋子，就像他刚来上海，住在海关宿舍忍受的孤独。他开始怀念与金玉情投意合的日子。她是他年轻岁月的温暖回忆，陌生的异域因为她的陪伴而让他坚持下来，才有后来的成功。

自从在路上见到金玉后，他便去"大舞台"找她，他们开始秘密往来。

然后有一天，他撞见英国妻子与女友在他们的卧房做爱，再不离婚，连这个英国妻子都看他不起。

与英国妻子离婚后，格林先生让金玉和他们的儿子搬去他的外滩住宅。倔强的金玉不肯搬家，她认为，等他找到合适的白种女人，他还会结婚，将再一次让她从他的生活里消失。

直到他和金玉订婚，金玉才带着儿子搬去外滩格林先生的住所，这成了格林先生的丑闻。年底的工部局票选，他失去选票，不得不让出工部局董事席位。对于上海总会，他也违背了自己的诺言——绝不和中国人通婚，而被上海总会除名。

事实上，离开工部局和上海总会，并不完全因为和金玉的关系。那一阵国际形势越来越动荡，上海总会和工部局内部的西方人代表各自国家利益，政治关系复杂，格林先生无所适从，他想做回纯粹的商人。

他希望可以自由地过自己想过的日子，他失败的婚姻也让他醒悟，人生是自己的，不能为那些规则牺牲自己的快乐。在他打算和金玉结婚时，他们的孩子戴维·格林遭到绑架。

百万美金价值的鸦片被他中途拦劫，青帮要来清算的。早些年他为金玉已经和青帮结下梁子。那时候，金玉是歌女，需要向青帮交保护费，同时她是青帮某个头目的应召女郎。认识格林先生以后，金玉不再交保护费，当然也和青帮头目翻脸了。直到格林先生失去社会地位，不再是赫赫有名的上海大班，青帮才来报复。

金玉后来说，她命里不该有婚姻，订了婚，还没有来得及结婚，就出了祸事。小格林虽然回家了，她却性情大变。他以为她无法原谅他当时的错误决定，却不知她遭受失去孩子的巨大恐惧、被青帮的侮辱，仿佛一场重疾，落下病根。他们俩都是这场灾祸的受害者，却无法沟通，渐行渐远。

"我和两个孩子关系都疏远，金玉一直认为我更宠爱和英国前妻生的孩子，英国前妻认为我只关心和金玉生的儿子，其实，都不是。只能说，我在做父亲方面很失败，我没有得到他们的信任。"

明玉的安静，令格林先生有倾吐欲望。

"最近两天还是没有他的消息吗？"

"还没有。只有发生什么坏事，他才会主动找我，所以，没有消息就是好消息。"

明玉点点头，心里的焦虑并没有流露。

"戴维快二十岁了，是成年人，我不能干预他。我暗暗希望他已经回英国。还有一年他就毕业了，他自己知道文凭在英国的重要性，没有好文凭就没有好工作，在这方面他倒很像他母亲，比较实际。"

明玉欲言又止。

"喔，我想跟你道个歉，那天，美玉没有礼貌。"

"对不起，格林先生，"美玉的名字让明玉一股怒气升腾，"有些话说出来，可能你会不想听，但如果不告诉你，我对不起金玉。"

明玉尽量把话说得平静，格林先生询问地看着她。

"听说，金玉去世前一个礼拜，美玉的外婆突然在家昏迷，是她打电话给救护车。"

明玉停下来，看看格林先生的反应，他却一脸茫然。

"我记得你告诉我，金玉去世那天，美玉在她身边，是美玉电话你，等你赶到时，金玉已经没气了。当时我问你，为什么美玉不把她送去医院，你告诉我，美玉说她不知道怎么打电话给医院，她只有你家电话。"

"你想说什么？"

格林皱起眉头，他不是不高兴，而是不解。

"我想说，美玉耽误了金玉，她应该直接打电话给医院。"

"她不知道医院电话，很多中国人遇到这种事，只会找家里人。"

"她外婆突然昏迷，是她打电话给医院的！"

"这个，你怎么知道？"

"我以前不知道，后来碰到戏班子小姐妹，是她们无意中说起。"

"这跟金玉的事有什么关系？"

明玉心头火起，格林先生好像突然听不懂上海话。

"金玉当时昏迷，她应该立刻打电话给医院叫救护车，而不是电话你，等你赶过去已经晚了。"

"即使她当时做错了，或者说，她当时的决定不够聪明，我也没有权利怪罪她。"

"她不是不够聪明，她很聪明，聪明过分，这是坏，知道吗？"

"这是你的看法，不是我的看法！"

格林先生"霍"地起身，明玉却没动，这个反应在她意料之中。

"金玉的事过去三年，很难追究，我只是担心你受她骗，美玉在社会上关系复杂，她和青帮某个头不是一般的关系。"

提到青帮，格林先生一怔。他站立片刻，才拿起帽子。

"谢谢你提醒，我还有事告辞了。走前我也要告诉你我的想法，我知道你会站在金玉立场，反对我和其他中国女人结婚……"

"我没有资格反对！"明玉打断他，"美玉不是其他中国女人，是我们戏班子的女人，她的品行有问题，结婚是大事，要是她卷进黑社会，会给你带来麻烦。"

明玉担心美玉嫁与格林先生，就像担心一只白蚁进入房子地基，某种邪恶也会进入这个家，不仅给格林先生带去麻烦，也会影响小格林的人生，至少她将侵害小格林的利益。

格林先生离开时不太开心，不完全生明玉的气，而是有些沉重。明玉相信，她的一番话会给他带去影响。就像家祥说的，尽管没有证据让他相信什么，但有些话会在他心里留下阴影，会影响他原先的判断。

想到家祥，一股热流在身体里滚动，她不明白自己为何变得不平静，他们平静相处的日子已经不短了，从哪一天开始对他动情了？

她有些害怕自己心情动荡，假如他那边无动于衷？是的，她认为自己配不上家祥：十七岁之前的人生太低贱，又做了他人多年姨太太，过往是无法擦去的，自己应该知道分寸，不要靠近不属于自己的地盘。她从家祥的视角看自己：理性谨慎，懂人情世故，给男人安全感，可靠的朋友。没错，她得自己去收拾已经开始跨越边界的感情了。

她为自己悲哀，到中年才开始有爱的渴望和感受力。年轻时感情是麻木的，在生存路上慌不择食，对爱情没有想象力。和李桑农之间，是向往他带来的新世界，是与抽象的非个人的理念结合的气氛，其中不包含身体的欲念。他被她吸引，或者说互相吸引，彼此并无了解，是印象式的美好图景，看起来很灿烂，其实很虚幻，说没就没了。年近三十才动情，那情是从身体深处长出来的，不到一定时候，是不肯冒头的，一旦冒出来，就难遏止了！是否像老话形容的，老房子失火，一发不可收拾了呢？

明玉要是去思虑和宋家祥的关系，心情会消沉。

二十六

奇怪的是,这些日子,天天大晴天,金玉的幽灵没有出现。明玉怀疑,"幽灵"是自己想象出来的。

中午,心莲带着一群女同学来"小富春"吃俄式简餐。女孩子们穿着校服——银灰蓝的素色棉袍,黑鞋白袜,不一样的身材,或纤弱或婴儿肥。青春便是美,走进店里,宛若携带彩虹,整个店堂都亮起来。客人们的目光追随她们,眸子被少女们照亮。经理把她们带进简餐厅,小小的简餐厅立刻显得很满,充满热能。

看到白俄侍者讲有口音的上海话,年轻女孩都笑了。她们七嘴八舌与他对话,阵阵欢笑声。"小富春"的简餐厅像在开派对,笑声吸引明玉的注意。

明玉走进简餐厅,才发现心莲。

心莲见到明玉,一边和明玉招呼,一边对她的同学介绍连带炫耀。

"她是明玉姐姐,这家店老板娘,好美,是不是?是不是?"

女学生们发出一片赞叹,惊喜的目光紧紧盯着明玉。这天的明玉,穿黑白细条西式毛料套装,西装修身,卡腰窄袖,内衬白色高领羊毛衫。穿汉装的女孩们像面对时装界模特一样,崇拜的目光。

明玉面对少女们,心情也像天气一样晴朗。她朝她们微笑,而平时,在自己店里,她从来不笑,让人敬而远之,也因此阻止了一些男性客人的轻薄。

"明玉姐姐上次带给我的炸猪排、土豆沙拉还有罗宋汤,太好吃了!跟同学们一说,她们都要来吃!重要的是,让她们看看我画的偶像和真人的差距,"心莲转向女生们问道,"怎么样?"

她们便捂嘴笑,一个胆大的女孩评论说:

"差距有点大,你只画出眉眼,没有画出气质……"

于是又是一片笑声。她们的年轻和无忧无虑让明玉涌起羡慕和嫉妒。

此时她们的套餐都已经上齐,她们贪婪地盯着面前的餐盘,却又不好意思当着明玉面动刀叉。

"炸猪排要趁热吃,吃完再聊。"

明玉也急于离开,招呼完她们便从简餐厅走回大厅。接着她又被其他熟客喊住,一圈客人应酬下来,才坐回办公室,经理进来告诉她:

"你的朋友等在外面,实在腾不出位子了。"

餐厅玄关有一排等位的椅子,坐着李桑农和他的两位朋友。明玉便去和李桑农打招呼。

"以后,你预先电话我,我给你留位。"

说话间,侍应生给他们端来茶水。

"没事,我们路过,听说有吃俄式简餐。"

李桑农意味不明地一笑。他这天带来的朋友也是一对男女,年龄也在二十五六岁,穿着考究,男人西装领带皮鞋锃亮外套黑呢大衣；女人穿麻葛面料铁锈色暗花旗袍配中跟皮鞋，厚厚的海芙绒大衣。像中上阶层的已婚夫妇。

明玉想起李桑农的另一对年轻朋友，他们后来没有再来。明玉现在有些后悔，当时斩钉截铁阻止他们日后来蹭饭的表态，是否太"商人"了？

他们说话间，女孩们已经吃完从简餐间出来。

心莲看到李桑农愣了一下，她吃惊的表情被明玉看到。心莲与明玉对到目光，于是明玉趁着送客走到心莲身边，她看出心莲有话说。

"明玉姐姐，你也认识他？这个人我看到过两次，有一次是和那位混血儿一起，我们三人坐一部电梯，他们两人是认识的，等电梯时他们在交谈，见我过来，就不说了。我当时觉得有些奇怪，所以便记住他了。"

"这是什么时候的事？"

"前一阵，也有几个礼拜了。"

明玉心算一下，是自己遇到小格林之前的事了。

"明玉姐姐，拜托你为我介绍一下，通过这位叔叔可以认识混血儿，我很想让混血儿做我模特儿。"

明玉收起笑容，神情严肃了。

"心莲，记得你住进来时，我有过关照，不要和楼里的人有往来，尤其是单身男人，很不安全！"

心莲一惊，原本带点儿玩笑，此时被明玉提醒，才意识到自己有些轻浮，脸红了。

尴尬时，经理来请明玉接电话，明玉很快又微微一笑，朝心莲和她的同学们招招手进店了。

李桑农他们是中午最后一批客人，明玉打完电话，在办公室忙了一阵，估计他们这边已经吃得差不多，她才去见他们。

李桑农指着他的这对朋友问明玉：

"还记得他们吗？"

"刚才人多嘴杂，还没有听见你介绍呢！"

"上两个星期刚来过，你忘记了？"

李桑农得意地笑起来。

"要是来过，我不可能忘记。"

明玉的回答令这对男女和李桑农一起大笑，看到女人笑时露出有宽缝的门牙时，明玉就认出来他们了，她笑着直点头。

"换了衣服和发型，我完全认不出了，还在想，你怎么又带一对差不多年龄的朋友？"

"饭店老板娘应该是记性最好的人，连你都认不出，他们的换装很成功。"

李桑农不无自负，笑声更响。

餐厅客人已经走空，李桑农的这对朋友也先离去了，李桑农好似有话跟她说。她吩咐侍应生给李桑农泡了一杯绿茶，拿来一包老刀牌香烟。她注意到上次在门口说话的一会儿工夫，李桑农就抽了两根烟。

李桑农也没有推辞，打开香烟壳子，抽出一根烟，欲给明玉点烟，她摇摇头。

"我不抽香烟，以前生过肺病。"

"喔，那我不抽了，呛到你不好。"他关上打火机盖子，把含在嘴里未点燃的烟放回烟盒，"现在身体还好吗？"

他问道，声音和目光突然变得温和，甚至带了点温情。

"恢复得不错，谢谢你！"

那声问候和目光，让明玉心里起了一阵涟漪。她提高声调，改变话题。

"小格林有消息吗？他的枪伤好了吗？"

"没有他的消息。"李桑农的语气瞬间无情，"他已经完成任务，报纸做了报道，一个前上海大班的儿子，也加入反对列强的游行，是最有力的宣传。"

明玉一时无语。

"对了，你说找我有事？"

"有些秘密应该让你知道！"

明玉一阵心跳。

"什么秘密？"

"刚才那对朋友，并不是夫妻也不是情人，他们是同志关系，是共产党员，地下工作需要他们装扮成夫妻。"

他为什么轻易向我透露这些秘密，不是前几天还说，国民党政府在抓捕共产党？

"这些事你不应该让我知道。"

明玉不悦，她对共产党没有偏见。碍于亡夫是国民党，她不想参与政党之间的复杂关系。

"告诉你，说明我们信任你！"

我们？她一阵心跳，没有接他的话。

"你把饭店经营得这么好，说明你有能力，是可以为地下党做些事……"

"我做小生意，不想卷入政治活动。"

"你以前很追求进步，你身上有一种很纯真的本质，因为你也是穷苦人出身，你应该支持帮助穷人翻身的共产党。你丈夫虽然出身商人家庭，但他有理想有追求，作为国民党元老，也曾经和共产党合作，为推翻帝国主义作斗争。"

"你也知道我丈夫去世好几年，我出身穷人家庭，知道贫穷可怕，所以我首先要靠自己挣生活费，我的饭店也给其他穷人一份工作……"

"你的朋友在影响你。"

"我的朋友？"

"那位开印刷厂的宋先生。"

明玉一惊，询问地看着李桑农。

"他也说过这句话，他说，我是个生意人，不想卷入政治活动。"

"做小生意的人都有这种想法，生意倒闭要饿肚子，职业革命家应该理解生意人的难处。"

后面一句话,明玉是在心里说。她承认自己变了,人不可能一直年轻。她跟丈夫不同,他可以一边吃家产一边革命,以至去世时,属于他的那份家产也消耗得差不多了。她要活得体面,得靠自己挣钱。衣食无忧时,她也愿意去参加社会活动。

"他可能不想惹麻烦,不想让自己的印刷厂倒闭。"

"大家都这样想,中国怎么会进步呢?"

这句话让明玉心里有愧,轻声道:

"饭店要是利润好,我可以再捐一些钱,其实现在还是在持平阶段,前期的投资还没有收回。"

"有钱出钱,有力出力,你有饭店挺好……"李桑农打量四周,颇有意味道,"有时候我们可能需要地方商量事情。"

"你们来吃饭,是顾客,我不管的,但是不要告诉我你们为什么来吃饭。"

明玉只能这么暗示,她内心是同情李桑农所奉献的理想,但饭店安全于她是第一位的。

"你知道,饭店是公共场所,各种身份的客人都有,也会有国民政府耳目,你也知道他们明察暗访厉害。"

"是啊,耳目很多,据说军统地区负责人经常出入俄国人餐厅。"

她一惊,因为她正想说,也许去白俄人的餐厅更安全。

"我知道你们楼上有包房……"

李桑农直视她的眼睛,她笑笑。

"是的,如果你们来订包房,我们不会拒绝。"

"有你这句话我就放心了。"

李桑农点点头,神情严肃,目光透着冷冽。

"希望今天我们之间说的话对任何人都保密,包括你的朋友宋先生,现在我们已经在一条船上,泄漏出去会给你带来危险。"

明玉又一惊,她笑笑,装作不在意。

"我想我已经表过态,不参与政治,你们来吃饭,是顾客,我当然欢迎,其他我都不想知道。"

"可是,你已经知道我们的身份,从政府角度看,你是知情不报!"

"喔,有这么严重吗?"明玉笑问,心里非常压抑,话语也带刺了,"我们之间说话,没人听到,关于你们的身份,我完全可以不知道。"

"我只是把政治斗争的残酷性告诉你。"

明玉不响。她迷茫地看着李桑农。

"为什么非要把我推到危险的境地,我一个开饭店的小百姓,给自己挣口粮,只想过太平日子……"

"是敌人不想让你过太平日子,中国形势会越来越糟糕。日本不再是你我印象中那个开明的意气风发的国家,它膨胀了!自大了!开始走上邪路了!要是你关心时事的话,你应该知道东三省情势紧张,日本关东军在挑衅中国东北军,战争一触即发,只怕整个中国将被拖入灾难。"

他的这番话令她心情更加沉重。

"其实,我们当年以为的意气风发,正是它自我感觉太好变得膨胀的时候,这些年来,日本的扩张野心更加赤裸裸,露出丑恶的面貌。"

这时候的李桑农又有了他独特的感召力。

李桑农走后,她在自己办公室发了一阵呆,他总是给她带来震荡,虽然如今更多是压力。

然而,刚才他瞬间表现的温情竟仍然令她心动。

她为此更加郁闷,她知道他是不能靠近的。

小格林现在去向不明,她想着要托家祥去找侦探了。

二十七

鸿鸿的麻疹虽已痊愈,生病后更娇气了,她答应儿子早些回家。

她家的楼房门口簇拥着几个白俄邻居,楼里传来哭闹声。

一楼的房门虚掩,是玛莎家的哭闹声。今天是星期二,怎么会那么热闹?

房间里的人在扔东西,尖利刺耳的器皿破碎声。玛莎在哭,马克在吼,阿小在劝。朵朵和鸿鸿站在楼梯口一脸兴奋,鸿鸿有样学样,吐出一串串俄语粗话。

明玉关照朵朵把鸿鸿带回房间,朵朵很想看热闹,但妈妈的话是不能不听的。鸿鸿并不怕妈妈,他害怕姐姐拉他耳朵。

明玉推开玛莎家虚掩的房门,里面何止狼藉,玛莎和丈夫扭在一起,阿小无法扯开他俩。

明玉进门,和阿小一起先把马克推开,她把玛莎带到她家亭子间。阿小不用吩咐,去明玉的卧室给鸿鸿脱衣上床。

"他居然……居然在外面给娜佳包旅馆,契卡也有份……"

明玉听糊涂了。

"这么说,娜佳活得好好的?"

明玉的问题悬在空气里,因为楼下的房门"砰"的一声,马克出门了,玛莎要去追他。

"不用追,他会回来的!"

明玉镇静的语气止住了玛莎,她递给玛莎一杯温水,等着她冷静下来。

有人上楼,亭子间的门开着,可以看见是契卡。玛莎眨眼间冲到门外,一把抓住契卡胸前衣领,这怒气是有多么汹涌,让明玉一时看呆。

玛莎嘴里吐出一串串俄语,激愤时人们通常只说母语。

契卡有些慌张,很快又平静了,现在轮到他说话,明玉才发现契卡说俄语时语速飞快,胸有成竹,仿佛一个内向的人突然奔放多话。

玛莎的怒气在契卡的叙述中渐渐转为疑惑,然后,她问他答,虽然听不懂他们的对话,但语态明玉还能看懂。

玛莎和契卡仍然站在亭子间门口的楼梯转弯处说话,此时显然没有明玉的事了,明玉上卧室去替换阿小。

把玛莎带到楼上是为了劝架,明玉不想知道玛莎他们的纠纷。白天与李桑农的一番谈话让她满腹心事,只想一个人静一静。

对付鸿鸿睡觉是件麻烦事,她进房间只见阿小正使劲把鸿鸿按在床上,小男孩双腿蹬着被子。朵朵也已经上床,正在看书,只要阿小在,她完全可以将弟弟的吵闹置于度外。

见到妈妈进屋,鸿鸿才安静下来。

阿小正迫不及待要把玛莎屋里发生的事告诉明玉。

"他们是为娜佳吵!"

"娜佳为什么不回家,去住旅馆?"

"娜佳的确得罪了罗宋黑帮,是他们开的枪,好在伤不重,打在大腿外侧,没伤到骨头。她自己家也回不去了,二房东是罗宋人,不想得罪罗宋黑帮,那间房租给了另一家罗宋人。她的旅馆费用是马克和契卡给她付。玛莎怀疑他们和她有一腿。"

"喔,她至少安全了。"明玉倒是为娜佳松了一口气,"玛莎多心了吧,他们都是娜佳的长辈。"

"我看玛莎发火大半是马克为娜佳花钱。"

阿小冷笑,有点幸灾乐祸。

"娜佳也不能一直住旅馆。要对付白俄黑帮很简单,付钱给青帮,让他们保护她。"

"以前青帮是她靠山,她要是不去夜总会,青帮不会帮她,她现在在养伤。"

"如果玛莎心痛马克为娜佳付钱,不如把娜佳接到自己家养伤。"

"那倒是好主意,玛莎最怕寂寞,不过,要是娜佳住过来,我们的浴间时时刻刻要锁。"

"锁也没有用,契卡可以给她钥匙。"

"你提醒我了,说不定前两天娜佳来过,她来洗澡了。"

"那么,深更半夜飘过弄堂的,不是鬼,是娜佳?"

明玉问阿小。阿小一愣,但她马上又指正。

"娜佳不是在旅馆吗?为什么深更半夜跑来洗澡?"

"那种小旅馆没有浴室,她又不想让玛莎和我们知道,所以晚上过来。"

然而,阿小宁愿相信那个女人是鬼。

"她身上有伤不能洗澡。"

明玉想想也对。她虽然这么推测,心里将信将疑,包括娜佳住旅馆的理由也不过是她的一种说辞。

隔了一天,阿小又带来消息。

"娜佳好像参加了一个组织,这个组织都是俄国人,他们想离开上海,回他们的国家。"

"什么组织?"

阿小摇着头,她也说不清。

和归国有关的组织?明玉觉得耳熟,她想起来,曾经从报上读到过一则新闻,是关于一个刚成立不久的白俄人俱乐部,这个俱乐部的口号是:回到祖国去。

这是个政治性组织,娜佳怎么会参与到他们中间呢?据报道,俱乐部成员都很年轻,是在流亡中长大的一代。再一想,娜佳不就是他们中间的一分子?她八岁跟随母亲来到中国,然后成了孤儿。

渴望回母国,是孤儿们的情感寄托吧?明玉对娜佳陡生同情,她并不是个只爱钱的夜总会女郎。

"这件事玛莎怎么说?"

明玉问道,阿小便拍着自己的脑袋,"我终于搞清楚,玛莎不是因为吃醋和马克吵,是因为马克也想回国,玛莎坚决不同意,她说，她绝对不回去，死也要死在上海！说马克回去是在找死。"

"奇怪了，前两天玛莎还说她不喜欢上海，说上海是马克的上海，马克喜欢上海的夜生活。"

"玛莎说她不喜欢上海，是因为马克在上海变坏了。她说上海是她第二个家乡，她回去会被杀头，因为她家是有钱人。马克的家不是有钱人，但是他跟有钱人结婚，也是敌人，所以他也会被惩罚，坐牢杀头都有可能。玛莎说他不应该受娜佳影响，娜佳太年轻，不懂事，马克今年四十八岁，他年纪难道活到狗身上了？"

阿小鹦鹉学舌般地学玛莎的口音，明玉便笑了。

她得找玛莎聊一下。

早晨明玉去饭店时，玛莎还未起床。下午，明玉抽空直接从饭店去霞飞路上玛莎的珠宝店找她，这一路过去十分钟都不到。

玛莎的珠宝店只有一间门面，十五平米左右，L型的柜台。玛莎的父亲年轻时是珠宝匠人，后来做起珠宝生意。玛莎流亡中国时带出一些珠宝，并从俄国同胞那里低价收购不少家传珍宝。因此，她的珠宝店是卖二手珠宝和首饰，有古董价值，当地殷实的上海本地人家，喜欢她的古典珠宝。

柜台内一角有个小小的工作台，马克在珠宝店负责珠宝加工。因此这张工作台的桌面包有薄铁皮，桌子边缘高出桌面，桌子上方的墙上有铁制挂钩，可以悬挂工具。桌上和墙上mini（迷你）尺寸的工具琳琅满目，包括各种型号的锉刀、锯子、钳子、锤子以及焊具等，还有一些工具明玉看不懂，满满升起对于马克手艺的敬意。

马克年轻时是玛莎父亲的学生，从制作匠人开始，然后到学校进修设计。和玛莎恋爱时，马克赠予她的珠宝是他自己设计制作的，玛莎的订婚戒指、项链和挂件都是马克精心创作的珠宝作品。年轻时的马克是用他的才华捕获玛莎的心。

在上海开珠宝店，马克便顺势做起戒指项链等首饰的加工业务。上海小康人家女孩赶时髦，嫌母亲传给的项链戒指太老式，又不能任性去买自己中意的昂贵首饰，便来找马克修改，把样子过时的首饰改成流行样式。马克的珠宝加工，是玛莎珠宝店不可缺少的进项。

刚过中午，店里没有客人。本来明玉想约玛莎去隔壁的小咖啡馆坐一会儿。马克不在店里，玛莎走不开。

玛莎请明玉坐在珠宝店喝咖啡。虽然店堂小，竟然还能在靠里的角落放一张小圆桌，两把椅子，桌子的上方有一盏灯，桌上小花瓶插了两枝康乃馨。显然，这桌椅是为客人准备的，让他们在购买首饰时，有从容的时间鉴赏审视。

玛莎请明玉在客人椅子上坐下，她去准备咖啡。明玉才发现工作台旁边有个凹进去的暗间，有洗水瓷盆和小小的料理台，放着咖啡壶、咖啡杯等器皿。呵，俄国人就是比中国人懂生活，明玉暗想。

她虽然多次经过玛莎的店，却是第一次进到里面。

店堂虽小，玛莎还是作了装饰。墙上挂了几帧小幅的俄罗斯风景照片，小圆桌上、马克的工作台这面墙，挂着马克的《珠宝鉴定师》和《首饰设计师》证书，证书镶嵌在精致的镜框里，上面是花体俄文和英文字。

玛莎用托盘托出两人的咖啡，小小的咖啡杯有托碟，碟上有两小块曲奇饼干，糖罐里有方糖。

明玉笑说："这咖啡喝得讲究。"

玛莎问："什么叫讲究？"

还真不好回答。明玉想了想才答："就是……哪怕是一件很小的事也要认真做。"

玛莎似懂非懂点点头，"做生意不能马虎。"

明玉笑笑转了话题。

"马克去哪里了？"

"回家去睡午觉，昨晚上没有睡。"

吵架是前晚的事，昨天晚上并没有听见他们在吵。

"昨天晚上，他在外面喝酒，很晚回来。我跟他好好地聊了一下，最近，他的脑子有问题。"

"喔？"

"他这么大年纪，却听娜佳瞎吹吹，瞒着我参加一个俱乐部。一群想回国的人，常常聚在一起开会，研究来研究去，研究苏联，有什么用？我们在外面，不晓得里面的事。他每天回家很晚，还以为他找女人，其实，还不如去找女人。"

玛莎的蓝眸有了怒意。可是，明玉却对娜佳刮目相看，无论回国对不对,反正,她不再是那个不择手段赚钱的脱衣舞女。

"娜佳现在在哪里?"

"他们不肯告诉我,躲在小旅馆,有人要弄死她!"

"为什么?"

"俄国人里面,有人非常恨这个俱乐部,他们找黑帮破坏这个俱乐部,娜佳太积极了……"

那么,娜佳是为俱乐部的事被俄帮报复?明玉思忖。

"我昨天非常耐心,不跟马克发火,我慢慢地说给他听,很多事情他可以忘记,我忘不了,红军胜利后,父亲为了不连累我,自杀了……"

明玉很震动,像玛莎这种富裕家庭因为政权更替,而家破人亡,和她从小因贫困而颠沛流离相比,是更加残酷的打击,这是天堂到地狱的可怕落差。

"我也有责任,关心马克太少,我才知道男人比女人更想家,想他长大的地方,想看到他熟悉的邻居。马克觉得寂寞,他不是真的想回国,他去那个俱乐部,是去找他的乡亲……你知道,斯拉夫男人,没法离开故乡……"

明玉并不了解斯拉夫男人。她想说,我们在自己国家也一样觉得寂寞,假如本来是朋友,却因为政治主张不同成了敌人……

这些话要跟玛莎解释清楚并不容易,明玉的心情被另一个更实际的思虑转移:娜佳被枪击,看来与小格林的事之间并没有直接关系。她稍稍放下心了。

可转念一想，事情并非这么简单。在她的人生经历中，往往在你以为没有事的时候，事情就发生了。

"契卡呢？契卡怎么说？"

"契卡是不会走的，他还在等他的太太和女儿……"

"以为他已经放弃等……"

明玉想到契卡周末晚上常常玩通宵，清晨才回家。

"契卡有时候会找其他女人，年轻漂亮的女人，男人都喜欢，他也喜欢娜佳，但不一样。他说，没办法跟其他女人成家，要是太太和女儿突然回来了怎么办？"

"娜佳也在说服契卡吗？"

"对，她用那套苏联政府的宣传，是苏联领馆在宣传，只有他们年轻人相信，说什么红军原谅了白军，不会找他们算账。契卡怎么肯相信呢？好容易逃出来，回去才傻呢！"

"你觉得娜佳真的会回去吗？"

"难说，要看她身边的朋友，她其实很容易受人影响，也许在俱乐部里找到了爱情，有人说她有男朋友了，是俱乐部的头儿。"

喔，这信息太重要了！小格林跟娜佳应该没有关系了，那么，他去哪里了？潜藏的危险到底是什么？看来，必须雇侦探找到他。

回到店里，她立刻电话家祥，约了见面时间。

这晚，明玉在回家路上，想着白天玛莎说的话，她很难判断俄国人到底该不该回国，却第一次深切地同情起娜佳，她的母亲是在东北去世的，东北是她的伤心地。她美好的童年留在自己的国家，所以她想回国。

明玉也为玛莎忧伤，她看起来很坚强，甚至有些没心没肺，但讲到父亲时她的蓝眸布满阴霾，变成了灰色，她这辈子是不可能回去了。

明玉想到自己的家，自从母亲去世，她不再给家里寄钱，也从不回家探望，她的童年不堪回首。她没有离开故土，可内心跟这些流亡者一样空虚，比他们更空虚，她连"回去"的念想都没有。她跟这些白俄一样，像无根的浮萍随波逐流，跟着生存走。

二十八

明玉执意请宋家祥吃西餐，餐店也是她选。就在霞飞路690号，是白俄的"茹可夫餐厅"。明玉没有选更有名气的"特卡琴科兄弟"咖啡餐厅，这家餐厅与"茹可夫餐厅"几步之遥，是上海第一家花园餐厅，也是霞飞路上最大的欧式餐厅。晚餐时间，能看见全副戎装的前沙皇军官在等位，门口却躺着俄国乞丐。

明玉认为太有名的餐店，对于宋家祥已没有任何惊喜。

"茹可夫餐厅"才开张不久。明玉是通过她饭店的侍应生鲍里斯获知，这家餐厅特殊的广告方式——用菜单做广告。茹可夫是老板名字，由于他每天在俄文报纸《上海柴拉报》刊登当天菜单，并接受电话订座订餐，在白俄人群中有知名度。她相信，自信到在报上发布菜单的程度，这菜肴一定有饭店特色。

鲍里斯在《上海柴拉报》上看到茹可夫的菜单，涌起乡愁，他拿来报纸给明玉翻译，更像是借此抒发内心的感触，店里只有老板娘懂他。

鲍里斯告诉明玉，茹可夫菜单里有俄罗斯的传统家乡菜，他家的厨师是乌克兰人，而红菜汤来自乌克兰，所以，他家的红菜汤最道地。此外还供应俄罗斯腌鱼、肉冻和抓饭，都是平价菜。

鲍里斯带妻子和孩子去茹可夫餐厅吃过一次。鲍里斯成长于白俄的中产家庭，年少时，每个周末，父母带他和哥哥去餐厅晚餐。

鲍里斯说,上饭店消费远不是他现在的生活方式,但他实在是被茹可夫在俄文报上刊登的家乡菜单给引诱了,他也想让中国妻子尝尝他的家乡菜。

鲍里斯让明玉记住了茹可夫餐厅,他对传统家乡菜那份向往中的伤感尤其打动明玉,她想着找机会去那家餐厅吃一顿正宗的俄国大餐。他家的主菜在鲍里斯的解说下,听起来很下功夫,是高档菜,鲍里斯说他吃不起。因此,明玉才有信心请宋家祥去茹可夫餐厅。

这天的菜单,明玉已经预先从《上海柴拉报》的早报版面获知,当然是通过鲍里斯的翻译。有红菜汤和酸黄瓜汤;前菜有小牛舌头、鱼肉冻、什锦蔬菜;主菜有烤鲟鱼(在鱼子酱汁和蔬菜中烤整条鲟鱼)、羊腿(用蔬菜填塞羊腿,配咸菜)、填馅鸭子。有不同的鱼子酱,包括鲑鱼子酱、黑鱼子酱、鲟鱼子酱等。

宋家祥爱美食,口味的接受度很广。

这天是明玉的大生日,她三十岁了。她以前几乎不过生日,三十岁的生日,也没有打算特意庆贺。她觉得自己生命渺小到不值得庆贺,这一路过来好像一直在爬坡,多是艰辛和疲累。她对自己也有很多失望,年轻时有过的愿望成了空想,常常觉得自己辜负了在日本的读书时光。

选在这天,只能说是巧合。她对自己的借口是正好要找家祥谈小格林的事。她通过报纸的广告栏,看到有不止一家私家侦探社。找哪家侦探社、如何和侦探谈,她希望听听家祥的意见,顶好由他出面找侦探。她担心自己上门，侦探会对她有各种误解。

聊这类事原本没有必要专门去西餐馆。吃大餐的事，家祥提过几次，她记在心里，却总是腾不出时间。这些日子，夜里总是很难入睡，睡不着时，便会回想与家祥相处的细节，身体就湿润了。她在自慰中，进入浅睡，半梦中的高潮似乎比真实的高潮还强烈。

最近两次，和家祥见面都是她提出。思虑他俩的关系，明玉有困惑，为何他们的往来如此谨慎？她已经回到单身，也不住在小镇，没有人会在意他们的关系。问题仍然是在家祥，也许他更喜欢他们之间这种若即若离的关系。

这种关系不能深入去想，因为无法想通。明明两人之间可以畅所欲言，对彼此的身体也已经这么熟悉。他是她儿子的父亲，她却无法告知。没有人知道这件事，也没有人阻拦她把这件事告诉家祥。她迈不出这一步，她是担心家祥因此和她疏远，他说过不止一次，他不要家庭，更不要孩子，他负不起父亲的责任。

冬天，家祥的行头更考究。他走进餐厅脱下藏青呢大衣交给侍者，身着浅灰色法兰绒西装，配红黑条纹领带。喔，太隆重了！看到他的第一眼，明玉有惊艳感。家祥是美男子哟！她好像第一次发现。当他出现在店堂时，四周的白俄客人黯淡下去了。明玉竟有些自愧不如，他身边应该站一位美丽时髦的年轻女郎。

"没想到你……穿得……这么考究！"

她其实想说，今天的他特别英俊。

"平时的晚上好像都不属于你。第一次和你晚上出来，所以今晚要好好珍惜。"

明玉的脸都涨红了。

等餐时,家祥拿出一件礼物,一枚精致的翡翠蝴蝶胸针,用贵金属为底托,在翡翠周边镶嵌碎钻和彩色宝石。

"明玉,祝你生日快乐!"

明玉太吃惊了!

"你怎么知道?瞒你真难!"

"我想,今天一个平常日子,你执意要请我,那一定是个特殊日子,想想你不会在其他事情上出花头,那就是生日了。"

明玉抿嘴笑直摇头。

"太为难我了。"

"明玉,"家祥这声呼唤竟让明玉起了一身鸡皮疙瘩,"我们认识这么些年,我还从来没有机会送你什么。"

明玉轻轻叹息一声,为他的周到,为自己难以拒绝他特地准备的礼物。

"这枚胸针是专为你平时爱穿的深色西装配的,东挑西挑,终于找到合适的。"

家祥为她的生日准备礼物的确花了心思,礼物不能重,不给她负担,又要让她喜欢。不过,要是他知道今天是明玉的大生日,他大概会后悔这礼物又太轻了。他们之间并未交流过确切的年龄。明玉脸上肤色光滑,容貌年轻,看起来未过三十;但以她的理性和城府,应该不会太年轻,可能已过三十。

今天晚上明玉的黑呢大衣里面是一件枣红色薄呢旗袍，她的旗袍是为出客准备。她平时不爱穿旗袍，太束缚了，必须正襟危坐。她太忙，开饭店要帮忙做杂事，生活中属于手脚不停的人。旗袍好像是为在家享福的太太们设计的。

明玉的衣服多是单色调，很容易配这款胸针，足见家祥很了解她的穿衣风格。

为了家祥的心意，明玉立刻佩戴胸针。翡翠主色调彩色蝴蝶造型和枣红旗袍格外相配。家祥欣赏的目光，令她忍不住站起身，说要去照一下镜子。

明玉欢喜的语调，她身上从未有过的天真气息，给了家祥"送对礼物"的成就感。

她站在餐厅局促的洗手间，对着半身镜子欣赏良久，好像第一次发现，一枚胸针可以给服装画龙点睛，甚至，她脸上肤色也亮起来。

明玉看见镜子里的自己，双眸突然盈满泪水，此时伤感如潮涌。她好像才意识到，自己作为女人，从未得到来自异性的礼物。

她不佩戴任何首饰。结婚时，他们在日本，丈夫忙着参加政治活动，没有心情关注个人生活。回国后，丈夫仍然在为他的事业奔波。她本人也没有这方面的奢望，能够嫁给赵鸿庆过衣食无忧的生活，已经很满足，满足到每天在感恩。首饰是奢侈品，即使赵鸿庆要买给她，她大概也会婉转拒绝。人生如履薄冰，不能太贪，只怕要得多，失去得也多。

事实上，她不是不明白，她未被丈夫用心对待。在日本，读了书开了眼界，她开始发现自己人生的巨大缺陷：她的人生没有爱，她生活在不平等的关系里，她更像是丈夫的丫头，而不是他的爱人。

此时得到礼物的一刻，这颗心也卸下了武装，曾被裹上盔甲的那块柔软的地方，有了疼痛。她以前的人生是为了活下去，是苟活。没有爱的人生，太可怜了。

明玉说她不懂西餐，要家祥帮她点菜。家祥说，我们不用分食，一起吃，除了汤以外。

明玉特地点了乌克兰红菜汤，家祥点了放酸奶油的酸黄瓜汤，他说，酸是俄式菜的一大特点。前菜是鱼肉冻，鱼子面包片，煎牛肉里脊配醋渍蘑菇。主菜的量大，两道足够：在鱼子酱汁和蔬菜中烤出来的整条鲟鱼，另一道是填了蔬菜的羊腿。

俄式菜在西餐中属味道浓烈，家祥说他喜欢，只要他喜欢就够了！明玉自己却食不知味，心情仍在动荡中。

这唯一一次的生日餐，她后来回想，竟想不起这些菜的滋味，也记不清餐店的环境，或者说，这家餐店和其他俄式餐店、她和家祥去过的那些咖啡馆西餐馆都变成模糊的背景，只有家祥本人的面容像一张占据整个屏幕的特写。

那晚，直到喝餐后咖啡时，他们才开始聊明玉关心的话题。明玉提起娜佳参加"归国俱乐部"一事，对此，家祥给予的信息更多，他阅读的英文报纸，报道得比较详细。

"驻上海的苏联领馆起了推动作用,为白俄们画了一幅苏维埃的美好图景,你说的归国俱乐部,可能就是'归国者联合会',会员人数好几百人。他们联名上书苏联政府,请求入籍回国,同意悔过自新。是的,据说入籍回国是要写悔过书的。"家祥"呵呵"冷笑,"可是老一代白俄,尤其是白俄有产者和白军军官,他们表示,宁愿投黄浦江而死,也不投降布尔什维克。"

"我的邻居玛莎就是这个态度,可是她的丈夫却想回国。"

"是的,这个联合会动摇了不少俄国人继续流亡的决心,'回到祖国'的口号对于年轻白俄,更有感染力,他们的童年在俄国度过,家境富裕无忧无虑。以后,跟着父母流浪,颠沛流离,家乡对于他们是童年的记忆,很多年以后,成了'幸福生活'的幻觉,这些年轻白俄的回国激情,正在削弱白俄反对苏维埃的阵营。"

家祥的这番议论,让明玉明白他同情流亡者。

她不会把李桑农议论他的话告诉他。

"这个联合会在法租界登记,但他们的活动被监视,白俄报纸也抨击这些'异党分子',一些沙皇坚定拥护者,已经开始用暴力去阻止……"

"你这一说,更加肯定,她是被自己的俄国同胞打枪的!所以,玛莎很担心娜佳,她说娜佳是组织者之一,她现在都不能回自己家,住在小旅馆……"

"是有生命危险,如果娜佳过于积极,成为他们的攻击目标。"

"没想到夜总会脱衣舞女成了政治活动家。"

明玉不无佩服。

"娜佳她们这些女孩子是这个社会受侮辱最深的一群人,沦落到卖身的地步,在俄国度过的那几年是她这一生中的天堂日子,她以为回苏联便能回到过去的好日子,"家祥直摇头,"她不懂,那里已经不是她的故乡。"

明玉对娜佳从佩服转为担心,家祥说得没错,从国内报纸也能得到这类信息:十月革命建立的苏俄政权,与沙皇以及拥护者的利益是根本敌对的,新政权清除异己非常无情。

"这么说来,小格林和她不是一个圈子的。"

"看起来是这样,不过他们在政治上激进的态度倒是一致的。"

话题便转到小格林。家祥说,先去打听一个可靠的侦探所,然后再想第二步。他让明玉去格林先生那里弄一张小格林的近照。

他们离开餐馆时,家祥突然说起自己的印刷厂。

"最近厂里有点不太平,有年轻工人背着我帮地下组织印传单。"

明玉吃惊地"喔"了一声。

"反对国民政府的后果是把我的厂关门。"

是否应该把李桑农的话告诉家祥,她皱紧眉尖思索着,"怎么办呢?"

"其实很简单,把捣乱的人开除就是了,我得亲自去查。"

"怎么查?"

"半夜去厂里看看。"

"让门卫去查吧!"

"怕他们串通。"

"假如真有这样的事,你也要谨慎处理。"

明玉突然就担心了。

宋家祥摇头叹息。

"我们这代人很倒霉,生在乱世,满清倒台后,也没有太平过!军阀混战刚刚结束,这一边在到处撒传单开地下会组织游行,那一边在培养特务到处抓人。我一向不问政治,可是政治会来找你,我知道厂里有地下党人,事情弄大了,我也跟着倒霉,我在考虑哪天干脆把印刷厂关了。"

"关厂以后……"

明玉吃惊,几乎接不上话。

"没事的,做回我老家本行,买卖丝绸的本钱还是有。"家祥笑了,"明玉,想开点,找机会让自己快乐。我总觉得好日子不会太久,东三省那边时局很紧,打起来,战争要是蔓延到全国,上海也不会太平,当然不是现在,我是说以后,日本的野心大得很。"

原来家祥并非不关心时局,他只是不想关心。

"如果有机会,早一点把孩子送出去,不要去欧洲,欧洲不太平,去美国,隔着太平洋和大西洋,打仗打不到那里。"

明玉默默点头,这也是她内心有过的想法。

晚餐最后的话题有些沉重,仿佛为了弥补有些下沉的气氛,家祥提议去附近的 DD'S，那里晚上有乐队，可以跳舞。

"你难得晚上出来，我很想带你跳一支舞，我们可以早点走。"

DD'S 他们去了好几次，都是下午，那时家祥就提议过了。明玉说她不会跳舞，家祥说，都是四步舞曲，是慢舞，不用学，跟舞曲轻轻摇摆就是了。

离开餐馆时已经九点，明玉答应过鸿鸿早点回家，她竟没有犹豫就和家祥去了 DD'S，她把儿子忘记了一会。就像那年在旅馆，她在某一刻放纵自己，忘记了现实世界。

夜晚的 DD'S 气氛迥异于白天，布鲁斯舞曲节奏舒缓音调低沉，忧郁而慵懒，舞池的魔球灯光在营造幻觉。

她被家祥领上舞池时，紧张得手脚冰凉。

在家祥的带领下，明玉跟着舞曲节奏摇晃，她的身体从紧张到松弛，渐渐地，全然依偎着家祥，这样的依恋甚至在床上都不曾有过。

她的脸埋在家祥的胸口，泪水再一次湿润她的双眸。她觉得自己在做梦，不肯醒来的梦，因为，这样的场景不应该发生在她的人生。

她自己的人生只有含辛茹苦。

她不知道，自己在为后面的日子制造回忆画面。

离开 DD'S，已经超过十一点，鸿鸿已入梦乡。朵朵却气哼哼的，她好像已经知道，母亲晚回家并非为了工作，明玉的神情里藏着心虚和不安。

二十九

一九三一年的春节前夕。

年前的清洁是大事。除了家里和店里大扫除，寒冬腊月的洗澡也是一件事。像往年一样，腊月二十三小年下午，明玉带着阿小和两个孩子去浙江路的龙园盆汤女子浴室洗澡。

每年春节前夕，她都要带孩子们去浴室洗澡，唯有浴室洗，才能洗彻底。这时候的浴室分外拥挤，要排队等候。

女子浴室在二楼，一楼是男子澡堂。二楼的账房、堂倌、擦背都由女性担任，扦脚匠也是女人。鸿鸿才四岁半，允许被带入女浴室。

女浴室的淋浴间是大统间，互相没有遮拦，蒸汽厉害。从卫生角度，明玉更愿意来洗淋浴。可是这里无遮无拦，蒸汽浓得透不过气，鸿鸿会害怕，朵朵更抗拒一大群人赤裸相对。明玉买的是盆浴房票子，担心不卫生，自己还带了消毒水。

就像在家洗澡次序，她和阿小先帮鸿鸿洗，然后阿小洗，之后阿小便带鸿鸿去外面休息间等候。为此她们还自带了点心和杯子，浴室有供应开水。

为鸿鸿洗澡已经像打了一仗，鸿鸿又笑又哭的，因为不用怕着凉，先让他闹腾一阵。出了浴缸，小家伙已经耗尽力气，很快在躺椅上睡了。趁着休息间隙，明玉为阿小叫了扦脚匠给她扦脚上的鸡眼。

明玉为朵朵洗头擦背,她穿着内衣,虽然已经完全被蒸汽和汗水湿透。但明玉从未在儿女面前裸体。朵朵就像年幼时,仍然有着对公共浴室的恐惧和兴奋,这里热闹喧哗,雾气腾腾。每次进盆浴间,她也跟鸿鸿一样,因为蒸汽太浓发出尖叫声。洗完澡浑身发热,肚子也饿了,妈妈预先准备的清蛋糕和面包,吃起来格外香甜。

春节前夕,往往也是上海气温最低的日子,天晴时温度低至零下,更多日子是阴冷,常常遇上雨夹雪,两个孩子的手上都生冻疮了。在公共澡堂是一年一度最酣畅淋漓的清洗,明玉跟孩子们一样兴奋。整个冬季累积的阴冷和污垢,全部沉没在充沛的热水里,连手背上肿胀的冻疮都消肿了。

明玉没有劳驾擦背师傅,就像她不愿意在女儿或阿小面前裸露身体。她在自己带去的毛巾上,擦厚厚的肥皂,一手握着毛巾上端,一手握着毛巾下端,交叉着在背上使劲搓洗。

明玉后来回想,她可是把自己好好洗了一下,虽然她并不知道,这很像为自己走上另一段旅程作的准备。

以往他们洗完澡,在浴室休息间的躺椅上躺个一两小时,直接在浴室叫点心吃。这一次没有时间了,明玉和格林先生约好,要去他家拿小格林照片。从浙江路去外滩不太远。所以她准备了蛋糕和面包等点心,让两个孩子和阿小在回家路上的黄包车上吃。

以后回想,这好像是命运安排,她无意间,让孩子们和阿小避免了一次风险。

生日餐之后，她还未见到家祥，他为印刷厂的事去了一趟外地，也是这两天才回。

事情看起来很顺利。家祥出城之前他们通过一次电话，他已联系了侦探社，给明玉留了侦探社地址，让她拿到小格林照片后直接寄给侦探。明玉在电话里顺便邀请家祥，"小富春"今年要办年夜饭，她请家祥大年夜来饭店一起吃年夜饭，家祥一口答应。

格林先生刚从英国奔丧回沪。明玉昨天才和格林先生联系上。他的父亲去世了。他回去奔丧期间，顺便去了小格林就读的牛津大学，小格林没有在学校，显然还留在中国。

因此，他对明玉提到通过侦探社找小格林并不反对，他现在开始担心儿子了。父亲的去世，格林先生心里那块冷硬的角落，被自己流往内心的泪水泡软了。

他们昨天在电话里约好，次日格林先生带照片过来，顺便在"小富春"午餐。今天上午，格林先生打电话来店里，说他可能长途飞机累了，突然觉得乏力没有食欲，想改天到店里用餐。明玉不想再拖了，她下午去浙江路的浴室，离外滩很近了，便提出去他家拿照片，格林先生说他非常欢迎。

从浴室出来，明玉在门口叫了两部黄包车，一部送阿小和两个孩子回家，一部带她去外滩格林先生寓所。

到了外滩寓所后，为了可以马上赶回饭店，明玉让黄包车夫在门口等她。

给她开门的是阿金的丈夫，园丁阿黄。

"格林先生在休息，他知道你会来，让我去叫醒他。"

他把明玉让到客厅坐下，问她是否想喝茶。明玉在浴室蒸了很多汗出来，此时正口渴，便让阿黄给她倒一杯温水。

她一气喝了大半杯水。

格林先生带着小格林的照片下楼，他周到地将照片放进白信封里，贴上了邮票。明玉把信封放进包里，打算待会儿回家路上弯去邮局，把照片寄给侦探。

明玉见格林先生脸色苍白，瘫坐在沙发上，看起来很虚弱。

"我可能发烧了，浑身发冷。"

明玉上前摸了一下格林先生额角，额角发烫，以她的经验，至少三十九度。

"你发高烧了，我带你去医院！"

明玉这么一说，格林先生立刻拿起沙发旁矮柜上的电话机，给他的家庭医生怀特拨了电话。在电话里他们交谈了好几分钟。

在这个空隙，明玉从阿黄那里得知，阿金今天也不舒服，躺床上爬不起来。另一个年轻女佣阿菊不在家，她是阿金侄女，她们一起回了一趟乡下。阿金前两天才回来，阿菊因家里有事，可能今天晚些时候到家。

"美玉去了哪里？"

"她和阿金一起去乡下玩，前两天回来后，她去娘家了，奇怪的是，她应该知道格林先生已经回中国，却没有她消息。"

明玉摇头，格林先生回了一趟国，家里完全失序。

此时已经黄昏，在等待医生的过程中，格林先生让阿黄去厨房拿点心给明玉吃。阿黄端来一碟绿豆糕。这绿豆糕让格林先生脸上有了笑容，他说，绿豆糕是阿金从乡下带来的，很好吃。

明玉不喜欢甜食，但她不想辜负格林先生的好意，此时她的肚子出奇地饿，是的，每次从浴室出来，胃口都特别好。因此，她一连吃了两块绿豆糕，又喝了两杯温水。

格林先生有些坐不住，但仍然出于礼貌硬撑在沙发上。怀特医生终于到了，他给格林先生量了体温，竟发烧高达华氏105度。阿金也在发烧，高达华氏103度。

医生说，应该有护士过来照顾格林先生，但今天晚上不可能找到，他希望明玉留下来做护理，半夜高烧起来时给他吃降温药，如果温度降不下下，用冰袋敷额角。

怀特医生能说流利的汉语。他告诉明玉，第一种可能只是流感，目前正是流感季节。第二种可能，他踟蹰了一下，才说，也不排除其他传染病。他已从工部局获知，上海附近郊区有伤寒症流行，冬天没有农活，村民聚在一起机会多，并且，从小年以前就在准备过年食物，这病便是聚集性的传染病。

他指示阿黄去附近药房买些冰袋和消毒液，并关照他将厨房的吃喝器皿用水煮沸。他说，即使流感，也是要做好消毒。

"刚才你好像说起，佣人去乡下才回来？"

格林先生点点头，他连说话力气都没有，好像每分钟都在虚弱下去。

怀特医生说，伤寒症是一种传染性很强的肠胃道疾病，却是从发高烧开始。由于家里佣人去过乡下，目前，格林先生家里三餐是阿金在做，所以并不排除感染伤寒症的可能。问题是伤寒症需要做血常规检查，和细菌培养。按照白细胞数量来判断病情，另外再通过血培养、骨髓培养、粪便培养等方式来判断病情，如果找出伤寒杆菌，确诊是伤寒病人，要住隔离病房。

但是，怀特医生并不认为需要马上去医院。

"这病没有特效药，抗菌退热，医院也是这一套。如果去医院被确诊，医院要向工部局卫生部门报告。"

他让格林先生自己选择，是否上医院。

格林先生说他暂时不想上医院。

怀特医生从药箱拿出针剂，给格林先生注射退热针剂，拿了几颗药交给阿黄，让他给阿金服下。并告诉格林先生，由于他同时也为阿金做诊疗，所以要提高诊疗费。

明玉给饭店经理电话，告诉他，她今晚和明天白天可能去不了饭店，在陪一位病人。她告知经理，上海目前又开始流行瘟疫，这一次是伤寒症，危险性等同于霍乱。由于这病是肠胃道疾病，她关照经理去药房买消毒液和酒精，厨房和餐厅做消毒，服务员用酒精擦手等等。总之，先要预防起来。同时，她又关照经理，任何人找她都不要提起医院一事，只告知她有事离开一下。

明玉让经理派人去她家转告阿小和女儿，她在医院陪伴生病朋友，何时回家不知道。明玉心里有莫名忐忑，不知哪里发生了问题？对了，她才吃过阿金从乡下带来的糕点，喝过他家杯子装的水，现在又很渴，她只能忍着。

半夜里，格林先生烧得更厉害，冰袋好像放到炭炉上，很快就化了。当他出现抽筋症状时，明玉吓坏了，知道这是高烧引起，非常危险，必须立刻送他去医院。

她知道上海有一家"西人隔离医院"，在靶子路上，两年前，上海流行过霍乱，弄堂里有一位英国租客感染到，便是被送往那里。

但是格林先生昏昏沉沉，已经说不出话来，明玉担心和西人医院之间可能语言不通，她便打电话给广慈医院，要求派救护车。

她幸亏叫了救护车，车子到达时，格林先生已经休克。

在急诊科，明玉把英国医生的怀疑告诉医生，也诉说了阿金的状况，包括她刚从乡下回来一事。明玉知道，给医生的信息越多越能帮助医生诊断。

格林先生做了血常规检查，报告出来后医生初步确诊格林先生得了伤寒症。是否有伤寒杆菌，需要作进一步细菌培养。

由于格林先生病情发展很快，医院发出了病危通知。

他身边没有可通知的家属，病危通知只能由明玉自己收下。明玉从未遇到病危通知这种事，她一时不敢离开。格林先生躺在观察室床上打点滴。

夜晚的急诊病人络绎不绝，有人在走廊等候时呕吐。

明玉这时想起阿金，如果格林先生真得伤寒症的话，阿金也一定是了。她从医院打电话到格林先生寓所，铃声响了很久，阿黄睡意蒙眬来接电话。明玉问他阿金情况如何，他说她在睡觉。明玉要他给阿金量体温，他说他弄不来，让阿菊来弄，她刚到家不久，因为坐的长途车在路上抛锚。

于是，阿菊被叫来听电话。明玉告诉阿菊，格林先生可能得了传染病，阿金病情和他一样，因此他们在家必须和阿金隔离。明玉关照阿菊明天得把阿金送去天津路的时疫医院，那家医院瘟疫期间专门收治中国人，不用担心费用，是为穷人开设的医院。

明玉放下电话，开始担心自己也有可能得病，因为她吃了阿金带来的食物，喝了他家的水，那只玻璃杯是否干净都不能肯定了。

她安慰自己，假如得病是可以去时疫医院的，毕竟，那是一间为瘟疫开放的慈善医院。广慈医院的诊疗费不菲，虽然为穷人可以斟酌减免费用甚至免费，但自己还不在穷人行列。

即使在这种时候，明玉还是习惯性地先在经济上考虑，她节省惯了，不想在自己身上花太多钱。关于时疫医院的信息，明玉是收集过的。因为前些年，尤其是一九二六年，上海曾遭遇严重的霍乱侵袭，明玉出于不安全感，把报纸上有关瘟疫和时疫医院的信息都作了专门的剪贴本。

那年，染病者吐泻不止，脱水而亡。正值炎夏，病人粪便中的霍乱弧菌污染水源后，蔓延的洪水污染河道，使疫情扩散到苏浙皖三地。而赵鸿庆已经从上海回到湖州养病，一家人住在水城，明玉心情很紧张，每天看《申报》了解疫情。

当时上海已建立好几家为瘟疫流行开设的医院，称为"时疫医院"。有西藏路时疫医院、天津路时疫医院、沪城时疫医院、闸北两处时疫医院以及虹镇时疫医院、南市时疫医院和提篮桥华德路口的中国时疫医院，连青帮杜月笙都捐资在小浜路创建高桥时疫医院。

这些时疫医院是上海民间所办，被瘟疫所逼。第一家时疫医院，便是天津路这家。

一九〇八年，上海流行"白喉"，感染者成百上千，死亡病例不断上升，当时工部局设在市区北隅的医院，根本无法应对社会上如此之多的感染者。此时中国红十字会创始人之一的沈敦和与商界领袖朱葆三出面联络各界，开办了第一家时疫医院，最初设立在宁波路安康里，隶属红十字会，次年迁至天津路316号。医院的全名"中国红十字会时疫医院"，民众简称"天津路时疫医院"。医院的经费主要由社会募集，每当资金不足时，会登报募款。所以医院自创办起，以"普济贫病"为宗旨，在瘟疫流行时开院，时疫肃清闭幕，医院也聘请国外专家对时疫进行诊治。

一九一〇年，发生在东北的鼠疫波及上海。那年十月，虹口一带发生鼠疫，工部局卫生处人员赶往现场，强行竖起一层"铅皮隔离围墙"，并出动巡捕，强令疫情周边的居民、店铺迁出居所，进民宅每家每户进行消毒。隔离区人们大为恼火，逐渐发展成为华界民众对列强侵占主权的指控，一时间引发数千人阻挡检疫，工部局消毒药水车也被砸毁，巡捕弹压，逮捕了闹事者，酿成一场大规模华洋冲突，被称为"清末检疫风潮"。

为了平息这场检疫引起的过激对抗，沈敦和向华人各界公开演讲，论说"治安不可扰，主权不可损，医院成立不可缓"。他和商界精英与租界当局谈判，提案由中国人自设一座传染病医院，由华人医院自聘医生进行医疗，负责华人感染患者的隔离和就诊。工部局鉴于疫情蔓延迅速，要求华方在极短时间内将医院建成，时间为四天。幸得在沪广东人张子标以三万三千元的价格让出自己在宝山境内所建市值四万元的补萝居花园，作为中国公立医院的院址。中国公立医院因此在工部局限定的期限内建成。在沪绅商纷纷捐款，十天内查疫八千余户，检疫风潮平息。

这些信息当时激动过明玉，她甚至很后悔没有利用在日本的时间学医。她自小目睹穷人在疾病中自生自灭，却是从日本回国后，面对马路上的乞丐和华界的脏乱差而开始不安。

报上刊登时疫医院的建立过程，明玉现在回想还心存感念，想着哪天有钱也要捐助。然后她就惭愧了：瘟疫期间，时疫医院床位一定紧张，她怎能去占用应该给穷人的资源？

此时，她手上还拿着小格林的照片，不如赶快从邮箱递给侦探。明玉问前台护士借了笔和纸，给侦探留言，让他尽快找到小格林并转告：其父可能传染了伤寒，此时病危，住在广慈医院。她在纸条上留了自己和家祥的联系方式。

她把照片和纸条封在信封里，写上侦探社的地址，去医院门口找邮筒。路灯不太亮，她似乎走了一段长路才找到，借着路灯，勉强看清邮筒开筒时间：一天两次，第一次开筒时间是上午八点。这样的话，侦探当天就能收到照片，想到这一点她松了一口气。

她走回医院时，觉得路程更远似的，双腿有些无力。不过，她终于还是看到了医院大门，然而，还要过一个街口。此时她有些发冷，摸自己的额角，好像有些热，但也没有太烫，心里嘲笑自己因害怕传染而敏感过度。

她腿脚发软，扶着墙终于走到广慈医院门口。从门口到大厅之间没有东西可扶，她觉得自己站不住了，她赶忙倚在大门口的墙边，朝地上滑去。

三十

明玉虚弱得只能睁半张眼皮,她看到一片白,白色天花板和墙壁,似乎比她家浴室的白瓷砖还要白。她喜欢白色,白色是洁净的标志。她沉浸于这一片白,无力时,任凭自己下沉。

有一度,她忘记自己是谁,也完全没有对孩子的牵挂。她独自沉浮在白色中,很轻盈也很解脱。

当她完全清醒,已经是一个礼拜后。她经历了生死临界,可自己不太记得。她听到护士说,你已经脱离危险。

她终于可以半卧在床喝流质,然后发现枕头底下有一张纸,上面歪歪扭扭写了一行字:

家祥,鸿鸿是你的孩子,把他抚养成人,明玉拜托!

这应该是自己的遗嘱,清醒而清晰,她甚至记不得何时写下,却是自己唯一不能安宁的心情和意愿。在高烧意识模糊时竟然写下自己的意愿,仿佛从未丧失理智,仿佛已经短促地想象过自己离世后,才四岁半的鸿鸿的处境。

遗嘱下面留了家祥的地址和全名,只有在自己已经死去的状况下,这遗嘱才会到达家祥手里。

她突然有了模糊的记忆,她好像在熔炉里躺着,时睡时醒,有个声音告诉她,你得了伤寒,高烧退不下去,你可能挺不过去了。她已经耗尽心力,很想永久睡下去,只是,有一件事没有了却。她在回想，拼尽全力睁开眼睛，身体却朝下坠去……

她似乎在不同的空间转悠：

许多脚在眼前移动，她躺在街上，热得喘不过气来。她记得自己是在冬天从家里逃出来的，这么快就变成夏天了？家祥戴着口罩和帽子朝她俯下身，她闭上眼睛，不想让他认出自己。她是躺在街上的乞丐，让家祥嫌弃，还不如去死。

拥挤的人群，她的头抵在陌生人的腰间，胸口被陌生人的臀骨挤压得透不过气来。好像在苏州去上海的船上，她躲在一大家子人中间，逃票上船。她看见家祥穿着白色亚麻西装，她赶快低下头，不要被他看见。有个屁股对着她的脸放屁，声音很响，喷出一股来苏尔消毒水味。金玉不知何时就在身边，她们一起蹲在人群里撒尿，她们裸着下身，没有一点害羞。这一次终于可以尿尿了。她对自己说，这不是梦，可以的。果然，尿出来了，溅在戏服上，没有尿骚臭，是来苏尔消毒水的味道。

她被人牵着手，是父亲牵着她，她希望一直被父亲牵着。她被他牵到陌生人的家，父亲告诉她，家里没有米，要饿死了，可以把她换米。她想逃，却发现那个陌生人她认识，他是赵鸿庆。她发现自己在生煤炉，怎么也点不着火，赵鸿庆说，宋家祥来做客。他看见锅子里是生米，把锅子朝她砸去。她醒了，她想起来，赵鸿庆是她丈夫，有一阵他经常揍她，为什么事？她努力回想，她得记住做错了什么。

她挨打时，见家祥远远地站着，她转过身，希望他没有看到，然后发现，那人是李桑农。李桑农向她走来，她向他使眼色，让他离开，否则她被丈夫揍得更凶。

她听见金玉在问，你为什么不逃？她说，忍一忍就过去了。逃出去也会被人揍，继父揍她，戏班子的班主揍她，他是用鞭子抽。忍一忍吧，忍一忍就……她没有说完，她看到家祥，她突然感到羞耻，家祥从来不为难她，却让她有很深的自卑。

为什么每次最狼狈时，就看见家祥，他让她有耻辱感呢？

她从一个梦转到另一个梦，她的喉咙干得发不出声音。

有时候，是另一个场景，她在电话间，她搂着鸿鸿，鸿鸿很闹，哭得震耳欲聋。

她很焦虑，必须给家祥拨电话，但是，她的手指不听使唤，每一次都会拨错电话……

明玉的伤寒症，来势更凶猛。她在广慈医院门口昏倒，被收治。她以后才知道，那天的天津路时疫医院的病人已经超出负荷，包括邻近的西藏路时疫医院。不幸中的大幸，因为格林先生病危，她留在了医院，假如回家，她可能就传染给了孩子们。

阿金的乡下老家在流行伤寒症，她带来的绿豆糕成了传染源。

法租界工部局要求所有登记在册的开业医师、助产士和医疗机构在遇到疫病时，有义务在第一时间、以专用邮筒向工部局卫生处处长通报，并将传染病患者的住所、收治疫病患者的医疗机构、周围的人和易感人群列入消毒范围，任何人都不准阻挠防疫部门执行消毒措施。

明玉虽然是从格林先生家传染到，但消毒人员还是去她家消毒。阿金并未被丈夫送去医院，消毒人员去格林先生家消毒时，发现了她。那时，阿菊也有了症状。她们一起被送去隔离中心。阿金病情重，起起伏伏，最后竟然被救回来了。

明玉的病危通知由饭店的中国经理收下，然后通知了阿小。阿小冲到医院探望明玉，当然，她见不到明玉。

朵朵写给母亲信中说：

"我会每天练琴，等妈妈出院后，我要为妈妈弹一首柴可夫斯基的《四月——松雪草》，这是钢琴老师给我的功课，妈妈出院后我可以弹给您听。自从妈妈生病，薇拉对我和气多了，她才告诉我，她的儿子在俄国内战中去世。我不想换老师了。契卡和玛莎、马克，他们都很关心你，让我代他们问好。阿小做家务，我照顾弟弟，每天给他讲故事，我有时还是要骂他，但我不会打他。我以前非常恨爸爸打你，我发现恨他的时候，也学了他的坏行为，这些日子，我想了很多很多。阿小告诉我，你以前也很苦，所以你尊重阿小，对她平等。阿小说她要尽她的能力对你好。"

明玉有些吃惊，她在戏班子的经历，阿小是知道的。然而经过死里逃生，这实在不足挂齿。

朵朵折了一千只纸鹤，送去医院。明玉才想起自己曾经给朵朵讲睡前故事时，向女儿描绘过日本的习俗，家人为病中亲人折一千只纸鹤祈福。这习俗，她是在学日语和日本文化时了解到，好像是室町时代开始的，已经有好几百年了。鹤在日本文化中的象征意义

也是受中国文化"龟鹤延年"的影响,所以折千纸鹤有长寿的意思。折一千只纸鹤用线穿起来叫做"千羽鹤(せんばづる)"。

经过这场大病,她仍然记得这几个日文字。不,所有学过的日语都能说,但已经不像当年,可以脱口而出了。这一千只纸鹤,让她已经淡忘的日本和青年时期的自己又复苏了。她也有阳光明丽的时候,虽然极其短暂。而梦里,为何都是最绝望的日子?

朵朵的千纸鹤给予明玉很深的安慰。朵朵和她感情很深,自从看见父亲打母亲,朵朵内心开始和父亲疏离,这份疏离转换成与母亲的更加亲近。在还未有鸿鸿的七年里,明玉全力呵护朵朵,也为她的未来充满忧虑。很多次,在对赵鸿庆极度失望和怨恨中,她有离家出走的念头,为了朵朵而又放弃。她曾经经历的贫穷和屈辱不能让朵朵遭受,她要在朵朵身上实现自己没有过的奢望:朵朵要有温饱无虑的生活,要有父母俱全的家庭,要得到完整的教育,要没有任何自卑地长大成人。

然而,她在那封短短的遗嘱中没有提朵朵,因为不用对朵朵担忧?她在潜意识里明白朵朵坚强有主见,她已经为女儿打好基础,她相信朵朵将比自己有出息得多。

明玉躺在床上回想自己的梦,那个叫李桑农的年轻人也曾出现在梦里,就像一个剪影,是个吸引人的剪影。她的梦里没有出现中年李桑农,奇怪的是,虚弱的身体会自己过滤,它只想保留让她愉悦的画面。

有一个人,她尽量克制着不去想他。是的,为何宋家祥没有出现？他仿佛已经远离她了，没有他的任何音讯，即使医院阻止任何人探询，至少还把留言和探访名字转给她——没有家祥的名字。她住院两个星期了，情理上也应该有只言片语带给她。她寄出的小格林照片，侦探方面该有回应吧，家祥怎么不来联系呢？

假如他去饭店找她，经理知道，他们两人是乡亲关系，家祥又是饭店熟客，他不可能向家祥隐瞒她的病情。

她奇怪为何梦里充满他的影像，远而模糊。梦里的自己，一直想躲避他。她清醒后回想，家祥是她内心企望的伴侣，却又深知配不上他。她的出身令她在他面前有无法克服的自卑，以至在梦里，她一直设法逃开他，她不想让他看到她没有尊严的过去。

她出院那天，从医院打电话给饭店经理询问家祥有否联系她。经理告诉她，没有宋家祥的消息，倒是有个女孩子，以前和宋家祥一起来店里吃饭，叫心莲，很着急找她。

明玉的心脏一阵狂跳。

宋家祥死了，死在他自己的印刷厂，就在她送格林先生去医院的那个晚上，那个黑暗的夜晚。法医推断他死于凌晨，正是她发病倒在医院门口的时候。

那个白天他从外地回来，夜深，他去厂里，在车间的印刷机旁被人从后面袭击。他倒在地上，后脑勺砸到水泥地。由于宋家祥独身，因此他受伤而一夜未归无人获知，他被耽误了。直到早班工人上班，才发现他，送他去医院时，已经死亡。

关于家祥遭到袭击和受伤去世的消息，登在《申报》上。这些报纸，心莲都保留了。

明玉见到心莲时，她的眼睛还肿着，心莲在明玉面前又哭了，家祥出事至今已经十几天，她每天都要哭一场。

宋家祥的律师联系到明玉，宋家祥留了遗嘱：他把印刷厂属于他的股份留给明玉和两个孩子，他的小洋楼留给鸿鸿。她非常震惊，问律师，这份遗嘱何时签署？

律师告诉她，宋家祖父骤然去世，没有留遗嘱，致使儿辈为争遗产不和。宋家父亲在已经成家立业的三十岁，便写了遗嘱备份，以后随着家庭人口和财务变化，作些修改。他也要求子女们在三十岁就写遗嘱。宋家祥虽然没有婚姻，他在三十岁那年，也就是一年前，写了遗嘱。

明玉在律师面前没有忍住自己的泪水，这之前她只是夜深独自流泪。是的，家祥心知肚明鸿鸿是他的孩子，他见过婴儿时的鸿鸿，他一定在鸿鸿身上看到某个只有他能看懂的特征。或者，家祥仅仅为了爱，他心疼明玉独自抚养孩子，并且知道明玉最操心年幼的鸿鸿？

无论出于哪一种原因，只有一种最真实，他对她的情意。

尾声

  这场让上海死去一千四百多人的伤寒症，却让某些难题迎刃而解。

  格林先生作为前上海大班感染伤寒症的消息，通过医院报告工部局之后，登在了英文报纸《字林西报》上。不过，小格林未必看报。

  侦探找到他了。小格林去医院探访父亲未果，但他不再玩消失。

  格林先生和阿金、阿菊躲过劫难，美玉死了。她回华界娘家期间，夜晚出门找人打麻将，凌晨时不适，在坐黄包车回家的路上昏迷，从车上滚到街上。那时华界已经有瘟疫的传言，黄包车夫吓得逃走，街上当时行人稀少，也没人敢碰她。

  美玉的死令明玉五味杂陈，她原本希望格林先生离开美玉，然而不是以这样的方式。她曾经对美玉是否及时送金玉去医院有过很深的怀疑，她现在死了，能说是为金玉抵命吗？不能啊！明玉此时对她有怜悯，即使她的确使过坏心眼。

  格林先生出院时，疫情还未结束。小格林在父亲出院后，听从他的劝告，回英国了。

  小格林和娜佳有过短暂的恋爱，他回国是想挽回与娜佳的关系，那时娜佳正热心于组织归国俱乐部，对小格林冷淡。小格林则被李桑农说服参加他们的政治活动，也许他想做些英勇的事，让娜佳对他刮目相看。他住在旅馆那阵，正在设法卖金玉的房子。小格林希望资助娜佳和她的归国俱乐部，虽然他已经知道娜佳有了男朋友。由于疫情，卖房的事被耽搁了。

九·一八事变后，明玉用了两年时间准备离开上海，她把饭店盘给中国经理和他的合伙人，卖了家祥留给鸿鸿的房子。1933年秋天，通过格林先生的人脉，明玉带着孩子们去美国旧金山落脚。

明玉临走前，把阿小介绍给格林先生当他的管家。阿金已年老，得了伤寒后，她的体力远不如从前，回乡下去了。阿黄留在格林先生家，阿菊不太能干，格林先生日常起居有些凌乱，有了阿小后，家里渐渐秩序井然。

卢沟桥事变后，很快，炸弹也扔到了上海。明玉在美国注视着上海，想着家祥的话，战争要是蔓延到全国，上海也不会太平。"不幸生在乱世"，家祥的墓碑上刻着这句话。

太平洋战争爆发后，格林先生和其他属于日本"敌国"的西方人被日军关进集中营。明玉在美国报纸上看到这么一张照片：上海的西方人排着歪歪扭扭的队伍，被驱往集中营。在她眼里，这些西方人的整体形象有些异样。然后她明白了，他们都提着自己的行李箱，她第一次看到西方人自己提行李箱。她同时还看到另一张照片：一个西方人，也许是英国人，蹲在地上，在扣行李箱，日本军人抬腿朝他踢去。

她很震惊。在上海时，这些西方人高高在上，她只见过他们尊贵的样子。然而，她无法不为格林先生担心，他是她唯一认识的西方人，是金玉儿子的父亲，对于他可能遭受的迫害，她像担忧自己的亲人一样，为他担心。

再后来，从报上获知，西人的朋友可以送食品和药物进集中营。她给格林先生寄了几次包裹，通过阿小拿到集中营。

抗战胜利了。她在报上看到中国陆军总司令何应钦上将接过日本递交的投降书，代表中国政府接受日本投降。她看到上海市民欢迎盟军舰队的游行照片，也看到失学的学生示威游行的照片。

此时朵朵已是两个孩子的母亲。她和丈夫在医学院认识，夫妇双方都拿到医生执照，有自己的诊所。自从母亲死里逃生，朵朵便暗暗发誓将来要当一名医生。她皈依了基督教，每个礼拜去中国教堂为教徒们弹奏福音歌。鸿鸿有广泛的兴趣，爱运动不爱读书，他进了州立大学，读工程专业。

明玉在美国旧金山开饭店维持生存，但不复"小富春"的精致唯美。美国唐人街的中国饭店环境都是粗糙的，饭店客人重食物不重环境，那里完全没有上海的时髦风气。明玉的海派餐馆也入乡随俗。其实，是她不再有当年的心情和追求。

抗战结束后的一九四五年底，明玉回了一趟上海，住进海格路公寓。那套公寓曾经租给一对影视演员，他们后来分手了。公寓的钥匙由阿小保管，她回来时阿小已为她把公寓房间打扫干净。阿小每星期来为她做一次清洁。

明玉曾经向往住在这间公寓，过上自由的无拘束的生活。这一年明玉虚岁四十六了,她好像忘记自己有过的憧憬。自从家祥逝去,她就像在黑夜行走,不再朝前看,只关注脚下跨出去的每一步,为了不让自己跌倒。

阿小告诉明玉:环龙路旧宅三楼的拉比诺维奇夫妇在抗战开始不久也去了美国;玛莎夫妇偶尔开一次派对,不像过去那么有规律;契卡带女人回家住,显然他不再指望与妻女团圆。他们都没有娜佳的消息。

明玉在环龙路转角的饭店变成一家街道食堂,每天早晨卖大饼油条豆浆粢饭糕,中午和晚上卖面点,已经完全看不到原先那间精致的"小富春"的影子。

上海街上有不少乞丐。以前也有不少乞丐,但现在她看到有些乞丐不像是职业乞讨。在闹市的人行道上,穿长衫的成年人跪在地上向行人鞠躬,人们来来往往熟视无睹。

西方女人在商店前的街上卖盘子和其他家用器皿。街道上有维持治安的军警。仍然有锡克警察。

在另一条街,她看到银行门口人行道拥挤,路边有不少货币兑换商。这是以金融领先的上海特有的景象。

明玉去外滩探望格林先生,她特地从南京路步行过去。

她虽然在上海住了好些年,却极少有机会逛南京路。隔了这十多年,走在南京路上,猛然有从未离开的感觉。

南京路依然车水马龙,似乎更热闹了,也许她在狭小的唐人街待得太久。电车在路中央蜿蜒叮叮当当的声音,竟让她涌起类似乡愁的伤感。她在旧金山几乎不去回想上海，异地像雾霾挡住回望的视线。此时的电车铃声，让她站在上海街头思念着上海。

小汽车一部接一部，街道有点堵。前方路中央竖立的庆祝"二战"胜利的拱门，上面是代表胜利的大写的"V"，大新公司高高挂着三层高的蒋介石画像，维纳斯香烟的巨幅广告同样触目。

外滩的古典建筑仍然给她震撼，黄浦江畔成片的小舢板就像一个水上村庄，游轮在江中心劈浪前行。

格林先生坐在轮椅上，狱中几年，他的身体被毁。潮湿的牢房，他的膝关节坏了。他佝偻着背，头发成钢灰色，无论脸或身体，都只是一副骨架。

格林先生和英国太太的儿子威廉斯在上海的英国银行上班。他结婚了，有了一子一女。他们和格林先生一起住在外滩。

小格林大学毕业后从英国去了美国，美国是移民国家，所以，他不用再为自己是混血儿而羞愧。他住在旧金山，明玉的餐馆成了他的食堂。心莲也去了旧金山，她说她要一辈子追随明玉。命里注定心莲又见到了小格林，他俩结婚了。明玉终于为小格林放下了心，她去唐人街的小寺庙烧香，告慰金玉。

金玉不再出现。明玉常在梦中见到她，她们坐在窗前的沙发上聊天，这样的景象，好像从未在真实的生活中出现。

在格林先生的外滩寓所，明玉和他面对面坐着，他们喝着阿小煮的咖啡，不时地聊上几句，断续的，碎片的，说什么不重要，重要的是，彼此还活着。

格林先生并没有回英国打算。

"我二十岁到上海，在这里生活了四十年，我觉得自己已经是上海人。英国变得很陌生，我回不去了，以后死了，就葬在上海。"

可对于明玉，是否回到上海生活，却很难作出决定。

宋家祥离世，上海成了明玉的伤心地，她走在霞飞路上泪流满面。

在美国，她又觉得，这只是一个她将要离开的地方。

明玉住在海格路公寓期间发生了一件事：一个据说曾经留学日本的单身男士被怀疑是汉奸，从海格路的公寓顶层跳楼了。因为这件事，她从报纸上又知悉，之前这栋公寓楼有个影星也是以这个方式结束自己。

"阿姐，这栋楼的风水不好！真的，就是给我白住，我都不要住。"这是阿小的看法。

两个月以后，明玉回美国，如果不想关闭美国饭店，而饭店是她的生存之道。

海格路的房子还保留着，至少这给她回上海的念想。

一九四九年中国政权更替后，格林先生拿到了回英国的通行证，那是一张三个月的有效证件，他拖到最后一个月，却在准备启程时，突发心脏病去世。他葬在上海，算是实现了自己的心愿。

一九五〇年，鸿鸿读了五年工程本科终于毕业，在底特律的汽车厂找了一份工作。海格路的公寓房子已被收为国有。

有一天明玉在图书馆读到一篇文章，这是一篇描述石原莞尔的文章。这名关东军作战参谋、"九·一八"事件的主要策划者，早年曾支持辛亥革命。正是此人，用了一年多时间，在中国各地搜集情报，形成了"征服支那"的欲望和构想。

这篇文章激起明玉想要深入研究日本历史的冲动。她在经营饭店的这些年里，断断续续用了好几年时间在社区大学读完英语系。她可以转去美国州立大学读本科，选修日本近代史和日本现代史课。她后面的人生终于有了目标：通过系统学习和研究日本历史，去解释为何日本会产生石原莞尔这一类人物。

明玉把饭店交给鸿鸿打理。鸿鸿不喜欢工程专业，他跟家祥一样爱好美食，重视生活品质，把经营饭店当作事业。他让中国餐馆走出旧金山唐人街，走到加州的其他城市，做成了连锁饭店。

明玉在研究日本历史的同时，回忆起她当年生活过的日本，重新去认识自己的亡夫赵鸿庆，一位投身推翻满清的早期革命党人，直至去世仍然相信中国要走日本明治维新的道路，而他在个人生活中却是个保留着满清旧习的男人。

她点点滴滴在做笔记，历史帮助明玉理性思考经历过的时代。然而，汹涌的情感在内心起伏，泪水模糊了她的眼睛，她不得不放下笔。是的，思念家祥的浪潮常常向她涌来，她静静地坐着，让泪水流淌。

明玉用英语写了一本书，放下笔的那一天，她六十岁。

```
┌─────────────────────────────────────────────────┐
│  图书在版编目（CIP）数据                          │
│                                                 │
│  个人主义的孤岛/唐颖著.-上海：上海文艺出版社.2021    │
│  ISBN 978-7-5321-7973-2                         │
│  Ⅰ.①个… Ⅱ.①唐… Ⅲ.①长篇小说－中国－当代           │
│  Ⅳ.①I247.5                                     │
│  中国版本图书馆CIP数据核字(2021)第097549号         │
└─────────────────────────────────────────────────┘
```

发 行 人：毕　胜
责任编辑：乔　亮　陈　蕾
封面设计：周伟伟

书　　名：个人主义的孤岛
作　　者：唐　颖
出　　版：上海世纪出版集团　上海文艺出版社
地　　址：上海市绍兴路7号　200020
发　　行：上海文艺出版社发行中心
　　　　　上海市绍兴路50号　200020　www.ewen.co
印　　刷：杭州锦鸿数码印刷有限公司
开　　本：890×1240　1/32
印　　张：10.125
插　　页：2
字　　数：207,000
印　　次：2021年8月第1版　2021年8月第1次印刷
ＩＳＢＮ：978-7-5321-7973-2/I·6323
定　　价：58.00元

告 读 者：如发现本书有质量问题请与印刷厂质量科联系　T:0512-52605406